Mona Jones

Die Zuckerbäckerin von Cold Creek Valley

Ein halbes Jahr ist es her, seit Chiara die elterliche Pasticceria in Hamburg zurückgelassen hat und ihrer großen Liebe Gabriel nach Colorado gefolgt ist. Die beiden genießen ihr Glück, und alles scheint perfekt. Lediglich Gabriels Schwester Sarah wird mit Chiara nicht warm. Aber Chiara lässt sich nicht beirren, denn sie hat ein Ziel fest vor Augen: Sie möchte ihre eigene Konditorei eröffnen. Wirklich kein einfaches Unterfangen. Und sie ist so beschäftigt, dass sie erst nach einer Weile bemerkt, dass Gabriel sich immer mehr von ihr entfernt. Im Moment ihrer größten Not ist ausgerechnet der attraktive Dave für sie da. Und das bleibt von Sarah nicht unbemerkt …

Mona Jones lebt als freie Übersetzerin und Autorin mit Familie und Katze in Karlsruhe, wenn sie nicht gerade den anderen Teil der Familie in Golden/Colorado besucht. ›Die Zuckerbäckerin von Cold Creek Valley‹ ist ihr vierter Roman.

Mona Jones

DIE ZUCKERBÄCKERIN VON COLD CREEK VALLEY

Roman

dtv

Von Mona Jones
ist bei dtv außerdem erschienen:
Die Schneeblütenprinzessin von Cold Creek Valley

MIX
Papier aus verantwortungsvollen Quellen
FSC® C019821

2. Auflage 2023
Originalausgabe 2023

Dieses Werk wurde vermittelt durch die
Autoren- und Projektagentur Gerd F. Rumler, München.
Umschlaggestaltung: Lisa Höfner | buxdesign, München
Umschlagmotive: stock.adobe.com
Satz: C.H.Beck.Media.Solutions, Nördlingen
Gesetzt aus der Minion 10/14,25·
Druck und Bindung: Druckerei C.H.Beck, Nördlingen
Printed in Germany ISBN 978-3-423-21888-7

PROLOG

CHIARA

Rosen, Ranunkeln, Gerbera und Hortensien – Charlottes Brautstrauß ist ein fröhlicher Mix aus Rot, Orange, Pink und Weiß. Er passt perfekt zu diesem strahlenden Sommertag in Hamburg, aber sein Durchmesser ist wirklich etwas übertrieben. Charlotte könnte sich das Bouquet als Sonnenschirm über den Kopf halten und noch zwei Hochzeitsgäste in den Schatten einladen. Aber das ist mal wieder ganz mein Bruder. Giovanni hatte schon immer diesen Hang zu Größerem – größere Pläne beispielsweise, die er zum Entsetzen meiner Familie in die Tat umgesetzt hat: Giovanni besitzt jetzt eine Farm in den Rocky Mountains.

Charlotte selbst ist alles andere als klein und unscheinbar. Man glaubt ihr sofort, dass sie damals im Rugby-Team der University of Colorado kräftig mitgemischt hat. Angeblich wurde sie wegen ihrer eisenharten Bälle von der Gegenmannschaft ziemlich gefürchtet. In diesem Moment drückt sie den Glitzerreif mit dem kleinen Schleier etwas fester auf ihr blondes kurzes Haar. Sie versichert sich mit einem kurzen Blick, dass alle, die es angeht, bereit sind.

Dann katapultiert sie den Strauß mit einer gewaltigen Wucht in den wolkenlosen Sommerhimmel über dem Kellinghusens Park. Praktisch so, als sollte ihn keine der Geladenen in Hamburg fangen, sondern eine von ihren Freundinnen in Colorado, die sich den Flug nach Hamburg nicht leisten konnten. Ich staune und mir wird schlagartig klar, dass die lustigen Anekdoten über Rugby-Charlotte tatsächlich nicht erfunden sind.

Augenblicklich schwillt der Lärmpegel um mich herum an. Irgendjemand schiebt mich an den Schultern in den Kreis der Möchtegernbräute. Ich registriere es kaum, und auch die anfeuernden Rufe der Hochzeitsgesellschaft erreichen mich in meiner Wolke aus Zuckerwatte nicht. Ich stehe einfach nur da und kann meinen Blick nicht von Charlotte wenden. Sie ist wunderschön in diesem weißen Kleid. Die bestickte Corsage passt wie maßgeschneidert, und der fließende Rock schmeichelt ihrem Babybauch. Im Rückblick war es kompletter Unsinn gewesen, das Kleid schon ein halbes Jahr im Voraus zu kaufen, auch wenn sie, Lo und ich dabei so einen Spaß gehabt hatten. Wer hätte aber auch ahnen können, dass sie kurz darauf schwanger sein würde? Trotz alldem finde ich es faszinierend, dass man selbst jetzt, im strahlenden Tageslicht, nichts von den nachträglichen Abänderungen ahnt.

Ein Schrei. Jemand ruft meinen Namen.

Lasst mich in Ruhe, denke ich.

Der Strauß ist mir egal.

Ich will ihn sowieso nicht fangen.

Wirklich nicht. Auf gar keinen Fall.

Es raschelt, und über mir scheint sich der Himmel plötzlich zu verdunkeln. Ich reiße den Kopf hoch, und dann auch die Arme, in dem absolut lächerlichen Versuch, die Sache noch abzuwenden. Zu spät. Das Brautbouquet prallt hart gegen meine Stirn. Härter als der Medizinball, den mir Conny Niemann in der Sechsten versehentlich an den Kopf geworfen hat. Ein kurzer Schmerz fährt durch meinen Kopf, dann verliere ich das

Gleichgewicht und lande mit Schwung auf dem Rasen, der zu meiner Überraschung nicht annähernd so weich ist, wie er aussieht. Vor meinen Augen breitet sich Dunkelheit aus, durch die ein hübscher kleiner Funkenregen tanzt. Dann ist da nur noch Stille.

Als ich die Augen aufschlage, summt mein Kopf leise, aber das Bild vor meinen Augen ist wieder klar. Und romantisch ist es außerdem. Es ist Gabriel, der neben mir kniet und lächelt, als sich unsere Blicke treffen. Er hat die weltschönsten Augen, und sie schimmern im Sonnenlicht wie dunkler Zuckerrübensirup.

»*Ciao, amore mio*«, sage ich in einem Anflug von seltsamer Ausgelassenheit. Vermutlich passiert genau das, wenn man einen Brautstrauß an den Kopf kriegt.

Gabriel runzelt konzentriert die Stirn und legt mir die Hand vorsichtig an die Wange. »Chiara? Alles in Ordnung?«

»Jaja«, flüstere ich, und trotz der Hornissen in meinem Kopf verwandelt sich mein Lächeln in ein Grinsen. »Wenn ich gewusst hätte, dass mich das Ding zu Boden streckt …«

»Vielleicht wäre es besser gewesen, du hättest es gefangen.« Er erwidert mein Lächeln nicht. Sein Blick wandert zwischen meinen Augen hin und her.

»Was ist?« Ich fühle mich unbehaglich. Hat er sich allen Ernstes gewünscht, ich fange Charlottes Strauß?

»Ich checke nur deine Pupillen«, murmelt er. »Bist du auf den Kopf gefallen?«

»Nein, eher nicht. Mach dir bloß keine Sorgen, eine Gehirnerschütterung hatte ich schon mal. Das fühlte sich anders an.«

»Hm. Hast du Schmerzen?«

»Nur ein kleines bisschen. Ich bin ja schließlich umgefallen wie ein Sack Mehl!«

»Okay.« Sein zurückhaltendes Lächeln verrät, dass er vom glimpflichen Ausgang meines Sturzes noch nicht vollends überzeugt ist. Möglicherweise fällt ihm aber auch gerade ein, dass ich sowieso die Allerletzte in dieser Runde bin, die den Strauß haben wollte, weil sie sich eine baldige Hochzeit ersehnt. Nein, vielen Dank auch. Stattdessen würde ich ihn gerne zu mir auf das frisch duftende Gras herunterziehen. Dass er aber auch so verdammt gut aussehen muss in seinem dunkelblauen Anzug!

»Schick sie weg! Alle!« Ich mache eine unbestimmte Handbewegung in Richtung der Leute, die sich inzwischen in einem engen Kreis um uns geschart hatten. Das Stimmengewirr ist ohrenbetäubend. Verglichen mit Charlottes Verwandtschaft ist meine Familie eindeutig in der Mehrzahl, und bei den Di Pasquas wird jeder Anlass zu einer angeregten Diskussion freudig genutzt.

Ich sehe zu Charlotte und Giovanni, die hinter Gabriel getreten sind. »Alles okay«, formen meine Lippen stumm, bevor ich mich wieder auf Gabriel konzentriere.

Der scheint aber immer noch zwischen Besorgnis und Erleichterung zu schwanken.

Ich möchte schnellstmöglich aus dem Fokus der allgemeinen Aufmerksamkeit entwischen und mache Anstalten, mich aufzusetzen. »Autsch!« Keine gute Idee. Eine Haarsträhne ist unter der Schulter eingeklemmt. Als ich den Kopf heben will, ziept es scheußlich.

»Warte. Mach langsam.« Gabriel schiebt seinen Arm unter meinen Oberkörper und hilft mir auf.

»Danke.« Ich atme tief ein, und gleich darauf beiße ich mir auf die Lippen, um einen Fluch zu unterdrücken. Meine Frisur scheint nur auf diesen Moment gewartet zu haben, um sich jetzt vollends aufzulösen. Ein Vorhang aus schwarzen Locken fällt mir ins Gesicht. Ich streiche mir genervt die Strähnen aus der Stirn. Der ganze Aufwand umsonst! Eine geschlagene Stunde habe ich nach *Hochsteckfrisur mit tief sitzendem Pferdeschwanz* gegoogelt, und meinen persönlichen Favoriten in die Praxis umzusetzen hat auch noch einige Mühe gekostet. Jetzt bleibt mir nichts anderes übrig, als die Haare einfach offen zu tragen, was bei mir in etwa so aussieht wie das *Vorher*-Bild in einer Anti-Frizz-Shampoowerbung.

Genau in diesem Augenblick durchbricht ein attraktiver Typ in teuren Laufklamotten den Kreis der Hochzeitsgäste und drängt sich selbstbewusst zu mir vor.

»Lassen Sie mich mal, ich bin Arzt!«, keucht er.

Gabriel hebt die Hände. »Vielen Dank. Ich auch.«

»Aber bleiben Sie mal schön hier, vielleicht brauchen wir ja zwei davon.« Das ist meine Cousine Alicia, die keine Gelegenheit zum Flirten auslässt. Ich wünschte mir, sie hätte den Strauß gefangen.

Charlotte beugt sich über mich. »Oh mein Gott, Chiara, es tut mir so leid!« Ich kann die kleinen Schweißperlen auf ihrer Stirn schimmern sehen, als sie mich eingehend mustert.

»Alles gut.« Ich wuchte mich ohne die geringste Spur von Anmut und Grazie in den Stand, bevor mir Gabriel zur Hilfe eilen kann.

»Alles gut!«, wiederhole ich etwas lauter, damit es meine Zuschauer mitkriegen, und hebe die Hände. *Feiert einfach weiter. Hier gibt es nichts mehr zu sehen!*

Gabriel weicht Charlotte aus, die ihre Arme ausbreitet und mich an sich zieht.

»Oh Chiara! Sorry noch mal!« Als ich in all der Spitze und Seide versinke, spüre ich das verräterische Beben ihrer Brust. »Gott, war das komisch!«, tuschelt sie mir kichernd ins Ohr. »Sorry …! Ausgerechnet du!«

»Vielen Dank auch! Das war perfekt gezielt«, schnaufe ich und fange ebenfalls an zu kichern.

»Aber glaub mir, Heiraten macht einen unglaublichen Spaß!«, murmelt sie. Und so, wie sie den ganzen Tag schon aussieht, glaube ich ihr tatsächlich aufs Wort.

Jetzt schiebt sie mich von sich weg, weil Mamma schon neben ihr ansteht und sehnsüchtig darauf wartet, mich nach diesem Schrecken zu trösten.

»*Madonna!*« Sie gibt ein unterdrücktes Schluchzen von sich und schlingt ihre Arme fest um mich. Mamma ist in jeder Situation nahe am Wasser gebaut, und bei Hochzeiten wird ihre persönliche Flutmarke regelmäßig überschritten. »Was hättest du dir alles brechen können!« Sie sieht an meinem dunkelblauen Kleid mit den kleinen roten Blümchen herab. »Immerhin. Auf diesem Muster sieht man die Grasflecken überhaupt nicht!«, bemerkt sie tröstend, als wäre ich diejenige, die jetzt ein Taschentuch braucht.

Ich erhasche einen Blick auf Lo, die ungeduldig ausharrt, bis Mamma sich endlich beruhigt hat. Um mir dann sofort den Riesenstrauß in die Arme zu drücken, den sie vorübergehend an sich genommen hat. »Er gehört trotzdem dir!« Meine Schwester strahlt und wirft einen vielsagenden Seitenblick auf Gabriel, der in den Himmel über Hamburg schaut und in Gedanken wahrscheinlich schon im Cold Creek Valley weilt, wo es still und einsam ist und die meisten Menschen, genau wie er, ein eher bedächtiges Temperament besitzen.

»Du weißt ja, was das heißt, einen Brautstrauß zu fangen – auch wenn du dich so anstellst und es nicht hören willst –, vermutlich bist du die nächste Braut …!«, schwadroniert Lo und ist dabei wie so oft eine Spur zu laut.

»Lo, kannst du bitte einfach die Klappe halten …!«, murmle ich.

»Dico così per dire!« Sie hebt die Hände und blickt mich unschuldig an. Von wegen, sie sagt es einfach nur so. Lo macht kein Geheimnis aus ihrem Standpunkt, dass *Mann* seine Freundin gefälligst heiraten sollte, bevor er sie in sein Tal in Colorado mitnimmt. Ich würde mich überhaupt nicht wundern, wenn gerade jetzt ein von ihr gechartertes Flugzeug über den Himmel tuckerte, hinter sich ein großes Transparent: *Heirate Chiara Di Pasqua!*

Glücklicherweise geht in diesem Moment das Programm weiter, und ich entgehe weiteren Diskussionen mit meiner Schwester.

Papà klatscht in die Hände. »Lasst uns langsam nach Hause gehen, das Abendessen wartet!«

Gabriel kommt zu mir herüber, ein kaum unterdrücktes Grinsen im Gesicht.

»Was? Essen wir schon wieder?« Er nimmt meine Hand, und wir folgen den anderen. »Ich hätte vielleicht doch nicht zwei Stück Torte nehmen sollen! Was, zugegebenermaßen, schade gewesen wäre.« Er sieht mich von der Seite an, und ich erwidere sein Lächeln. Erleichtert und glücklich, dass meine Entscheidung für eine sommerliche Torte mit Ricotta-Brombeer-Mousse so gut angekommen ist. Alle waren begeistert. Sogar

Lo hat sich ein ehrlich gemeintes Kompliment abgerungen. Als Juniorchefin der *Pasticceria Di Pasqua* in Eppendorf war sie zuerst ganz schön beleidigt gewesen. In der ungeschriebenen Bäckerhierarchie meiner Familie stehe ich natürlich unter meiner älteren Schwester. Was Giovanni aber nicht davon abgehalten hat, mir diese verantwortungsvolle Aufgabe zu übertragen.

»Ich hoffe, das war nicht meine letzte Torte für lange Zeit …« Ich höre es selbst, wie aufgeregt und gleichzeitig verzagt meine Stimme klingt. Übermorgen beginnt mein neues Leben, fünftausend Meilen von hier entfernt. Plötzlich erfasst mich heftiges Lampenfieber.

»Oh-oh.« Gabriel bleibt stehen. Er wendet sich zu mir und wuschelt sich durch die dunklen Locken, während er mich nachdenklich ansieht. »Du bist aufgeregt«, stellt er fest.

Ich nicke und lasse meine Stirn gegen seine Brust sinken. »Ziemlich«, gebe ich zu.

»Alles wird gut«, murmelt er in meine ruinierte Frisur und schlingt seine Arme fest um mich. »Und meine Familie ist zwar nicht ganz so laut und aufs Essen fixiert wie deine, aber du wirst sie mögen.«

Den Hochzeitsstrauß und die damit verbundenen Erwartungen erwähnt er mit keiner Silbe, auch später nicht, als er ihn mir auf halbem Weg zum Haus meiner Eltern abnimmt, weil meine Arme allmählich lahm werden.

VIER MONATE SPÄTER

CHIARA

Der Morgen im Cold Creek Valley beginnt mit einem lauten *Wump!*. Die Matratze federt unter mir, und dann folgt das dumpfe *Klackklack* von Buddys Pfoten auf dem blanken Holzboden.

»Wieso schläfst du eigentlich nicht in deinem Korb?«, raunt Gabriel dem wärmesuchenden Golden Retriever zu. Ich höre, wie er barfuß zur Tür geht und in seine schweren Stiefel steigt. Kurz darauf klappt die Tür und die Schritte entfernen sich über die Wendeltreppe. Wie ein Adlerhorst liegt unsere Wohnung über der ehemaligen Scheune. Vier geräumige Zimmer, ein nagelneues Bad und eine Küche, die noch im Entstehen ist – das ist unser neues Zuhause.

Der Ausblick aus den Fenstern ist überwältigend: Unter uns windet sich der Cold Creek wie ein glitzerndes Band zwischen Bäumen und Büschen durch das Tal, und gegenüber thronen mächtige Berge mit wild gezackten Gipfeln. Gemütlich ist es hier oben auch. Noch gemütlicher wäre es mit der neuen Heizung, auf deren Einbau wir sehnlichst warten. Sofern alles gut geht, wird es in drei Wochen, im neuen Jahr, endlich so weit sein.

Meine Lider wollen sich noch nicht öffnen. Weil Samstag ist, kann ich eine Stunde länger schlafen, bevor meine Arbeit in *Liam's Bakery* beginnt. Und Gabriel hat heute dienstfrei. Ich rolle unter der Daunendecke zu der warmen Kuhle, die sein

Gewicht in der Matratze hinterlassen hat. Von beidem – Wärme und Gabriel – kann ich einfach nicht genug kriegen.

Ich überlasse mich noch eine Weile meinen Träumen. Der gestrige Abend fällt mir wieder ein. Wir waren auf dem Weihnachtsmarkt in der kleinen Stadt am Eingang des Tals, die – genau wie der wild rauschende Fluss – Cold Creek heißt. Es gab viele Stände mit leckerem Essen. Wir haben uns durchgefuttert, Glühwein getrunken und ein paar kleine Geschenke gekauft. Danach sind wir am Fluss spazieren gegangen, um uns die festliche Weihnachtsbeleuchtung an den Brücken anzusehen. Es war wunderschön und die perfekte Einstimmung auf die Weihnachtszeit.

In diesem Moment drängt sich ein Gedanke in den Vordergrund, der schon die ganze Zeit an den Rändern meines Bewusstseins gezupft hat: Die Stille da draußen ist noch viel stiller als gewöhnlich. Eigentlich hört man hier auf der Farm, die eine ganze Meile bergaufwärts liegt, immer noch das Rauschen des Flusses. Nicht so heute Morgen. Ich vergesse für einen Moment die Kälte im Zimmer und schwinge mich aus dem Bett, um aus dem Fenster zu sehen. Bevor das möglich ist, muss ich mit dem Ärmel meines Pyjamas ein Guckloch in der beschlagenen Scheibe frei machen. Und tatsächlich! Mein Herz macht einen kleinen Salto, als ich meine geheime Hoffnung erfüllt sehe: Es hat geschneit. Natürlich ist es nicht der erste Schnee des Jahres. Im Cold Creek Valley schneit es oft schon im frühen Herbst, aber dann folgen doch noch einmal wärmere Tage und aller Schnee schmilzt wieder.

Was ich jetzt vor mir sehe, ist allerdings etwas ganz anderes – in der vergangenen Nacht sind unfassbare Schneemassen vom

Himmel gefallen. Im pastelligen Licht der aufgehenden Sonne versinkt die Landschaft in einem weißen Traum. Mein Blick wandert über die tief verschneiten Gipfel auf der gegenüberliegenden Talseite hin zu den drei riesigen Eichen im Hof, die unserer Farm ihren Namen verliehen haben. Die Äste biegen sich unter der weißen Last nach unten. Das Dach auf dem Haupthaus der Three Oaks Farm trägt eine hohe Schneemütze, die so aussieht, als könnte sie jederzeit ins Rutschen geraten. Dort, an der Hintertür, endet auch die einzelne Fußspur, die von einem wirren Pfotenmuster begleitet ist.

Jetzt öffnet sich die Tür und Gabriel kommt zurück, in seinem blauen Parka, den er sich über den Pyjama gezogen hat. In den Händen balanciert er eine Kaffeekanne und zwei große Milchkaffeetassen und versucht dabei, nicht über Buddy zu stolpern. Der hüpft herum, als wäre es der erste Schnee seines Lebens. Der Anblick ist herzerwärmend, aber Wärme im Herzen genügt heute definitiv nicht. Als ich über die kalten Holzbohlen zum Kamin gehe, spüre ich vor lauter Frost meine Zehen kaum noch. Aber das haben wir gleich. Damit es am Morgen schnell geht, richten wir vor dem Zubettgehen den Kamin, und das hat sich bewährt. Ich muss nur die Flamme meines Feuerzeugs an das Anmachholz unter den dicken Scheiten halten, und sofort beginnt es zu knistern. Ein Flämmchen zuckt hervor, noch eines, das dürre Reisig fängt an zu glühen, und schon züngelt die erste große Flamme empor. Dass eine Großstadtpflanze wie ich sich auf das Feuermachen und Holzhacken versteht, damit hatte hier auf der Farm natürlich niemand gerechnet. Sie konnten ja nichts von Nonna Elsa in Ligurien wissen, bei der ich bis zu ihrem viel zu frühen Tod regelmäßig meine Sommerferien verbrachte.

Gerade als ich ins Bett zurückkrieche, klappt die Tür.

»Es hat geschneit!« Auf Gabriels Gesicht liegt ein rätselhaftes Lächeln, das ich nicht so richtig deuten kann. Er stellt das Geschirr auf dem kleinen Tischchen neben unserem Bett ab und streift seinen Parka ab.

»Schon gesehen!« Ich erwidere sein Lächeln und schlage die Decke über mich. »Genau rechtzeitig zum Wochenende.«

Er lässt sich neben mich aufs Bett fallen, bevor er sich über mich beugt und mich küsst. Zu dumm, dass ich gleich zur Arbeit muss! Die Wärme des Kaminfeuers hat inzwischen meine Zehen erreicht, die unter der Decke hervorgerutscht sind, und im ganzen Raum breitet sich der wunderbare Geruch nach verbrannten Fichtennadeln aus. Es ist ein schöner Moment, und ich würde ihn gerne noch länger auskosten. Ich schlinge beide Arme um Gabriels Nacken und will ihn näher zu mir ziehen.

»Warte, warte!« Er macht sich lachend von mir los und greift nach seinem Parka neben dem Bett.

»Was ist?« Ich beobachte ihn kritisch, wie er in der Manteltasche wühlt.

»Ich habe etwas für dich.« Er zieht ein kleines, wunderschön verpacktes Geschenk heraus und hält es mir hin.

Ich blinzle überrascht und greife danach. »Was ist heute für ein Tag?« In meinem Bauch flimmert es plötzlich.

Gabriel lächelt. »Heute vor einem Jahr ging ein Flug von Hamburg nach Denver. An Bord saßen Chiara Di Pasqua und Gabriel Anthony, die einander zum ersten Mal begegnen sollten«, sagt er wie der Sprecher in einer historischen Doku und bringt mich damit zum Lachen.

»Wirklich? Das war genau vor einem Jahr?« Ich kneife die

Augen zu und überlege kurz. »Stimmt … Und ich hab's leider vergessen …«

»Ist doch nicht schlimm … Komm schon, mach es auf!«

Ich liebe Geschenke. Sehr, sehr, sehr. Und ganz besonders liebe ich schön verpackte und außergewöhnliche Geschenke. Es ist ein Fakt, dass in einer kleinen quadratischen Schachtel erfahrungsgemäß nichts drin ist, das man aufessen, lesen oder an die Wand hängen kann, sondern … Mehr Herzklopfen. Während Gabriel an mich heranrückt, zelebriere ich das Auspacken. Eine goldene Schleife. Rotes Papier mit Glitzersternchen …

Und die Erinnerung kommt zurück.

Ja, genau vor einem Jahr saß ich im Flugzeug. Kurz zuvor war meine Hochzeit geplatzt, und neben meinem Verlobten war ich auch noch meinen Job losgeworden. Ich weinte pausenlos und das Letzte, worauf ich Lust hatte, war diese Reise. Um die ich aber nicht herumkam, weil Giovanni nach einem Unfall in der Universitätsklinik von Denver lag und irgendwer schließlich seine Schafe versorgen und Mammas Trostgebäck aus Hamburg vorbeibringen musste. Ein glücklicher Zufall, wie sich herausstellte …

Ich öffne die Schachtel, und sofort durchzuckt mich die Freude wie ein Blitz.

»Gabriel!« Ich sehe ihn mit großen Augen an, bevor ich in die Schachtel greife und den Ring herausnehme, den schönsten Ring, den ich jemals bekommen habe. Die Gedanken verknäueln sich in meinem Kopf.

»Das ist zum …« Ich beiße mir auf die Lippen.

»Ach, ich muss zugeben, ich habe ihn gesehen und einfach nach einem Anlass gesucht, ihn dir zu schenken«, sagt er mit einem lockeren Grinsen. »Ich dachte, der Jahrestag unserer ersten Begegnung wäre ganz passend.« *Entspann dich, Chiara, es ist nicht das, was du dachtest. Es ist kein Verlobungsring.* »Wie wunderschön …« Jetzt kann ich meiner Freude freien Lauf lassen. »Du bist verrückt!«, flüstere ich, und als er mich ansieht, schlagen seine Augen kleine Fünkchen.

Gabriel kennt mein Verlobungs-Schrägstrich-Hochzeits-Trauma. Als wir ein Paar wurden, habe ich ihm natürlich von meinem Desaster erzählt und dabei klargemacht, dass ich für alle Zeiten bedient bin, was dieses Thema betrifft. Eher kocht der Cold Creek über, als dass mich irgendwer noch einmal in ein Hochzeitskleid kriegt, das ich anschließend – zum Sterben peinlich – vielleicht wieder in den Laden zurückbringen muss.

Solche Dinge braucht man wirklich kein zweites Mal.

»Himmel, wie wunderschön!«, flüstere ich noch einmal und betrachte den Ring jetzt etwas genauer. Er ist golden und zierlich, mit einem winzigen eingefassten Türkis, der im Schein des Kaminfeuers sanft glitzert. Ich streife ihn über den Ringfinger meiner rechten Hand. Er passt perfekt.

»Woher kennst du meine Größe?« Ich halte Gabriel meine Hand hin. Er greift danach und grinst. »Ich hatte deinen Silberring einen Tag lang entwendet, als Muster.«

»Danke! Du bist so wunderbar!« Ich schlinge meine Arme um seinen Hals und küsse ihn auf seine schön geschwungenen Lippen. Aus meinen Wimpern löst sich eine Träne, die ich gar nicht bemerkt habe, und kullert mir die Wange hinab. »Ich liebe dich, Chiara«, flüstert Gabriel.

»Ich dich auch!« Himmel. Gleich ist es zu spät und ich heule richtig. Aber dazu kommt es nicht. Auf Gabriels Gesicht breitet sich ein Grinsen aus, während er mir vorsichtig mit dem Daumen eine Träne von der Wange wischt. »Und ich bin richtig froh, dass du mir damals meinen Koffer geklaut hast.«

»Ich habe ihn *verwechselt*!« knurre ich empört. Aber eigentlich ist es mir vollkommen egal. Das Wichtigste ist, dass uns diese kleine Panne zusammengeführt hat. Ich rutsche etwas tiefer unter die Decke und lehne mich an seine Schulter.

»Echt schade, dass du heute arbeiten musst!« Er zupft an der Bettdecke. »Kann Liam seine Brötchen nicht ausnahmsweise allein backen?«

Ich mache mich los, um auf den alten Radiowecker neben dem Bett zu sehen. Noch ein paar Minuten …

»Die Brötchen bäckt doch sowieso Evan«, antworte ich, während ich die Hand mit dem Ring hin- und herdrehe, um die schönen Lichtreflexe hervorzurufen. »Liam braucht mich an der Theke. Samstags ist immer besonders viel los, weißt du?«

»War nicht ganz ernst gemeint.« Gabriel beugt sich vor, um den Kaffee einzuschenken.

Er und Liam kennen sich, seit Gabriels Mom ihn zum ersten Mal im Kinderwagen in *Liam's Bakery* geschoben hat. Die beiden verbindet eine tiefe Sympathie füreinander. Und ich selbst habe Liam eine ganze Menge zu verdanken. Als Gabriel mich im Sommer Liam vorstellte, bot der mir ohne große Umstände einen Job in seiner Bäckerei an. Auf diese Weise kam ich an ein Arbeitsvisum, womit gleichzeitig zwei große Fragezeichen über meiner nächsten Zukunft für mich gelöst waren.

»Liam hat mir gerade neulich von deinem Gebäck vorgeschwärmt!« Gabriel reicht mir meinen Kaffeebecher, und ich nehme den ersten heißen Schluck.

»Ich würde gerne noch mehr davon machen«, sage ich dann. »Aber er lässt mich nicht, weil nicht genug Platz in der Theke ist.« Ich seufze. »Ich persönlich würde ja lieber auf diese blöden Muffins verzichten. Die sind doch sowieso alle aus demselben Teig! Nur der Guss ist unterschiedlich – rosa, weiß, mit Streuseln … das ist so einfallslos!«

»Ich weiß, ich weiß.« Gabriel nickt. »Irgendwann ist es so weit. Dann verwirklichst du deinen Traum, und das Cold Creek Valley bekommt seine erste Pasticceria.«

»Ja, irgendwann.« Ich wippe ungeduldig mit den Zehen.

»Du musst allem ein bisschen Zeit geben.« Er streichelt meinen Nacken, und ich höre auf zu wippen.

»Wie wäre es, wenn wir heute Abend essen gehen?«, schlägt er vor.

»Das wäre wunderschön!« Ich stelle meine Tasse ab und schwinge mich aus dem Bett. »Ich muss mich fertig machen.«

»Tayler und ich wollen auch früh los. Und wir sind rechtzeitig zurück, versprochen.« Gabriel nickt bekräftigend. »Zur Not zerre ich ihn von der Piste, sollte er mal wieder nicht genug kriegen.«

»Ach, bloß nicht!« Ich bleibe lachend stehen, schon in der Tür mit dem Handtuch über der Schulter. »Lasst euch Zeit. Snowboarden macht bestimmt Spaß in diesem Traumschnee.«

»Du verstehst mich.« Gabriel lehnt sich mit einem zufriedenen Grinsen zurück.

»Meistens.« Ich erwidere sein Grinsen. »Außerdem hast du mir gerade ein Wahnsinnsgeschenk gemacht, und dann ist es jetzt einfach mein Geschenk, euch Snowboard-Süchtigen gegenüber so wahnsinnig großzügig zu sein.«

»Chiara, hör bloß auf.« Er wirft mir unter seinen dichten dunklen Wimpern hervor einen intensiven Blick zu. »Du hast deine Heimat und deine Familie zurückgelassen und bist mit mir hierhergekommen«, sagt er mit einem kleinen Lächeln. »Obwohl du wusstest, dass es nicht leicht wird. Das ist das größte Geschenk, das du mir machen konntest.«

»Okay«, erwidere ich lächelnd. So schwer war das eigentlich gar nicht. Bis jetzt jedenfalls.

Auf dem Weg zum Auto nimmt mir die schneidend kalte Luft fast den Atem. John, Gabriels Vater, hat den Hof schon geräumt, und ringsherum türmt sich der Schnee schulterhoch. Vor dem Haupthaus steht Gran in ihrem langen Mantel am Vogelhäuschen. Sie blickt lächelnd auf und winkt mir zu.

»John hat dir eine Fahrrinne bis zur Talstraße gemacht. Aber fahr vorsichtig, Mädchen!«

»Keine Sorge, mache ich!« Ich winke zurück und zerre die Tür meines alten Toyota auf. Wie jeden Tag, seit es so kalt geworden ist, liegt auf dem Fahrersitz eine kleine Wärmflasche. Auf ihren Bezug hat Gran das Wort *Sitzheizung* gestickt. Schon allein von dieser Geste wird mir ganz warm und ich muss lächeln. Mein Auto ist mindestens zehn Jahre vor der Erfindung der Sitzheizung gebaut worden. Ein neueres war für den Augenblick nicht drin. Sein größter Vorteil besteht darin, dass es nicht so schwindelnd hoch gebaut ist wie die üblichen Pick-ups und mir somit die peinlichen Klimmzüge beim Einsteigen erspart bleiben.

Nachdem ich mir die Wärmflasche in den Rücken geschoben habe, starte ich den Wagen. Die erste Meile bis hinunter ins Tal ist trotz der breiten Fahrrinne eine Herausforderung. Ich muss nicht nur darauf achten, dass ich die Spur halte, sondern zudem dagegen ankämpfen, mich nicht von dem fantastischen Blick auf die verschneite Landschaft ablenken zu lassen. Die

Rocky Mountains üben eine unendliche Faszination auf mich aus. Niemals werde ich vergessen, wie ich diesen gigantischen Gebirgszug zum ersten Mal sah. Tagelang war ich mit großen Augen und offenem Mund herumgelaufen und hatte in Richtung der Berge gestarrt. Inzwischen kenne ich die Namen der meisten Gipfel zwischen Cold Creek und Three Oaks, und die Silhouette der Berge auf der gegenüberliegenden Talseite der Farm ist mir so vertraut geworden, dass ich sie problemlos mit geschlossenen Augen nachzeichnen könnte.

Sobald ich die Talstraße erreicht habe, lehne ich mich entspannt zurück und schalte das Radio ein.

Leute, der richtige Winter ist da! Bis zu fünfzig Zentimeter Neuschnee heute Nacht. Er ist schön, wir lieben ihn, aber er ist auch verdammt hart!, verkündet der überfröhliche Moderator. *Ihr da draußen in den Canyons! Wartet mit euren Weihnachtseinkäufen, die Schneepflüge sind unterwegs! Leute, es wird ein weißes Weihnachten!*

Dann – Überraschung – spielen sie *White Christmas*, und obwohl ich es schon bestimmt drei Millionen Mal gehört habe, kriege ich Gänsehaut. Weil es so wunderbar in diese Puderzuckerlandschaft passt.

Der richtige Winter, denke ich und werfe einen Blick auf den Cold Creek, der an dieser Stelle breit und schäumend neben der Straße herfließt – na, den werde ich wohl packen, auch wenn er hart ist. Ich kenne ihn ja schon ein bisschen vom letzten Jahr, und mit einem Mal packt mich die Vorfreude: Geschenke kaufen, auf dem Christmas Ball tanzen, Weihnachtsgebäck backen, Schlittenfahren – all das und noch viel mehr wartet auf mich!

»Hallo! Bin da!« Die Ladenglocke von *Liam's Bakery* scheppert laut, und der warme Duft der frisch gebackenen Brötchen erfüllt den Raum. Liam ist noch nicht hinter der Theke zugange, aber die Tür zur Backstube steht offen. Jetzt erscheint Evan im Türrahmen, ein Handtuch über der muskulösen Schulter. Er sieht gut aus, und er weiß es.

»Hey, Chiara.«

Anders als sonst umspielt seine Lippen nicht dieses selbstgefällige Lächeln. Ich kann es mir nicht erklären, aber mich beschleicht plötzlich ein komisches Gefühl.

»Hey, Evan. Alles klar?«

»Hör zu.« Er rubbelt sich mit der Hand über die Stirn. »Liam hat eben angerufen. Er ist im Krankenhaus.«

»Wie bitte?« Ich starre Evan entsetzt an.

Evan nickt. »Er hatte heute Nacht Herzprobleme, und sie wollen ihn zur Beobachtung dabehalten.«

Für einen Moment bewegt sich der Boden unter mir. »Gott … Wie schrecklich.« Ich schlucke. »Weiß man schon Genaueres?«

Evan zuckt mit den Achseln. »Es war wohl kein Infarkt oder so was. Aber sie müssen ihn einfach mal durchchecken.«

»Gut.« Meine Knie zittern immer noch vor Schreck, aber jetzt fällt mein Blick auf die leere Theke, und ich kehre schlagartig ins Hier und Jetzt zurück. »Dann … sollte ich schnellstens loslegen!«, murmle ich und schlüpfe rasch aus meinem Mantel, um ihn in der Backstube hinter der Tür aufzuhängen. Vier Bleche mit fertig gebackenen Brötchen stehen schon auf der Ablagefläche bereit, und ich beeile mich, sie in die Körbe zu füllen.

Evan schiebt das nächste Blech in den Ofen. »Kannst du die Weihnachtsmuffins fertig machen?«, fragt er mich über die Schulter. »Der Teig steht schon im Kühlraum.«

»Klar, mache ich.« Ich trage zwei volle Körbe mit Brötchen nach draußen, stelle sie an ihren Platz und schalte die Kaffeemaschine an.

Zurück in der Backstube binde ich mir in fieberhafter Eile die Schürze um und kümmere mich um die Muffins. In solchen Momenten zahlt sich meine Routine aus, unter größtem Zeitdruck zu arbeiten. Auch in der Pasticceria meiner Eltern ging es oft hektisch zu. Und Muffins sind nicht gerade eine Herausforderung. Aber das ist ein anderes Thema … Ein paar Minuten später sind sie im Ofen, und draußen läutet die Ladenglocke.

»Verdammt, haben die Leute kein Zuhause?«, knurrt Evan misslaunig.

Ich erspare mir eine Reaktion, weil er diesen Spruch ständig bringt. Dabei ist es noch nicht mal sein blödester. Außerdem kann ich mir ohnehin denken, wer gerade gekommen ist.

»Dave Hanson, wer sonst.« Ich wische mir lächelnd die Hände an der Schürze ab. »Harte Nacht gehabt, Cowboy?«

»Hey, Chiara!« Dave stützt sich mit beiden Ellbogen auf die Theke und lehnt sich vor. Er sieht ein bisschen erschöpft aus, seine blonden Locken sind zerwühlt, und um die Kinnpartie zeichnen sich die Bartstoppeln deutlich ab. In seinen sagenhaft blauen Augen liegt dieser spezielle Blick, den er immer noch für mich bereithat. Warm, freundschaftlich, indiskret und provokant. »Frag mich nach dem ersten Kaffee noch mal«, antwortet er mit einem Grinsen.

Ich hebe bedauernd die Schultern. »Das dauert leider noch einen Moment.« Ich nehme den Wasserbehälter aus der Kaffeemaschine und halte ihn unter den Wasserhahn.

»Wo steckt eigentlich Liam? Der wird dich doch nicht etwa mit Evan allein lassen? Der baggert doch jede Frau an!«

»Das sagst ausgerechnet du?« Fast hätte ich gelacht, aber mir ist nicht so richtig zum Lachen zumute. »Liam ist mit Herzproblemen ins Krankenhaus gekommen. Sie behalten ihn zum Durchchecken dort.«

»Oh, das tut mir leid!« Dave stößt sich von der Theke ab. »Dann … dann lass mich helfen!«

Noch bevor ich etwas erwidern kann, ist er schon neben mir und schaut sich um. »Okay. Ich übernehme die Kaffeemaschine, die kenne ich schon. Wir zwei haben eine gute Beziehung.«

»Super, danke!«

»Für dich doch immer.« Er wirft mir ein kurzes Grinsen über die Schulter zu und greift dann nach den Kaffeebohnen im Schrank. Bevor es mit Gabriel ernst wurde, hatten Dave und ich eine heiße Affäre. Jetzt sind wir einfach sehr gute Freunde. Ich bin ganz sicher, dass es zwischen Hamburg und Cold Creek Valley nicht viele Paare gibt, die diesen Übergang so locker hingekriegt haben.

Als ich wieder in die Backstube zurückkomme, vermischt sich dort der Brötchenduft bereits mit dem süßen Geruch nach Weihnachtsmuffins.

»Na, so früh schon wieder unser Rodeostar und Herzensbrecher am Start?« Grinsend räumt Evan die Abstellfläche frei, die gleich für die Muffins gebraucht wird.

Ich zucke mit den Schultern. »Holst du die Muffins in fünf Minuten raus?«

Er drückt mir einen Korb mit der dritten Brötchensorte in die Hand und pustet sich dabei lässig die blonde Strähne aus den Augen. »Aber klar doch … Boss!«

Ich seufze genervt und rausche zur Tür hinaus.

Vor der Theke stehen zwei kräftige Kerle in Arbeitsanzügen, die draußen ihren Schneepflug geparkt haben.

Dave stellt ihnen so selbstverständlich zwei makellose Cappuccino-to-Go auf die Theke und kassiert ab, als machte er diesen Job jeden Tag. Dann zapft er sich selbst einen doppelten Espresso. Er nimmt einen kräftigen Schluck und lehnt sich mit dem Rücken gegen die Theke. »Hey, das wird doch nicht etwa ein Verlobungsring sein?«, fragt er mit hochgezogenen Augenbrauen und deutet auf meine Hand.

Um ein Haar lasse ich die Gebäckzange fallen, mit der ich gerade meine *Paste di Mandorla* dekorativ auf einem kleinen Tablett anrichten wollte. »Du siehst aber auch alles!« Ich richte mich auf und halte ihm lächelnd meine Hand hin. »Kein Verlobungsring. Einfach so. Ein Ring eben. Weil wir uns vor einem Jahr zum ersten Mal begegnet sind.«

Dave fährt sich mit der Hand über die blonden Bartstoppeln und seine Mundwinkel zucken, als er den Ring begutachtet. Ich erwarte einen flapsigen Spruch, der seinem Ruf als größter Herzensbrecher des Tals gerecht wird. Aber er nickt anerkennend und murmelt: »Gabriel Anthony weiß, wie man das macht.«

Dieser Kommentar kommt etwas unerwartet. Bevor ich etwas erwidern kann, betritt eine Kundin den Laden.

»Habe ich da eben ein bisschen Wehmut herausgehört?«, frage ich, als wir wieder allein sind. »Sag bloß, der Cowboy ist sein wildes Leben satt?«

Dave macht eine abwehrende Handbewegung. »Ich bin nur schlecht drauf. Dieser Neuschnee, und dann ist demnächst Weihnachten – da kann ein Kerl schon mal nachdenklich werden.« Er schüttelt sich und strafft die Schultern. »Okay, ich bin weg, meine Pferde füttern. Kommst du diese Woche auf die Silver Ranch? Ich gebe am Dienstag und Donnerstag Reittraining. Wenn du Lust hast …«

Ich seufze. »Ich kann es noch nicht sagen. Vermutlich muss ich Liam eine Weile vertreten.«

Es stimmt mich traurig, dass ich eines der Highlights verpasse, die das Leben im Cold Creek Valley für mich bereithält. Mittlerweile bin ich fast genauso pferdeverrückt wie die meisten Leute hier im Tal, und das Training bei Dave ist ein absolutes *must have.*

»Ach schade.« Dave grinst und ist plötzlich wieder ganz der Alte. »Du wirst mir fehlen.«

»Steh hier nicht im Weg rum, Hanson!« Evan ist aus der Backstube gekommen, das Handy am Ohr. Daves Augen verengen sich und er tritt einen Schritt vor. Zum Glück streckt Evan jetzt den Arm aus und hält mir das Handy entgegen.

»Liam. Er will dich sprechen.«

Ich blinzle Dave zu: »Danke und bis bald!«

Zum Glück versteht er meine dezente Bitte zu verschwinden. Bevor es zu einer Schlägerei hinter der Theke kommt, woran ich, wen wundert's, wenig interessiert bin.

Ich halte mir das Handy ans Ohr.

»Hallo, Liam?« Meine Stimme zittert vor Anspannung.

»Hallo, Chiara, wie geht es dir?«

Liam klingt fast wie immer. Vielleicht ein klein wenig matt.

»Mir geht es gut … aber was machst du denn für Sachen?« Ich höre meine Stimme brechen, aber ich möchte nicht weinen. Evan steht immer noch in der Tür zur Backstube und beobachtet mich. Auch er wirkt angegriffen.

»Ich muss gestehen, das war schon ein kleiner Dämpfer.«

Liam hält kurz inne. »Aber sie lassen mich heute Abend wieder nach Hause – unter der Voraussetzung, dass ich mich ausruhe und es in Zukunft ein bisschen langsamer angehen lasse …«

Ich seufze leise. *Liam* und *es langsamer angehen lassen* – das passt beim besten Willen nicht in einen Satz. »Ja, das solltest du wirklich. Dann … erhol dich erst mal. Wir schaffen das auch zu zweit, den Laden am Laufen zu halten.«

»Danke, Chiara, das klingt gut.« Liam atmet tief durch. »Vielleicht fahre ich einfach mal ein paar Tage weg, um ein bisschen Abstand zu gewinnen. Rosie hat schon vorgeschlagen, eine Weile bei unserer Tochter in Montana zu verbringen. Wir sehen unsere Enkelkinder viel zu selten …«

»Warum nicht? Macht das – ich kann dich hier vertreten!«, höre ich mich sagen, noch bevor ich großartig nachgedacht habe. Liam und Rosie sind ein so unglaublich liebenswertes Paar. Sie haben es wirklich verdient, ein bisschen an sich selbst zu denken. »Und mach dir keine Gedanken«, füge ich hinzu, »ich weiß, wovon ich rede! Ich habe meinen Eltern lange genug über die Schulter geschaut.«

Liam gibt ein leises Lachen von sich. »Okay … Das klingt ja sehr überzeugt! Wenn das so ist, überlege ich es mir ernsthaft.«

»Du kannst sicher sein, dass es mir Spaß machen würde!« Bis zu dieser Sekunde war mir nicht klar gewesen, wie sehr ich mir eine neue Herausforderung wünsche.

Liam schweigt eine Weile. »Ja, warum nicht?«, sagt er schließlich. »Das machen wir. Vielleicht nur für ein paar Tage, vielleicht auch für etwas länger.«

Mein Puls hüpft. »Du kannst auf mich zählen.«

»Überlege es dir gut, es bedeutet mehr Arbeit, die ich dir natürlich mit einem anständigen Zuschlag vergüten würde.«

»Ja, mache ich!« Ich erwidere ungerührt Evans Blick, der sichtlich irritiert ist. Wahrscheinlich ärgert er sich, dass ich immer weiter von ihm weggewandert bin, damit er nicht etwa mithört.

»Abgesehen davon«, fährt Liam fort, »hatte ich ohnehin vor, eine flexible Aushilfe einzustellen, die alle etwas entlastet. Ich werde gleich eine Stellenanzeige schalten. Das ist natürlich sehr kurzfristig. Falls du also jemanden kennst, mit dem du gerne zusammenarbeiten möchtest – lass es mich wissen!«

Ich denke kurz nach. »Hm. Spontan fällt mir niemand ein, aber ich höre mich um«, verspreche ich.

»Okay, dann sehen wir uns auf jeden Fall am Montag.«

»Am Montag?« Ich schnappe nach Luft. »Hör mal, willst du dich nicht erst mal gründlich erholen?«

»Schon gut. Das schaffe ich«, erwidert er. »Damit du nicht die Nächste bist, die zusammenklappt. Wenn ich weggehe, dann erst, wenn das Team steht.«

Nach dem Gespräch hätte ich das Gehörte am liebsten erst mal verarbeitet. Was aber nicht geht, weil ich jetzt Evan schleunigst hinter der Theke ablösen muss. Ich lege das Handy zur Seite, das ich immer noch umklammert halte, und schlüpfe hinter Evan durch zum Wasserhahn. Mir ist mit einem Mal schwummrig. Allein die Aussicht auf eine neue Aufgabe, wenn auch nur für eine Weile, ist einfach zu aufregend. Nachdem ich ein Glas Wasser in einem Zug ausgetrunken habe, fühle ich mich gleich wieder besser.

Jetzt ist der Laden für einen Moment leer. »Alles klar bei dir?« Even wirft mir einen kritischen Seitenblick zu. »Bist du krank?«

»Nö. Mir geht's prima. Hatte nur Durst.«

»Okay …« Er verschränkt die Arme. »Und über was hat Liam so lange mit dir gequatscht?«

»Die Ärzte sagen, er sollte es langsamer angehen lassen. Und er kommt am Montag vorbei. Außerdem sagt er, dass wir eine Aushilfe brauchen.« Das ist die Wahrheit. Zwar nicht die ganze, aber das geht ihn nichts an.

»Alles klar.« Evan verschwindet zu meiner übergroßen Erleichterung nach hinten. Mein Puls hat nach dem Telefonat mit Liam noch nicht aufgehört zu flattern. Aber dann betreten zwei Kunden den Laden und lenken meine Gedanken wieder in eine andere Richtung. Und dann kommen schon die nächsten. Und die nächsten. Die Überraschungen des Morgens rücken in den Hintergrund, während gefühlt die Hälfte aller Bewohner dieses Tals an meiner Theke vorbeizieht. Und einige kaufen tatsächlich von meinem Gebäck. Das sind meine Lieblingskunden des Tages.

GABRIEL

Tayler schmeißt sich auf den Beifahrersitz und knallt die Autotür hinter sich zu. Ich lasse den Motor an.

»Welchem Auto soll ich folgen?«, frage ich lachend. Auf der verschneiten Wohnstraße vor Taylers Haus bewegt sich kein einziges Fahrzeug.

»Fahr los«, knurrt Tayler und dann: »*Shit.* Warte.«

Becky ist in der Haustür aufgetaucht. Ihre rote Wuschelmähne überstrahlt den Schnee mühelos. Sie formt ihre Hände zu einem Trichter und ruft irgendwas, dann malt sie ein Viereck in die Luft, wringt die Fäuste in einer ziemlich eindeutigen Geste und verschwindet im Haus.

»Ich wusste es.« Tayler atmet geräuschvoll aus. »Man kann gar nicht schnell genug weg sein.«

Jetzt verstehe ich seine Hektik von eben. »Und was wollte Becky? Ich meine, es war nicht gerade eine zärtliche Geste, die sie da gemacht hat …« Ich gebe vorsichtig Gas, und Tayler lässt sich gegen die Rücklehne fallen.

»Sie wollte, dass ich Rice Crispies für Mila und Mikey besorge, die große Packung. Sie weiß, dass ich alles vergesse, wenn ich auf die Piste gehe. Sollte das passieren, droht sie damit, mir den Hals umzudrehen«, übersetzt er gleichmütig und schnallt sich an. »Wir müssen also auf dem Rückweg noch einen Schlenker am Safeway vorbei machen.«

»Kein Problem. Scheint so, als hätte dich deine Familie im Griff?«

Tayler nickt. »Gott, bin ich froh, in den Schnee zu kommen!«

»Stress?« Ich greife nach meiner Sonnenbrille auf dem Armaturenbrett und setze sie auf.

»Ach, nicht der Rede wert.« Tayler winkt ab, und ich nicke wissend. Ich kenne seine Einstellung: Probleme zu wälzen, bevor wir von der Bewegung erschöpft sind, beeinträchtigt den Pistenspaß. Und der ist uns heilig, weil wir viel zu selten dazu kommen. Sollte er mir also wirklich etwas Tiefschürfendes mitteilen wollen, dann wird er das hinterher tun.

»Und bei dir, alles gut?«, fragt er der Form halber zurück. »Ist ja eine Weile her, dass wir uns gesprochen haben!«

»Viel zu tun in der Klinik«, antworte ich. *Details später.* »Wohin fahren wir?«

Tayler lehnt sich auf dem Beifahrersitz gemütlich zurück. »Heute ist doch ein idealer Tag für Arapahoe Basin, oder?«

Arapahoe Basin – allein der Klang führt dazu, dass meine Beine anfangen zu brennen. Ich werfe Tayler einen kurzen Seitenblick zu. So sieht definitiv ein glücklicher Kerl aus. »Okay«, sage ich. »Das ganze Programm.«

Tayler nickt. »Das ganze Programm. Es wird großartig.«

Arapahoe Basin ist nicht weit von hier und eines der höchstgelegenen Skigebiete in ganz Nordamerika. Es gibt eine ganze Reihe von herrlich steilen und herausfordernden Pisten, und wir haben ein paar Favoriten, die wir jedes Mal mitnehmen. Dazu noch dieses Traumwetter …

»Das wird richtig gut!«

Ein warmes Gefühl durchströmt meinen Körper. Nach der stressigen Arbeitswoche wird es guttun, mich ein paar Stunden so richtig auszupowern, und zusammen mit Tayler macht es umso mehr Spaß. Danach werde ich glücklich und tiefenentspannt zu Chiara zurückkehren. Wir gehen essen, feiern den besonderen Tag … Immer wieder erscheint das Bild vor meinen Augen, wie glücklich sie den Ring betrachtet hat. Diese Überraschung ist mir wirklich gelungen, sage ich mir, und sonne mich in dem wunderbaren Gefühl, alles richtig gemacht zu haben.

***

Drei Stunden später bin ich ein vollkommen anderer Mensch, in dessen Körper die Endorphine kreisen und wunderbare Glücksgefühle auslösen. Oben auf dem Gipfel verschnaufe ich einen Moment und betrachte das Panorama vor mir. Egal, wohin man sich wendet, ist die Sicht einfach spektakulär: schneebedeckte, wuchtige Berge und darüber ein strahlend blauer Himmel ohne ein einziges Wölkchen. Ich hole mein Handy hervor und mache ein paar Fotos, die ich an Chiara schicke. Kann gut sein, dass sie heute noch mehr Bilder kriegt von »der Legende«, wie Arapahoe auch genannt wird – auf einem anderen Gipfel haben wir vor einer Weile Giovanni getroffen, der auf Skiern unterwegs war.

Tayler und ich sind schon drei schwarze Pisten gefahren und gerade mit dem Lift wieder nach oben gekommen. Der Pulverschnee ist herrlich und ich kann gar nicht genug kriegen.

Zumindest lasse ich für den Moment die Vernunft siegen. »Jetzt noch was Ruhiges«, schlage ich vor.

Tayler deutet in Richtung der *Beavers*. »Du meinst, zum Abschluss für heute.«

Ich nicke, und erneut wird mir mit einem überwältigenden Hochgefühl klar, dass ich dieses Mal nicht einfach nur zu Besuch bin, sondern bleiben kann. All die Jahre in Hamburg habe ich meine Heimat vermisst. Wie sehr, das wusste ich allerdings erst, als ich wieder nach Colorado zurückgekehrt war. Ich habe meine Entscheidung noch keine Sekunde bereut. Ich hoffe inständig, dass Chiara dasselbe empfindet. In der ersten Zeit nach unserem Umzug war sie Begeisterung pur. Aber da war ja auch Sommer, und wir hatten unendlich viel Zeit, die wir miteinander verbringen konnten. Wir streiften tagelang über sonnenbeschienene Wiesen voller Wildblumen, ließen uns auf einem Schlauchboot den Fluss hinuntertreiben, gingen in den klarsten Bergseen schwimmen … meine Heimat zeigte sich von ihrer allerschönsten Seite. Aber mittlerweile sind längst Kälte, Dunkelheit und der stressige Alltag in unser Leben eingezogen. Auch wenn Chiara auf mich eigentlich immer sehr glücklich wirkt – manchmal fürchte ich doch, sie könnte an ihrer Entscheidung zweifeln. Später, wenn wir gemütlich in der *Potato Lodge* in Cold Creek sitzen, werde ich sie fragen, was sie nach einem knappen halben Jahr im Cold Creek Valley über ihr neues Leben denkt.

Als Tayler und ich schließlich im Tal angekommen sind, bringen wir erst mal unsere Boards in meinen Wagen.

»Holen wir uns was am Kiosk?«, fragt Tayler unschlüssig. »Oder gehen wir lieber ins Restaurant?« Was eigentlich eine rhetorische Frage ist. Am Kiosk gibt es nur diese kleinen Wraps. Die sind zwar preisgünstig und lecker, aber ich weiß genau, dass keiner von uns beiden davon auch nur annähernd satt wird.

Ich schüttle energisch den Kopf. »Ehrlich, ich brauche was Anständiges.« Ich versetze ihm einen freundschaftlichen Boxhieb gegen den Oberarm. »Sei mein Gast, bei mir gibt es heute was zu feiern!«

»Okay, wenn du meinst, danke …« Er grinst ein bisschen merkwürdig, als wir jetzt zielstrebig auf das Restaurant zusteuern. »Zu feiern … tja, da hätte ich vielleicht auch was.«

»Aha?«

Tayler winkt ab. »Erzähl ich dir später.«

»Okay.« Ich drücke ihm insgeheim die Daumen, dass es endlich so weit ist mit der ersehnten Gehaltserhöhung. Aber dann sind wir angekommen und das Buffet fordert unsere Aufmerksamkeit.

Mit turmhoch beladenen Tabletts steuern wir kurz darauf einen Tisch am Fenster an, von wo aus wir das Treiben am Lift beobachten können. Wir schälen uns schnell aus unseren warmen Jacken und greifen synchron nach unserem Mineralwasser.

»Wow, ich war am Verdursten«, sage ich atemlos und stelle mein Glas ab. Dann bemerke ich Taylers abwartenden Blick, der auf mir ruht. Er räuspert sich.

»Also, du zuerst! Was gibt's bei dir zu feiern?«, frage ich.

»Becky ist wieder schwanger«, sagt Tayler mit einem Pokerface und einem so absurd beiläufigen Tonfall, als ginge es um den angekündigten Neuschnee morgen oder den Christmas Ball in ein paar Tagen.

»Wow! Herzlichen Glückwunsch, Mann!«

»Tja, Überraschung, was?« Tayler grinst. »Wir freuen uns natürlich.« Er schnappt sich eine Empanada von seinem Teller und beißt hungrig ab. »Obwohl es nicht direkt geplant war«, ergänzt er mit vollem Mund. »Das Problem ist – wie sollte es auch anders sein – natürlich das liebe Geld. Wie immer.« Seufzend wischt er sich mit der Serviette den Mund ab, bevor er zwei Tütchen Zucker in seinen Kaffee schüttet und davon trinkt.

Ich sehe ihm nachdenklich zu. Tayler verdient als Polizist nicht gerade ein Vermögen, und sie haben eine ziemlich erdrückende Hypothek auf ihrem Haus liegen. Jetzt gerade sieht er so glücklich aus, als hätte jemand Goldstaub über ihm ausgeschüttelt.

»Zur Hölle mit den ganzen Plänen«, sagt er und schaut versonnen in seine Tasse. »Kommt doch sowieso alles, wie es kommt!«

»Der Plan war, dass Becky ihre Stunden in der Bibliothek erhöht, wenn ich mich richtig erinnere.«

Tayler nickt. »Weil die Zwillinge ja demnächst in die Schule kommen. Das wäre nicht schlecht gewesen für unsere Finanzen.«

»Klar.« Ich breche mir ein Stück vom Rand meiner Pizza ab und stecke es in den Mund. »Und was sagt Becky dazu?«

»Tja, meine Becky – was denkst du denn? Sie freut sich wahnsinnig und ist wie immer total optimistisch, dass am Ende alles gut wird.«

»Dann schafft ihr das auch zusammen.« Ich schiebe ihm kommentarlos ein Stück Pizza auf seinen Teller, das er ebenso kommentarlos nimmt und davon abbeißt.

»Wahrscheinlich«, murmelt er kauend. »Aber jetzt genug von meinem Chaosleben. Wie sieht es bei euch aus? Was gibt es zu feiern?«

»Chiara und ich haben heute den Jahrestag unserer ersten Begegnung. Damals, im Flugzeug.«

Tayler nickt. »Und das feiert ihr. Und dann feiert ihr noch mal den Tag, an dem ihr wirklich zusammengekommen seid?« Er grinst.

»Vielleicht, wer weiß?« Ich ziehe meinen Kaffee zu mir heran. »Man kann nicht oft genug feiern. Und da es keine Hochzeit geben wird ... Ich habe ihr jedenfalls einen Ring geschenkt, und sie war begeistert.«

Tayler zieht die Brauen hoch. »Wow, das glaube ich. Und das mit dem Heiraten ... das muss doch auch nicht sein. Wenn sie nach ihrer schlechten Erfahrung keine Lust dazu hat ... Hauptsache, ihr seid glücklich.«

Ich nicke halbherzig, weil genau an dieser Stelle der Schuh drückt. »Ich hoffe jedenfalls, dass sie glücklich ist«, sage ich. »Manchmal habe ich Zweifel, dass ich ihr einfach zu viel zumute. Das alles«, schließe ich mit einer unbestimmten Geste zum Fenster, »ist eben fremd für sie.«

»Okay, verstehe ... Du machst dir Sorgen, ob ihr im Alltag als Paar bestehen könnt ...« Er nickt nachdenklich. »Es ist nicht immer einfach. Davon kann ich ein Lied singen.«

»Genau das meine ich«, stimme ich zu. »Mein Arbeitstag ist lang, und die Strecke nach Denver braucht auch ihre Zeit. Und am Abend gibt es noch ordentlich zu tun, weil ich meine Eltern auf der Farm nicht einfach hängen lassen kann. Was bedeutet, dass Chiara und ich momentan sehr wenig Zeit miteinander haben.«

Gott. Ich wusste nicht, dass mein Kopf so voll ist von diesen Sorgen, dass sie jetzt wie ein Wasserfall hervorsprudeln.

Tayler schüttelt nachdenklich den Kopf. »Oh-oh, das ist auf Dauer bestimmt nicht gut.«

Ich nehme einen Schluck Wasser, aber der Kloß, der plötzlich in meinem Hals sitzt, will nicht weggehen. »Ich zerreiße mich zwischen all den Anforderungen, und in der Klinik ist es wahnsinnig stressig.«

Genau in diesem Moment durchfährt mich ein Gedanke wie ein heißer Blitz: Ich habe den ganzen Morgen noch kein einziges Mal mein Diensthandy gecheckt. Theoretisch betrachtet bin ich dazu auch überhaupt nicht verpflichtet, schließlich habe ich an diesem Wochenende keine Bereitschaft. Tatsache aber ist, dass meine ständige Erreichbarkeit auch außerhalb meiner Dienstzeit praktisch vorausgesetzt wird.

»Warte mal.« Ich ziehe das Handy aus der Jacke, die über der Stuhllehne hängt. Verdammt. Genau das, was ich befürchtet habe. Auf dem Display leuchten mir drei verpasste Anrufe in der letzten halben Stunde entgegen. Alle stammen von Patricia, meiner Oberärztin. Sie unterstützt mich sehr, erwartet aber im Gegenzug von mir eine hohe Einsatzbereitschaft. Vor zehn Minuten hat sie ihren vergeblichen Anrufen eine Nachricht folgen lassen.

Gabriel, wir brauchen dich in der Notaufnahme. Jede Menge Schneeunfälle. Zwei Kollegen krank.

Es ist keine Bitte.

»Verdammt. Sie brauchen mich …«, murmle ich und wähle schon Patricias Nummer an.

Tayler stöhnt leise auf. »Das ist doch nicht dein Ernst, oder?«

»Ich fürchte doch. Wir fahren in die Klinik, und du nimmst meinen Wagen nach Hause.« Am anderen Ende der Leitung klingelt es endlos.

Tayler starrt mich kauend an und schüttelt resigniert den Kopf.

»Gabriel!«, meldet sich Patricia endlich. »Wann kannst du hier sein?«

»Lass mich überlegen, ich bin gerade in der Nähe von Dillon …«

Tayler beugt sich über den Tisch. *Tu das nicht*, lese ich von seinen Lippen ab.

»In einer halben Stunde?«, höre ich mich selbst sagen und spüre, wie mir der Schweiß ausbricht. Tayler macht dieselbe Geste wie seine bezaubernde Becky vorhin. Er dreht mir den Hals um.

Ich räuspere mich. »Zwei Stunden. Länger geht es wirklich nicht«, schiebe ich heiser hinterher. »Alles klar«, gibt Patricia knapp zurück.

Verdammt. Ich habe jetzt schon das Gefühl, nicht genug getan zu haben, sie zu enttäuschen.

»Na, du verdienst dein Geld aber wirklich nicht im Schlaf«, bemerkt Tayler, der wohl eingesehen hat, dass ich von ihm nicht auch noch Druck brauche. »Aber das hier lassen wir nicht umkommen.«

Er stopft sich die übrige Empanada in den Mund, während wir schon aufstehen und unsere Jacken anziehen.

Ich tippe schnell eine Nachricht an Chiara in mein Handy, und dann machen wir uns auf den Weg.

»Ich hoffe nur, dass nicht noch mehr Notfälle eingeliefert werden«, sage ich, als Tayler mich vor der Klinik absetzt. »Dann komme ich wirklich nicht mehr weg von hier.«

»Ruf mich an«, sagt Tayler. »Notfalls schicke ich eine Streife vorbei und lasse dich abholen.«

CHIARA

»Bis Montag.«

Ich schließe hinter Evan vorsorglich ab, bevor ich endlich das breite Grinsen zulasse, das die ganze Zeit beharrlich an meinen Mundwinkeln gezupft hat. Am liebsten würde ich jetzt ein bisschen durch den Raum tanzen. Nur weil direkt vor dem Fenster gerade ein Vater mit seinem kleinen Sohn einen Schneemann baut, verkneife ich mir den Impuls und lasse stattdessen meinen Blick schweifen – über die Theke mit den Regalen und der stattlichen Kaffeemaschine dahinter, die Stehtische an beiden Fensterseiten, den Holzboden, und dann zum Fenster hinaus über die winterliche Szenerie. Es macht mich so unheimlich glücklich: Liam vertraut mir für eine kleine Weile – oder vielleicht sogar länger, wer weiß – seinen Schatz, seine Bäckerei an! Nicht Evan, sondern mir. Aber das ist irgendwie auch logisch. Schließlich kennt sich Evan nur in der Backstube aus, und ich – ich habe die ganzen Abläufe in der Pasticceria meiner Eltern von der Pike auf gelernt. Zwar ist das Cold Creek Valley nicht Eppendorf, aber so riesig wird der Unterschied ja wohl nicht sein – Einkäufe, Buchhaltung, Personalsachen, Steuern … kein Problem für mich. Und weil wir schon einmal dabei waren, habe ich Liam vorhin gleich noch das Okay abgeluchst, vielleicht die ein oder andere zusätzliche Gebäcksorte anbieten zu dürfen.

»Na, wenn es dir Freude macht.« Das klang nicht gerade überschwänglich, aber wir haben da einfach unterschiedliche Prioritäten. Liam scheint jedenfalls nicht die geringste Ahnung davon zu haben, wie viel mir seine Zustimmung bedeutet. Vielleicht kann man die Begeisterung für Süßes auch überhaupt nur verstehen, wenn man in der Backstube einer Pasticceria aufgewachsen ist. Bisher haben wir nur ein kleines Sortiment meiner *dolci* im Angebot, aber ich habe schon festgestellt, dass es in diesem Tal doch so einige Leute gibt, die ausgesprochen gern Süßes essen … Was für eine unerwartete Chance, mich jetzt zu beweisen und allen zu zeigen, wie viel mehr in mir steckt! Ich sehe es bereits vor mir. Reihen von Silbertabletts mit kleinen Köstlichkeiten, den ein oder anderen Kuchen und samstags eine Torte, vielleicht die *Cassata Siciliana* mit Marzipan nach dem Rezept von Mamma, dazwischen auch ein bisschen Deko … Ich notiere mir dieses Thema innerlich. Sicher wird Liam auch das gut finden. Bei genauer Betrachtung wirkt der Raum ja doch einigermaßen schmucklos. Diese hübschen kleinen Sachen, die Mamma immer in die Vitrine stellt – kleines Retro-Puppengeschirr, Weihnachtsmänner, Osterhasen, kleine Vasen mit Stoffblumen … das wäre eine gute Idee.

Mitten in meine Euphorie hinein vibriert mein Handy, und eine Nachricht von Gabriel erscheint auf dem Display.

Zurück vom Snowboarden, muss leider für ein paar Stunden in die Klinik. Sorry!! Halte dich auf dem Laufenden. Love Gabriel

Mist. Von einer Sekunde auf die andere stürzt meine Laune jäh ab. Es nervt. Ständig wird Gabriel gerufen, egal, ob er Bereitschaft hat oder nicht. Ich hatte mich so sehr auf unseren gemeinsamen Abend gefreut! Unwillkürlich drehe ich den Ring an meinem Finger. Vielleicht ist es dieses Mal ja tatsächlich nur ein kurzer Noteinsatz, und er kann bald nach Hause kommen. Ich antworte mit einem traurigen Smiley und *Kuss Chiara*, und drücke auf Senden.

Dann tippe ich kurz entschlossen auf Charlottes Nummer. Die Farm von Giovanni und Charlotte liegt sowieso auf meinem Heimweg, und ich habe das dringende Bedürfnis, alle Neuigkeiten des Tages zu teilen.

»Na, Feierabend?«, meldet sie sich nach dem dritten Klingeln gut gelaunt und fröhlich wie meistens.

»Ja. Kann ich bei euch vorbeikommen?«

»Du musst, unbedingt! Wir vermissen dich! Und dein Bruder hat Massen von Pasta gekocht – ist das was?«

»Bin schon unterwegs!«, sage ich und lege auf.

Als ich von der Talstraße in die Zufahrt nach Black Dog Lands biege, taucht die Sonne gerade hinter den Berggipfeln unter. In mir will sich eine leise Traurigkeit breitmachen, weil ich das Schneewunder von heute überhaupt nicht genießen konnte und weil Gabriel nicht da ist. Ein Glück, dass morgen Sonntag ist. Wir können morgen alles nachholen, was wir heute verpasst haben.

Als ich die Autotür hinter mir zuschlage, kommt Massimo laut bellend die Haustreppe heruntergestürmt, gefolgt von einer fluchenden Charlotte.

»Verdammt!«, ruft sie lachend vom oberen Treppenabsatz und wuschelt sich durch die Haare. »Dieses Mistvieh öffnet inzwischen sämtliche Türen!«

»Er denkt einfach, ihm gehört hier alles.« Ich streiche dem riesigen Hund über sein pechschwarzes Fell. »Schließlich heißt diese Farm Black Dog Lands!«

Ich beuge mich zu Massimo herunter und flüstere ihm ins Ohr: »Die Farm war allerdings vor dir da.« Massimo schenkt mir einen Blick, als hätte ich wirklich von nichts eine Ahnung.

»Komm rein!«, drängt Charlotte und zieht fröstelnd ihre dicke weiße Strickjacke um sich.

»Du solltest öfter kommen!«, sagt sie, als sie mich in den kleinen Windfang gezogen und der Tür hinter mir einen Tritt verpasst hat. Sie schlingt ihre Arme um mich und drückt mich kurz und kräftig. Mehr denn je komme ich mir in ihrer Umarmung vor wie ein Kind. Inzwischen ist sie bestimmt doppelt so schwer wie ich.

»Na, dann komm mal rein in die warme Stube!« Sie lässt mich so plötzlich los, dass ich mich um ein Haar auf Massimo gesetzt hätte, der wartet, bis sich der Stau im Türrahmen aufgelöst hat. Mit seinen Shetlandponymaßen kommt er einfach nicht mehr an seiner Besitzerin vorbei.

Ich folge Charlotte in die Wohnküche, in der wie immer in dieser Jahreszeit ein gemütliches Feuer brennt.

»*Sorellina!*«, ruft Giovanni, der am Herd steht und Pasta in ein Sieb abgießt. »Du kommst gerade rechtzeitig, und ich wette, in weniger als fünf Minuten kommt auch noch unser lieber Nachbar. Der wunderbare Geruch meiner Pasta trägt bis zum nächsten Hügel …« Sein Lächeln ist unschuldig, aber niemand fällt darauf herein.

»Jetzt hör mal auf!« Charlotte, die zum Geschirrschrank gegangen ist, knufft ihn in die Seite. »Ich habe doch ganz genau gehört, wie du Dave eben angerufen hast. Aber wenn wir schon beim Thema Geruch sind … Du riechst etwas streng nach Schafstall, Darling.«

»*Dio.* Wirklich?« Giovanni schnuppert an seinem Pulli. »Ich werde duschen, bevor ich ins Bett gehe«, versichert er eilig.

Ich ziehe die Besteckschublade auf und kann mir das Grinsen nicht verkneifen. Giovanni und seine Schafe, das ist eine epische Geschichte. Dass Charlotte seine Begeisterung für die Herde von inzwischen zehn Tieren und seine großen Pläne mit ihnen so voller Gleichmut und Humor hinnimmt, ringt mir gehörigen Respekt ab.

»Ich bin vorhin deinem Liebsten über den Weg gelaufen«, ruft er mir über die Schulter zu. »Die zwei Höllenbrüder geben ja wirklich alles auf der Piste!« Er grinst bewundernd.

»Ich will es gar nicht so genau wissen!«, entgegne ich mit leichtem Schaudern. Meine ersten Versuche mit dem Snowboard habe ich zwar schon hinter mir, aber so ganz wird das wohl nicht mein Ding. Ich halte mich da lieber an die Pferde, die stehen wenigstens sicher auf dem Boden.

»Sag mal, Chiara, was hast du denn an deinem Finger?«, mischt sich Charlotte ein. »Sehe ich da etwa einen neuen Ring?« Sie zwinkert mir zu und beugt sich über den Tisch, wo ich gerade das letzte Messer abgelegt habe.

Ich erröte und halte strahlend meine Hand hoch. Der Türkis funkelt wunderschön im Licht. »Von Gabriel. Ist der nicht wunderschön?«

»Wow, und wie!« Charlotte kommt um den Tisch herum und ich strecke ihr die Hand mit dem Ring entgegen. »Gott«, murmelt sie fasziniert. »Der muss ja ein wahres Vermögen gekostet haben!«

Die ganze Zeit lehnt Giovanni mit dem Rücken zum Herd und betrachtet mich mit einem grübelnden Ausdruck.

»Also … kein Verlobungsring, hm?«, sagt er schließlich, mit einer unüberhörbaren kleinen Enttäuschung in seiner Stimme.

»Nein, nichts von der Sorte«, gebe ich gereizt zurück.

»Giovanni, jetzt mach doch mal halblang.« Charlotte streicht mir sachte über den Unterarm, bevor sie sich meinem Bruder zuwendet. »Wir hatten ja schließlich auch schon ein gemeinsames Haus und einen gemeinsamen Hund, bevor wir geheiratet haben«, bemerkt sie ganz richtig. »Die beiden kennen sich gerade mal ein Jahr! Sie können sich doch Zeit lassen … oder auf immer und ewig ohne Trauschein miteinander leben. Wo ist das Problem?«

»Kein Problem. Es wäre alles nur etwas einfacher. Chiara würde in jedem Fall eine unbefristete Aufenthaltsgenehmigung kriegen«, knurrt Giovanni. Womit er zugegebenermaßen recht hat.

»Das wird schon«, meint Charlotte zuversichtlich. Ich lasse mich auf die Eckbank fallen. Mein Blick wandert zu dem Hochzeitsfoto der beiden auf dem Kaminsims. Sie wirken darauf so ungemein glücklich. Ich seufze. Das Fest war wirklich wunderschön, auch wenn mich eine kleine Beule noch längere Zeit an meinen unliebsamen Zusammenstoß mit dem Brautstrauß erinnert hat. Irgendwie gelingt es mir nicht, mir vorzustellen, dass das Schicksal eine Hochzeit für mich bereithält, nachdem es schon einmal so fürchterlich schiefgelaufen ist. Außerdem gibt es so viele Dinge, die viel dringender sind. Ich bin schließlich immer noch dabei, hier in meinem neuen Zuhause anzukommen.

Das Poltern an der Haustür lässt mich aus meinen Gedanken

schrecken. Daves Hund Chipper – braun-weiß gefleckt, sehr frech und von undefinierbarer Rasse – bellt lautstark im Flur. Bevor irgendwer reagieren kann, ist Massimo zur Tür getrabt und öffnet sie mit einem gezielten Pfotenhieb für seinen Freund, der ihm gerade mal bis zur Schulter geht.

»Ich dachte, das soll ein Hütehund sein. Dabei benimmt er sich wie ein Zirkuskünstler!« Dave schiebt sich mit einem breiten Grinsen an den beiden Hunden vorbei in die Küche.

»Spar dir deine überheblichen Kommentare, Nachbar!« Giovanni wuchtet die riesige Pastaschüssel auf den Tisch. »Setzt euch lieber, bevor das Essen kalt wird!«

Auch wenn Giovanni immer so tut, als wäre er der Experte von allem – ohne Daves unbezahlbare Tipps und seine tatkräftige Hilfe wäre er wahrscheinlich schon in seinen ersten Wochen als Hobbyfarmer jämmerlich gescheitert. Ich habe den Verdacht, er versucht sich bei Dave mit Pasta zu revanchieren. Und ganz offensichtlich kommt das ziemlich gut an.

Die Hunde haben sich mittlerweile beruhigt und lassen sich vor dem Kamin nieder. Wir greifen zu, und eine entspannte Stille breitet sich im Raum aus, nur unterbrochen von dem Knacken des Feuers im Kamin.

»Chiara, weißt du inzwischen irgendwas Genaueres von Liam?«, erkundigt sich Dave nach einer Weile.

Giovanni und Charlotte sehen mich irritiert an.

»Ach, habe ich noch gar nicht erwähnt.« Ich lege meine Gabel beiseite. »Liam hatte Herzprobleme und musste ins Krankenhaus«, erkläre ich den beiden. »Sie führen ein paar Untersuchungen durch, aber er darf heute Abend schon wieder nach Hause.«

»Oh, das tut mir leid.« Giovanni schüttelt betrübt den Kopf.

»Und wie organisiert ihr das jetzt in der Bäckerei ohne ihn?«

»Liam hat mich vorhin angerufen.« Ich halte kurz inne und atme tief durch. Plötzlich bin ich doch ziemlich aufgeregt. »Er möchte es ab jetzt etwas ruhiger angehen lassen … Er und Rosie werden vielleicht erst mal eine Weile bei ihrer Tochter verbringen und es sieht so aus, als dürfte ich ihn in dieser Zeit vertreten. Dafür zahlt er mir einen Extrabonus.«

Giovanni zieht überrascht die Brauen hoch.

»Ist alles noch nicht spruchreif«, schiebe ich hinterher.

»Wow. Das ist ein echter Vertrauensbeweis!« Charlotte strahlt mich an.

»Hey … das ist wirklich cool, Chiara!« Dave blinzelt mir lächelnd zu. »Und das kriegst du locker hin.«

»Oh, klar!« Ich stupse ihn mit dem Ellbogen an, bevor ich einen flüchtigen Blick auf meinen Bruder werfe. Der macht mal wieder sein kritisches Gesicht und ich ahne schon, was als Nächstes kommt. Es ist ein Witz. Giovanni ist von dem Gedanken besessen, seine jüngere Schwester vor Risiken zu schützen, die sich von denen, die er selbst liebend gerne eingeht, kaum unterscheiden. Ich sage nur: auswandern nach Colorado und eine Schafzucht aufmachen. Haha.

»Okay …«, sagt er jetzt gedehnt, »und du glaubst, du schaffst das? Ich meine, Buchhaltung und Einkäufe … da hängt ja eine Menge Arbeit dran.« Er runzelt nachdenklich die Stirn.

Plötzlich steigen Hitze und eine leichte Übelkeit in mir auf. Ich überlege fieberhaft, was eigentlich dagegenspricht, hier und jetzt gründlich aus der Haut zu fahren. Aber jemand am Tisch ist schneller.

»Giovanni!« Charlottes Augen senden heftige Blitze aus. »Ihr seid doch praktisch in der Pasticceria aufgewachsen. Warum soll Chiara nicht wissen, wie man so einen Betrieb führt? Es ist ja nicht so, als würde sie sich neu erfinden und ein Yogastudio eröffnen wollen.«

»Genau«, stimme ich zu und gebe mir Mühe, finster zu blicken. Was schwierig ist, weil ich jetzt vor Lachen platzen möchte. Seit ich Charlotte zur Freundin habe, muss ich mich nicht mehr großartig mit meinem älteren Bruder herumstreiten. Das ist ein Riesenbonus. Es passiert oft, dass sie genau das ausspricht, was ich auch sagen würde – und vor ihrer Meinung hat Giovanni mehr Respekt.

»Ich meine ja nur, es ist sicher … anstrengend«, rudert er hastig zurück, und Dave, der Charlottes Ausbruch fasziniert verfolgt hat, schaut grinsend auf seinen Teller.

»Vertrau mir einfach«, gebe ich knapp zurück.

Charlotte nickt mir triumphierend zu und steht auf, nicht ohne mit ihrem Bauch gegen den Tisch zu rumpeln. »Verdammt«, murmelt sie. »Diese Kugel ist manchmal ganz schön im Weg.« Sie geht zum Kühlschrank und nimmt eine neue Flasche Mineralwasser heraus.

»Wann ist es noch mal so weit?«, erkundigt sich Dave.

Charlotte kommt zum Tisch zurück. »Termin ist der Achtundzwanzigste«, sagt sie schwer atmend.

»Cool. Dann könnt ihr ja noch zum Christmas Ball kommen«, stellt Dave mit einem ermunternden Grinsen fest. »Ich zähle auf dich als Tänzerin, Charlotte!«

»Du willst mit mir tanzen? Mann, du hast ja keine Ahnung, wie riesig mein Wendekreis ist!« Charlotte schüttelt bedauernd den Kopf. »Nein, im Ernst. Dieses Jahr nicht. Aber nächstes Jahr, versprochen!«

Ich wende mich an Dave. »Jetzt verrate uns doch mal – wer ist in diesem Jahr deine glückliche Ballprinzessin?«

»Hm, ich weiß nicht …« Er mustert mich herausfordernd. »Nachdem meine großartige Tanzpartnerin vom letzten Jahr nicht mehr zu haben ist … schwierig, sehr schwierig!« Er verschränkt die Arme hinter dem Kopf und ich starre einen Moment auf seinen Bizeps, der sich unter seinem Shirt beeindruckend abzeichnet. Mir ist schon klar, warum sich mit Dave kaum jemand anlegen möchte. Eine Partnerin für den Christmas Ball sollte aber kein Problem sein, oder?

»Gabriel wird sicher damit einverstanden sein, dass wir den einen oder anderen Tanz zusammen tanzen«, tröste ich sie.

»Gibt es denn sonst niemanden …«, erkundigt sich Charlotte hilfsbereit und kräuselt die Stirn.

»Lass mal, ich habe kein Problem, allein zu gehen!« Dave hebt beide Hände.

»Und was ist mit Jenny?«, hake ich nach. Eine indiskrete Frage einerseits, aber andererseits kennt jeder im Tal die Geschichte von Dave und Jenny und ihr unrühmliches Ende.

»Jenny wer?« Dave fährt sich grinsend über die Bartstoppeln. Ich tue ihm den Gefallen und spiele mit. »Jenny Tanaka, du Trottel.« Ich hebe mein Glas, proste ihm zu und trinke einen Schluck Wasser.

»Keine Chance. Redet immer noch nicht mit mir.« Dave schnippt sich eine Locke aus den Augen.

»Kein Wunder, wenn du auf dem Ball mit einer anderen flirtest? Schließlich wart ihr damals ein Paar!« Charlotte starrt ihn vorwurfsvoll an. Sie war bei diesem Vorfall vor zwei Jahren nicht etwa dabei. Was sie aber nicht daran hindert, eine Meinung zu der Sache zu haben. Wie übrigens jeder im Tal.

»Keine andere … es war April«, murmelt Dave. Als ob das einen Unterschied machen würde.

»Ach so, ja, natürlich, keine andere, sondern April!«, Charlotte imitiert seinen Tonfall erstaunlich gut und klatscht sich die Hand an die Stirn. »Was soll das denn jetzt heißen?« Sie atmet tief ein, während wir sie alle anstarren. Charlottes Temperamentsausbrüche sind außergewöhnlich spektakulär und unterhaltsam. »Verdammt!«, schäumt sie weiter, »dann hab doch endlich mal eine Affäre mit ihr, damit endlich Ruhe im Valley ist!«

Giovanni hebt protestierend die Hand. »Tss! Das sollte er besser nicht«, wendet er ernsthaft ein. »Das macht alles nur noch schlimmer!«

Dave trommelt ungeduldig mit den Fingern auf der Tischplatte und schüttelt den Kopf. »Es macht keinen Spaß«, sagt er schließlich. »Wie sollst du als Mann eine Frau erobern, wenn du die ganze Zeit ihren heißen Atem im Nacken spürst und dich fragst, wer hier eigentlich wen jagt!«

»Ohhh, was für ein Machospruch!« Charlotte hebt die Augen zur Decke. »Dave, wir Frauen werden nicht gejagt! Wir sind hier nicht mehr in der Steinzeit!«

»Ich weiß, ich weiß.« Dave grübelt eine Weile vor sich hin und ich kann ihm ansehen, wie er nach Worten sucht, die Charlotte nicht zum Explodieren bringen. »Sieh mal«, sagt er schließlich in einem betont friedfertigen Ton, »bei April geht es um Stolz. Sie kann nicht verstehen, warum ich ausgerechnet von ihr nicht wirklich etwas will, wo ich doch …«, er stockt, »na ja, mit ziemlich vielen Frauen …«

»Schon gut, schon gut. Du hast das Tal praktisch durch.« Charlotte macht eine ungeduldige Handbewegung, aber ihre Mundwinkel zucken.

Ich kann mich nicht länger zurückhalten und fange an zu kichern, und schließlich lachen wir alle.

Erleichtert greift Dave nach seinem Glas. »Ich gehe jedenfalls dieses Jahr allein zum Ball.«

»Ja, schon klar.« Ich blinzle ihm zu. »Du gehst vielleicht allein hin. Aber du wirst den Ball nicht allein verlassen.«

»Was willst du?« Dave stützt sich auf die Unterarme und sieht mich mit blitzenden Augen an. »Ich habe schließlich einen Ruf zu verteidigen!«

Charlotte gibt ein gespieltes Röcheln von sich und hebt die Augen zur Zimmerdecke.

Auf der Fahrt zur Three Oaks Farm spüre ich eine wachsende Spannung in mir. Leider ist das Funknetz im Tal wieder mal ausgefallen, und ich habe keine Ahnung, ob Gabriel inzwischen auf Three Oaks eingetroffen ist. Dass wir ganz bestimmt nicht mehr essen gehen werden, ist nicht so tragisch. Ich habe eine Riesenportion von Giovannis Pasta verdrückt. Aber ein romantischer Abend mit Kerzenlicht, und wenn es nur auf dem Sofa wäre … meine Erwartungen sind bereits auf ein Minimum zusammengeschmolzen, als ich auf den Hof fahre, und sie werden trotzdem bitter enttäuscht: Gabriels Wagen steht nicht im Carport.

Als ich das Esszimmer im Haupthaus betrete, sitzen Gabriels Eltern und Gran gerade beim Abendbrot.

»Hallo zusammen!«, grüße ich ein wenig matt.

»Setz dich zu uns!« Margie lächelt. »Bis Gabriel kommt, wird es noch ein bisschen dauern. Er hat gerade über Festnetz angerufen. Dich konnte er anscheinend nicht erreichen.«

»Ja, ich war noch bei meinem Bruder.« Ich setze mich auf meinen Platz. Bis wir genügend Geld für eine eigene Küche gespart haben, kochen und essen wir alle zusammen. Mich stört es eigentlich nicht, besonders an Abenden wie diesen.

»Haben sie dir Gabriel einfach wieder entführt!« Gran zwinkert mir zu.

Ich zucke seufzend die Achseln. »Ja, das war für heute Abend eigentlich anders geplant.«

John holt eine Tasse aus dem Schrank und schenkt mir Tee ein. »Hast du schon gegessen oder soll ich dir ein paar Spiegeleier braten?«

Ich schüttle lächelnd den Kopf. »Danke, John. Ich habe schon auf Black Dog Lands gegessen!«

Ich wende mich zu Gran, die neben mir sitzt, und drücke ihre schmale, weiche Hand. »Danke für die Sitzheizung!«

Sie wiegt den Kopf, und ihre Mundwinkel verziehen sich nach oben. »Mein Kind. Du arbeitest hart, dann sollst du wenigstens nicht frieren.«

»Ach, na ja«, gebe ich ein bisschen verlegen zurück. »Hier auf Three Oaks arbeiten alle ziemlich hart.«

Margie beugt sich vor. »Stimmt es, was ich gehört habe – Liam ist im Krankenhaus?«

»Ja, leider.« Ich erzähle alles, was ich weiß, und dann auch noch den Rest.

»Vertretung für Liam – wenn das mal nicht gut klingt!« Gran stupst mich von der Seite an. »Und wenn ich mich hier auf der Farm langweile, könnte ich zu dir kommen und mitbacken!«

Ich lächle sie an. »Danke, das ist ein verlockendes Angebot!« Wenn ich mein Gebäck für Liam daheim in Three Oaks backe, was ich ziemlich oft tue, stellt sich Gran früher oder später in der Küche ein. Sie lässt sich dann alles von mir zeigen und hilft mir. Ich liebe diese gemeinsamen Stunden und die Geschichten, die sie mir bei dieser Gelegenheit über das Leben im Cold Creek Valley erzählt.

»Es wird jedenfalls spannend in der nächsten Zeit!« John sieht mich mit einem warmen Lächeln an. »Und wenn wir dich irgendwie unterstützen können, gib einfach Bescheid, ja?«

Auch Margie lächelt und nickt heftig zu Johns Worten.

»Danke, das ist wirklich sehr nett von euch!«

Was meine eigene Familie wohl sagen wird? Wenn ich Feierabend habe, ist es in Deutschland leider schon tiefste Nacht, weshalb die Neuigkeiten warten müssen.

Im Esszimmer sagt eine ganze Weile lang niemand etwas. Das ist auf Three Oaks ganz normal. Bei meiner Familie dagegen wäre das ein Hinweis auf ein gefährlich köchelndes Zerwürfnis zwischen mindestens zwei der anwesenden Personen. Das Feuer knistert im Kamin, und Buddy kratzt sich ausgiebig am Ohr. Gabriel kommt mir in den Sinn und wie schrecklich eingespannt er in der letzten Zeit oft ist.

Als hätte er meine Gedanken geahnt, klingelt in diesem Moment das Telefon in der Diele und ich springe auf.

»Sorry, Chiara, es tut mir so leid«, sagt Gabriel, als ich mich melde. Er klingt gehetzt und ich kann im Hintergrund seine eiligen Schritte hören. »Ich mache mich jetzt auf den Heimweg. Ich habe eine Mitfahrgelegenheit nach Cold Creek, dann hole ich mein Auto bei Tayler ab und komme. So schnell es geht. Sorry, *honey*.«

»Na schön.« Ich überschlage die Zeit kurz im Kopf. »Das heißt, noch ungefähr eine Stunde …«

»Ja … tut mir wirklich leid. Und dann überlegen wir, ob wir uns noch aufraffen …«

Aufraffen. Dieser Mann muss todmüde sein nach so einem Tag.

»Komm erst mal nach Hause!«, antworte ich mit mehr Optimismus, als ich in diesem Moment verspüre.

»Und, was sagt er?«, fragt John, als ich ins Esszimmer zurückkomme.

»Er ist in einer Stunde hier.«

»Das reicht für ein Plätzchenrezept!« Margie sieht unternehmungslustig zu mir auf. »Heute ist ein Rezept von mir dran!«

Gran und ich stimmen lachend zu.

Wir Frauen auf Three Oaks haben ausgemacht, dass wir in der Vorweihnachtszeit zu gleichen Teilen unsere Lieblingsplätzchen backen. Meistens tun wir das zu dritt, lassen uns von den Weihnachtsliedern im Radio berieseln und quatschen über alles Mögliche.

Ich finde es sehr schön, und es ist definitiv ein gutes Mittel gegen gelegentliche Anfälle von Heimweh nach dem Advent in Hamburg.

»Ist das vielleicht gemütlich bei euch!« Gabriel steht mit einem Mal in der Küchentür. Er zerrt sich den karierten Schal vom Hals. »Und heiß!«, fügt er hinzu.

»Klar!«, entgegnet Gran. »Unser Backofen läuft ja mal wieder auf Hochtouren!«

Wir haben uns gerade hingesetzt, um ein Gläschen von Johns selbstgemachtem Johannisbeerlikör zu trinken.

Gabriel kommt um den Küchentisch herum und beugt sich über mich.

»Sorry. Bei uns war die Hölle los. Ich wäre so gerne früher abgehauen«, flüstert er und küsst mich auf die Wange.

»Ein paar Spiegeleier und Bratkartoffeln für dich?«, ruft Margie dazwischen.

»Großartig. Danke, Mom.«

Er sieht mich entschuldigend an, aber ich zucke nur leise die Achseln und lächle. Ich weiß genau, was er meint.

So ist es in Großfamilien. Alle sorgen füreinander, alle nehmen am Leben der anderen teil. Aber manchmal möchte man sie alle aus dem Raum scheuchen, weil man ungestört und ohne Zuschauer mit seinem Lieblingsmenschen zusammen sein will.

CHIARA

Das Sonntagsfrühstück auf Three Oaks ist mindestens genauso laut und kalorienreich wie das der Familie Di Pasqua in Eppendorf. Heute ist auch Gabriels Schwester Sarah dabei, mit Lilly, ihrer dreijährigen Tochter. Und Manuel ist ebenfalls mitgekommen, mit dem Sarah seit einem knappen Jahr zusammen ist. Eigentlich wohnt Sarah auch noch auf unserer Farm. Sie hat dort ein geräumiges Zimmer, gleich neben dem ehemaligen Jugendzimmer von Gabriel im Haupthaus. Aber meistens bleibt sie auf der vier Meilen entfernten Silver Ranch, einem Pferdezucht- und Reitbetrieb, wo Manuel mit seinem Vater lebt.

John kommt mit einer schweren Eisenpfanne aus der Küche und schaufelt jedem eine Portion Rührei auf den Teller.

»Herrlich«, seufzt Gran. »Die ganze Familie um einen Tisch!«

»Wir gehen heute Schlittenfahren«, verkündet Lilly. »Chiara, kommst du auch?«

»Ja, kommt doch mit! Mom, Dad und Gran sind auch dabei!« Sarahs Augen leuchten. Sie hat genau die gleichen honigbraunen Augen wie ihr Bruder, und die haben die beiden ebenso wie die dunklen kräftigen Haare von Margie geerbt. John sagt immer, er wollte seine ehemals blonden und jetzt grauen Haare und die blauen Augen lieber für sich behalten.

Ich finde Sarah wunderschön. Außerdem ist sie witzig und schlagfertig. Trotzdem werden wir nicht so richtig warm miteinander. Das war von Anfang an so. In ihrer Gegenwart nagt ein unbehagliches Gefühl an mir. Was vielleicht auch daran liegt, dass sie mich ständig ansieht – als gäbe es da in jeder Sekunde etwas Weltbewegendes zu sehen. Zudem scheint sie alles, was ich sage oder tue, extrem bedeutsam zu finden. Das führt unweigerlich dazu, dass ich es in ihrer Gegenwart schwierig finde, locker zu sein.

»Pferdeschlitten«, ergänzt Manuel, weil ich mit meiner Antwort so lange zögere.

Gabriel sieht mich fragend von der Seite an. »Ich glaube, ein anderes Mal?«, murmelt er, und ich nicke.

»Ja, vielen Dank, lieber ein anderes Mal. Wir haben uns in dieser Woche kaum gesehen.«

»Ist dein Dienstplan so krass?« Manuel zupft an seinem Bun, zu dem er seine langen dunklen Haare geschlungen hat.

Gabriel nickt. »Ja. Und dazu kommen noch etliche außerplanmäßige Dienste.«

Manuel schüttelt den Kopf. »Ich weiß schon, warum ich mich damals für die Rosemond-Klinik entschieden habe. Die ist zwar klein und ich werde wahrscheinlich Jahrzehnte später als du weiterkommen, aber ich bevorzuge kurze Wege und einen Dienstplan, der mich nicht gleich umbringt. Schließlich braucht mich Dad auch noch für den Reitunterricht und im Stall.«

»Ich war auch im Rosenmond-Krankenhaus«, meldet sich Lilly und hüpft von Sarahs Schoß. Sie umkurvt den Tisch und klettert auf meinen Schoß. Ich schlinge meine Arme um ihren schmalen Körper, während sie ihren Zeigefinger in einen Marmeladeklecks auf meinem Teller bohrt und anschließend ableckt. »Weil ich Husten hatte. Weißt du das eigentlich?« Sie verdreht den Hals, um mir ins Gesicht zu sehen.

»Ich habe davon gehört.« Ich streiche ihr über die weichen dunklen Haare.

»Zum Glück sind wir dort gewesen«, bemerkt Sarah. »Sonst hätten wir beide ja Manuel nicht getroffen.«

Ich werfe Gabriel einen fragenden Blick zu. »Vielleicht könntest du auch irgendwann zu Manuel in die Klinik wechseln? Das klingt nach weniger Stress.«

Einen Moment lang sieht mich Gabriel irritiert an, als wäre mein Vorschlag vollkommen abwegig. Dann zuckt er die Achseln. »Ja, vielleicht.«

Mittlerweile hat Lilly meinen Ring entdeckt und fingert daran herum.

»Wenn man einen Ring dreht, kann man sich was wünschen!«, verkündet sie wichtig. Ihr Pferdeschwanz wippt hin und her und kitzelt mein Dekolleté.

»Hast du dir gerade was gewünscht?«, flüstere ich ihr ins Ohr.

Sie kichert und schüttelt den Kopf. »Sag ich nicht!«

»Und du bist demnächst die Übergangschefin von Liams Bäckerei?« Sarah hat sich vorgebeugt und mustert mich mit einem neugierig-kritischen Blick.

»Na ja, das klingt jetzt nach mehr, als es ist«, antworte ich. »Ich vertrete ihn einfach, während er sich erholt.«

»Oh Mann. Warum kriegen hier immer alle gleich alles mit?« Gabriel schüttelt den Kopf. Dem würde ich gerne beipflichten, aber wahrscheinlich hat es Sarah eben beim Tischdecken erfahren, und es war von Margie, oder wer immer es ihr erzählt hat, einfach gut gemeint.

»Weil ihr eine Familie seid!« Manuel rührt in seinem Kaffee und grinst sonnig. »Vielleicht solltest du öfter daheim sein!«

Und auch dazu nicke ich innerlich.

»Aber ist das nicht alles ein bisschen viel für dich?«, fragt Sarah. »Ich meine, du hilfst ja auch auf der Farm mit! Und so einen Laden zu führen, das stelle ich mir ganz schön stressig vor! Du musst ja dann auch die Einkäufe machen und die Buchhaltung …«

»Ich weiß, Sarah!«, unterbreche ich sie und zwinge mich zu einem Lächeln. »Mach dir keine Sorgen. Ich kenne das doch alles von zu Hause!«

Ich brauche wirklich niemanden, der mir meinen Job erklärt. Wenn Sarah beschlossen hat, dass ihr Leben daraus bestehen soll, gelegentlich auf der Three Oaks Farm zu helfen und noch ein bisschen auf der Silver Ranch plus einmal die Woche auf dem Farmer's Market Blumen zu verkaufen, ist das ihre persönliche Sache. Aber es gibt ihr noch lange nicht das Recht …

»Chiara muss nicht auf der Farm helfen.« John nickt mir lächelnd über den Tisch zu. »Wir schätzen deine Mithilfe natürlich sehr, weil hier einfach manchmal Not am Mann ist. Aber wir möchten auf keinen Fall, dass du dich verpflichtet fühlst.«

Gran und Margie nicken zustimmend. Eine unangenehme Wärme steigt mir ins Gesicht, und gleich darauf stehen meine Wangen in Flammen. »Ich helfe wirklich gerne mit, wann immer ich kann«, murmle ich und wünschte, ich könnte einfach nur für ein paar Sekunden unsichtbar werden.

»Sorry, wenn ich mich eingemischt habe!«, rudert Sarah genervt zurück. »Ich wollte hier niemandes Gefühle verletzen!«

Manuel legt ihr die Hand auf die Schulter. »*Cool it!* Alles gut …«, sagt er in einem vollkommen gelassenen Ton.

»Die musst du probieren! Damit du schon mal weißt, wie

unsere Pfirsiche schmecken!« Margie schiebt mir eines der Marmeladengläser über den Tisch, sichtlich bemüht, die Atmosphäre wieder zu entspannen.

»Im nächsten Jahr werdet ihr die Pfirsichernte nicht verpassen, ist das nicht schön?« Ein zufriedenes Lächeln huscht über Grans Gesicht. Aber gleich wird sie wieder ernst. »Wir dürfen alle nicht vergessen, dass die beiden erst ein paar Monate hier sind.« Sie wendet sich mir zu. »Für dich ist bestimmt vieles nicht so einfach. Aber lass ein Jahr ins Land gehen, dann sieht alles schon ganz anders aus.«

»Danke, Gran.« Ich traue mich kaum aufzusehen und starre gleich wieder auf Lillys Scheitel.

»Gabriel, weißt du, dass ich ein neues Lieblingspferd habe?«, plappert Lilly los, und ich atme erleichtert aus. Endlich bin ich die Aufmerksamkeit der Tischgesellschaft los.

Und während Gabriel freundlich auf Lilly und ihr neues Lieblingspferd eingeht, spüre ich mein Handy in der Hosentasche vibrieren. Schon im nächsten Moment würde ich am liebsten in lautes Lachen ausbrechen. Meine Schwester ist einfach unverbesserlich: Sie schickt mir allen Ernstes eine Einkaufsliste für das gesamte Zubehör, das ich jemals zum Herstellen meines erweiterten Gebäckangebots brauchen werde. Ihr Motto: Man kann nie früh genug anfangen zu planen!

Inzwischen ist das Tischgespräch auf den Christmas Ball gekommen, der am nächsten Samstagabend stattfindet.

»Wirst du dir ein neues Kleid kaufen?« Sarah zieht die Nase kraus und sieht mich prüfend an.

»Ich weiß nicht? Muss ich das?« Ich bin etwas überrascht. Ein neues Ballkleid, auch wenn es aus dem Secondhandladen stammt, war eigentlich nicht in meinem Budget eingeplant.

»Was ist falsch mit dem Kleid vom letzten Jahr?«, fragt Gabriel und sieht mich lächelnd an. »Es ist wunderschön.«

»Niemand braucht jedes Jahr ein neues Kleid.« Sarah lächelt mir zu, als hätte ich einen Test erfolgreich bestanden.

Und dann komme ich endlich zu meinem ersehnten Ausflug ins Winter-Wonderland. Wir packen unsere Langlaufskier und Buddy ein und nehmen die malerische Route nach Eldora. Es ist sonnig und klar, und wir fahren ganz gemütlich in Gabriels bestens beheiztem Pick-up durch den winterlichen Wald. Einmal muss er plötzlich bremsen, weil drei Rehe auftauchen und seelenruhig die Fahrbahn kreuzen.

»Aus dieser Nähe habe ich noch nie ein Reh in freier Wildbahn gesehen. Sie sind so hübsch und anmutig!« Ich mache schnell ein Foto, bevor die drei wieder im Wald verschwinden, und schicke es an Mamma und an meine Freundin Bonnie in Hamburg.

Gabriel fährt wieder an. »Wenn der Schnee kommt, wechselt das Wild oft in ein anderes Revier, meistens weiter unten im Tal. Da gibt es dann mehr Begegnungsmöglichkeiten.«

»Solange uns kein Berglöwe begegnet.« Ich schaudere. Dave und Gabriel haben mir zwar beide unabhängig voneinander erklärt, wie man sich gegenüber Wildtieren in meiner neuen Heimat verhalten muss, aber auf manche Begegnungen möchte ich einfach verzichten.

Als wir an der Loipe ankommen, steigt eine leichte Nervosität in mir auf. Bisher habe ich nur ein einziges Mal auf Langlaufskiern gestanden, und das war mit vierzehn bei einer Skifreizeit. Was, wenn ich das überhaupt nicht hinkriege?

»Keine Sorge. Das lernst du schnell!«, versichert mir Gabriel und zeigt mir, wie man es am besten angeht. Er ist ein Outdoor-Profi, bestens ausgerüstet mit seinen Sportklamotten und der Gletscherbrille. Anders als ich. Ich taste mich erst so langsam an die Sache heran, auch an den ziemlich lässigen Colorado-Style im Alltag. Zum großen Entsetzen meiner Familie allerdings, die nicht begreifen will, dass man hier mit einem hübschen Kleid und Strumpfhosen nicht über den Winter kommt.

In den folgenden Minuten setze ich alle Hoffnungen auf mein Körpergedächtnis und versuche, mich in mein vierzehnjähriges Ich einzufühlen, damals in Seefeld, im Pulk meiner Klassenkameraden. Was nicht sonderlich gut gelingt. Stattdessen fühle ich mich die ersten paar hundert Meter wie eine humpelnde Seniorin. Und dann komme ich, fast ein bisschen überraschend, plötzlich in ein weiches Gleiten.

»Na also, funktioniert doch!« Gabriel grinst mich breit an.

Nachdem ich den Bogen raushabe, wird es immer besser, und dann ist es einfach nur herrlich. Wir gleiten nebeneinander durch die verschneite Märchenlandschaft, während Buddy in unserer Spur hinter uns hertrottet. Um uns herum ist es sehr still. Eine Weile lang sind wir in glückliches Schweigen gehüllt. Dann reden wir ein bisschen über meine Arbeit und was sich in unserem Alltag verändern wird, wenn Liam seine Auszeit nimmt.

»Je nachdem, wie lange er ausfällt, muss ich hin und wieder zum Großmarkt in Denver«, überlege ich laut. »Das schaffe ich kaum nach der Arbeit, wenn ich auch noch die Abrechnung machen muss. Wahrscheinlich geht dann ein Samstagnachmittag drauf.«

»Hm.« Gabriel atmet hörbar aus. »Nicht gerade schöne Aussichten.«

»Ich weiß.« Ich seufze und werfe ihm einen kurzen Blick zu. »Aber es ist ja bei dir auch nicht besser. Gestern zum Beispiel, da hättest du eigentlich gar nicht arbeiten müssen.«

»Na ja, ich kann da kaum Nein sagen«, gibt er leicht gereizt zurück. »Du weißt, dass ich meinen Facharzt machen will, und das soll nicht hundert Jahre dauern. Und wenn in der Notaufnahme der Teufel los ist, dann ist es keine gute Idee, auf seinen freien Tag zu pochen.«

»Aber ist es das wert … ich meine, dass du dich so anstrengst, nur damit alles schneller geht?«, frage ich leise und bleibe stehen, weil sich meine Skier gerade verknoten wollten.

Gabriel bremst ebenfalls ab. Er sieht mich ernst an und will gerade etwas sagen, als hinter uns ein lautes Krachen zu hören ist. Es klingt, als wäre ein dicker Ast abgebrochen und heruntergestürzt, gefolgt von einem kurzen Knurren, das eindeutig von Buddy stammt. Wir drehen uns gleichzeitig um.

Und erstarren.

GABRIEL

Mein Nacken kribbelt, als sich jedes einzelne Härchen zu sträuben scheint.

»Buddy«, flüstere ich. »Bleib!«

Mein Puls rast. Jetzt nur keine heftigen Bewegungen. Ruhe bewahren.

Buddy gibt noch einmal ein kleines Geräusch von sich, das wie eine Mischung aus Winseln und Seufzen klingt, aber er gehorcht.

In diesem Moment scheint uns der Elch entdeckt zu haben. Er verharrt auf der Stelle und dreht seinen riesigen Schädel in unsere Richtung, während seine Ohren unruhig schlackern. Ich kann die kleinen Wölkchen sehen, die er aus seinen Nüstern ausstößt. All das passiert in Sekundenschnelle.

Zwischen dem riesigen Tier und uns liegen keine zehn Meter. Wenn er angreift, zählt der kleinste Vorsprung. Nur gut, dass Chiara einen halben Schritt hinter mir steht, näher an den Bäumen.

»Chiara, steig aus deinen Skiern!«, flüstere ich. »So leise du kannst!«

Ich bete, dass sie überhaupt weiß, wie das geht. Eine quälende Weile geschieht nichts, aber dann ist ein zweifaches Klicken zu hören. Ich atme auf. Chiara hat es geschafft, die Bindung der Skier zu lösen.

Wieder dieses gereizte Spiel mit den Ohren. Heftigeres Schnauben. Das Blut rauscht in meinem Kopf. Zwei Meter dreißig Schulterhöhe, drei Meter fünfzig Länge, achthundert Kilogramm. Und absolut unberechenbar.

Buddy gibt ein leises Fiepen von sich und macht damit klar, dass sein Jagdfieber geweckt ist. Er würde zu gerne auf den Elch zustürzen … und genau das ist das Letzte, was jetzt passieren darf.

»Wenn er angreift, lauf zwischen die Bäume«, flüstere ich, ohne meinen Kopf zu bewegen. »Lauf zickzack. Schau, dass irgendwas zwischen dir und ihm ist. Ein Fels, ein Holzstapel, ein Baumstamm …«

Chiara antwortet nicht, aber ich bin sicher, dass sie mich gehört hat. Vorsichtig bringe ich meinen Skistock in Position und tippe auf die Hebel der Bindung. Klack. Klack.

Der Elch glotzt immer noch.

Los, verzieh dich jetzt.

Alle Muskeln und Sehnen in meinem Körper sind aufs Äußerste gespannt, als meine Augen das Tier auf Alarmzeichen eines bevorstehenden Angriffs abtasten. Sträubt sich sein Rückenfell? Leckt es sich über die Nase? Zu meiner Erleichterung tut er nichts dergleichen. Er glotzt einfach nur.

Sekunden vergehen, ohne dass einer von uns sich rührt.

Dann löst sich der Spuk und alles ist mit einem Mal vorbei. Der Elch geht einfach weiter, überquert die Loipe mit schweren Schritten und verschwindet wieder im Wald.

Ich warte, bis das dumpfe Geräusch seiner Schritte und das Knacken der dünnen Äste nicht mehr zu hören sind, bevor ich mich zu Chiara umdrehe. Sie sieht mich mit schreckgeweiteten Augen an.

»Oh mein Gott! Der sah nicht freundlich aus!«

Ich nehme sie schweigend in den Arm, umschließe sie fest und wiege sie hin und her.

»Was wäre passiert, wenn Buddy auf ihn losgerannt wäre?«, murmelt sie in meinen Anorak.

Ich atme tief ein. »Das hätte den Elch provoziert, weil er in jedem Hund einen Wolf sieht. Und wenn Buddy dann Angst gekriegt hätte und zu uns zurückgelaufen wäre, hätte die Sache schiefgehen können.«

Ich löse meine Umarmung, umfasse zärtlich ihr Kinn und hebe es sanft an. Wir sehen uns in die Augen. Chiara ist ein bisschen blass, wirkt aber gefasst.

»Ich wäre gerannt wie ein Hase!«, sagt sie mit einem Lächeln. »Ich bin klein und wendig!«

Jetzt kann ich auch schon wieder lächeln.

Ich hocke mich hin, um Buddy ein paar Streicheleinheiten zu geben und ihn für sein vorbildliches Verhalten zu loben.

»Vielleicht drehen wir besser um?«, schlage ich vor. »Das war genug Wildlife für heute.«

Chiara nickt und wir machen uns auf den Rückweg.

Nach ein paar Minuten kann ich wieder richtig frei atmen.

Chiara betrachtet schweigend die Landschaft. Vielleicht horcht sie auch, ob nicht gleich der nächste Elch aus dem Gebüsch kommt. Auch ich bin wachsam und behalte den Waldrand vor uns genau im Blick. Beim kleinsten Geräusch hinter uns drehe ich mich um.

»Alles gut?«, frage ich Chiara alle paar Minuten. Jedes Mal lächelt sie und nickt schweigend. Sieht so aus, als wollte sie gerade ein bisschen nachdenken.

Nach einer Weile fällt mir ein, wo unser Gespräch vor dem

Zwischenfall stehen geblieben war. Ich würde ihr gerne erklären, warum ich mich so ins Zeug lege. Ganz klar, weil ich mir die Zukunft mit einer Familie vorstelle und es nicht so schwer haben will wie Tayler, bei dem jede Extraausgabe einer Katastrophe gleicht. Und da kann ich nicht zimperlich sein, was meine Arbeitsstunden angeht.

Aber nach diesem Schrecken fühle ich mich nicht in der Lage, ein so kompliziertes Thema weiter zu besprechen.

Abgesehen davon war der gestrige Nachmittag wirklich extrem anstrengend. Es fing schon an, als ich das Foyer betrat. Wir haben seit kurzem eine neue Rezeptionistin. Ich habe keine Ahnung, was sich die Klinikleitung dabei gedacht hat, ausgerechnet April einzustellen.

»Oh, unser fleißiger Doc wird doch nicht etwa direkt von der Piste kommen?«, flötete sie mir entgegen, als ich abgehetzt und schwitzend in meinen Snowboardklamotten hereinstürmte.

Aprils Talent, Aufregung und Verwirrung zu stiften, ist im Cold Creek Valley legendär. Ich kenne sie seit der Highschool und hätte es eigentlich besser wissen müssen, als sie mich im letzten Jahr überredete, ihr Partner beim Christmas Ball zu sein. Der Abend endete nicht damit, dass wir ein Paar wurden – ich denke, das war ihr Plan gewesen. Stattdessen kam ich kurz darauf mit Chiara zusammen. Die beiden sind logischerweise nicht gut aufeinander zu sprechen, weshalb ich Chiara auch noch nichts von Aprils neuem Job erzählt habe. Da warte ich lieber einen Moment ab, in dem es nicht sowieso gerade tausend wichtigere Dinge zu klären gibt.

Aber das war ja auch erst der Anfang gewesen.

Ich musste schnellstens in den OP. Es gab einen Schwerverletzten nach einem Autounfall, und ich war bei Patricia im

Team. Die Operation war langwierig und nichts, wovon man gute Laune kriegen könnte. Zunächst sah es überhaupt nicht gut aus für den Patienten, aber letztendlich haben wir es geschafft.

Und dann kam auch noch das Gespräch mit Patricia. Seit ich in der Klinik arbeite, setzt sie sich dafür ein, dass ich schnellstmöglich meine Facharztprüfung machen kann. Übersetzung: Sie tut wirklich alles dafür, dass ich bei den Operationen dabei bin, die ich vorweisen muss. Das Problem ist nur … sie tut es nicht ganz uneigennützig. Ich wünschte, sie wäre nicht so begeistert von mir.

Nach unserem Dienst hatte sie dann also darauf bestanden, mich nach Cold Creek zu fahren, wo ich ja meinen Wagen bei Tayler abholen musste. Obwohl das ein ziemlicher Umweg für sie ist. Auch das tat sie nicht ganz selbstlos, wie sich herausstellte. »Die Buschtrommeln haben es vielleicht schon verkündet … dass wir demnächst umstrukturieren«, rückte sie heraus, kaum waren wir losgefahren. Davon hatte ich allerdings noch nichts gehört. »Personaleinsparungen, du weißt schon. Ich konnte es nicht verhindern, aber es sieht so aus, als müsstest du demnächst ein paar Stunden mehr arbeiten. Sorry …« Sie lächelte mich an, und ich hätte am liebsten die Beifahrertür aufgerissen und mich in der nächsten Schneewehe abgerollt. Kann man zu seiner Vorgesetzten eigentlich sagen: *Bitte nicht dieses Lächeln?*

Ohne es zu merken, bin ich bei der Erinnerung an diesen Moment stehen geblieben und atme schwer.

»Gabriel?« Chiara watschelt mit ihren Skiern auf mich zu und sieht dabei aus wie ein betrunkener Pinguin. »Wo bist du denn mit deinen Gedanken?«, fragt sie und schlingt ihre Arme um meinen Hals.

»Ich … bin hier!« Gott. Ich klinge wie ein Idiot. Ich ziehe sie an mich und streichle ihren Rücken.

»Das meine ich nicht.« Sie schüttelt ihren Kopf so heftig, dass ihre Haarspitzen unter der Mütze wippen. »Du wirkst gerade so abwesend. Ist alles in Ordnung?«

Sie zieht sich mit einer energischen Bewegung die Sonnenbrille von der Nase und sieht mir in die Augen. Ihr Anblick bringt mich förmlich zum Schmelzen, und sofort sind die Prioritäten in meinem Leben wieder geklärt. Egal, was in der Klinik läuft, hier ist die Frau, die ich liebe.

»Alles in Ordnung …« Ich streiche ihr mit dem Zeigefinger über die Wange. Ihr Blick ist offen, weich und so verletzlich, dass es wehtut. »Du bist das Wichtigste auf der Welt für mich«, sage ich und küsse sie.

Als wir uns voneinander lösen, stößt sie mir im Überschwang ihrer Gefühle fast den Skistock gegen die Brust. Und ich habe überhaupt keine Lust mehr, über Jobstress und Zeitmangel zu reden.

»Ich kenne ein schönes Café in der Nähe. Was hältst du von einer kleinen Kaffeepause?«, schlage ich vor. »Und danach gehen wir baden …«

»Tu nicht so geheimnisvoll! Gehen wir in ein Schwimmbad?«

»Nein, es ist eine Privatveranstaltung. Nur für uns zwei.«

Ich greife automatisch nach meiner Jackentasche und fühle nach dem Schlüssel. Sie wird überrascht sein, und ganz bestimmt wird dieser Abend unvergesslich.

CHIARA

Heute Morgen ist der Himmel bewölkt. Mond und Sterne sind nicht zu sehen. Es ist so stockfinster. Aber ich bin nicht allein unterwegs. Gabriel hat Frühdienst und fährt mit seinem grünen Pick-up vor mir her. Ich räkle mich ein bisschen im Fahrersitz, der dank der Wärmflasche von Gran eine angenehme Temperatur hat. Ich habe geschlafen wie ein Braunbär und bin völlig entspannt. Mein ganzer Körper ist schwer, meine Arme scheinen jeder einen Zentner zu wiegen. Und ich habe das Gefühl, das Lächeln in meinem Gesicht geht gar nicht mehr weg. Gabriel hat sich wirklich etwas ganz Besonderes einfallen lassen. Etwas, das ich ganz bestimmt niemals vergessen werde.

Als wir in der Nähe von Idaho Springs in eine Siedlung hineinfuhren und vor einem kleinen Haus anhielten, in dem kein einziges Licht brannte, dachte ich zuerst, wir hätten uns verfahren. Aber anstatt sich seinem Navi zu widmen, lehnte sich Gabriel nach hinten und griff zielstrebig nach unserer Badetasche auf dem Rücksitz.

»Sind wir denn da?«

»Sind wir.« Er warf mir ein Lächeln zu, bevor er ausstieg, um mir die Tür zu öffnen. Spätestens jetzt machte ich mich wirklich auf eine Überraschung gefasst. Um uns herum gab es nämlich nichts als kleine verschneite Häuser und eine Menge

Bäume. Irgendwo bellte ein Hund, und Buddy antwortete ihm, als er aus dem Auto sprang.

»Und wo ist das Schwimmbad?«, erkundigte ich mich zweifelnd.

Gabriel schwenkte einen Schlüssel und deutete auf das dunkle Haus vor uns.

»Hier!«

Ich sah ihn argwöhnisch an, folgte ihm aber, als er das Gartentor aufschloss und sorgfältig hinter uns wieder verschloss.

»Das Haus gehört meinem Kollegen Collin. Er ist verreist und war so nett, mir sein Zuhause für heute anzubieten.«

Er schüttelte lachend den Kopf, als er meinen skeptischen Blick auffing, und schloss die Haustür auf. Dann knipste er das Licht im Flur an und deutete auf eine Tür.

»Hier ist das Badezimmer. Zieh dich schon mal um und vergiss den Bademantel nicht. Aber warte dort auf mich, sonst verdirbst du dir die Überraschung!«

Wieder dieses Grinsen.

»Ja, das wird sicher eine Riesenüberraschung, wenn in diesem Minihaus irgendwo ein Pool ist!«, rief ich ihm hinterher.

Und dann war da doch ein Pool. Im Garten.

Und eigentlich viel schöner als ein Pool. Ein kleines ovales Becken aus Stein nämlich. Am Rand flackerte ein Dutzend kleiner Kerzen. Schon von weitem sah ich den Dampf aus dem grünen Wasser aufsteigen.

»Ist das wahr? Collin hat eine heiße Quelle im Garten?« Ich konnte es überhaupt nicht fassen. Zwar hatte ich schon gehört, dass es in der Gegend einige Thermalbäder gibt, aber nicht, dass manche Leute sie einfach im Garten haben. Und dann entdeckte ich auch noch ein kleines Tablett mit Tapas, eine Karaffe mit Wasser, eine Flasche Sekt und Gläser. Fast hätte ich geweint.

Es war einfach unbeschreiblich. Wir saßen im warmen Wasser, und ringsherum standen die tief verschneiten Hemlocktannen wie freundliche Riesen. Dahinter schimmerten die schneebedeckten Berge im letzten Tageslicht. Wenn ich jetzt die Augen schließe, sehe ich das alles immer noch vor mir. Und Gabriels Blick, wie er mich ansah und so glücklich war, weil ich es auch war.

Widerstrebend schiebe ich die schönen Bilder in meinem Kopf beiseite und konzentriere mich auf das Hier und Jetzt. Wir haben die erste und einzige Ampel in Cold Creek erreicht. Gabriel winkt kurz in den Rückspiegel und fährt geradeaus Richtung Denver, während ich nach links zum Creek abbiege und wenige Minuten später auf den Parkplatz rolle. Dem Himmel sei Dank, Liams Auto steht vor der Bäckerei. Er hat mir sein Kommen zwar gestern in einer Nachricht angekündigt, aber jetzt erst glaube ich es wirklich. Als ich durch die Tür trete, fühlt sich alles an wie immer. Liam schmeißt gerade die Kaffeemaschine an. Er sieht auf und grinst.

»Hey, Chiara!«

»Hey, Liam!« Bevor ich mich stoppen kann, bin ich schon hinter der Theke und umarme ihn. »Geht es dir gut?«

»Jaja, alles so weit gut«, brummt er verlegen und klopft mir auf den Rücken. Jetzt erst fällt mir wieder ein, dass die Leute hier im Tal eigentlich nicht so kuschelig miteinander umgehen. Ich habe mit meinen Wangenküsschen und temperamentvollen Umarmungen in meiner neuen Heimat schon so manche irritierte Reaktion heraufbeschworen.

»Ich habe mit Rosie gesprochen. Meinst du, du kannst für die ersten drei Januarwochen die Stellung halten?«, fragt er und stellt mir einen Cappuccino hin.

»Kein Problem! Ich freue mich!« Mein Bauch flimmert aufgeregt.

»Wir freuen uns auch … lange her, dass wir mal ausgespannt haben.« Liam grinst und wischt ein paar Krümel von der Theke. »Lass uns nachher einen Blick auf die Details werfen.«

»Klingt nach einem guten Plan!« Ich nehme mir eine frische Schürze aus der Schublade.

Liam nickt mit dem Kopf zur Tür der Backstube hin, in der man Evan rumoren hört.

»Du sagst lieber erst mal nichts. Ich bespreche das in aller Ruhe mit ihm.«

»Kein Problem.« Ich binde mir schon im Gehen die Schürze zu. Evan ist launisch. Liam wird einen günstigen Moment abwarten müssen. Sonst schmeißt Evan am Ende noch das Handtuch. Und das wäre eine ziemliche Katastrophe.

Als ich im Türrahmen der Backstube auftauche, sieht Evan von seiner Teigschüssel auf. Der Ausdruck in seinem Gesicht lässt vermuten, dass er sich heute auf der Skala, wie angenervt er von mir ist, auf einer Neun befindet. »Jetzt beeil dich mal, dass du mit den Muffins in die Gänge kommst.«

»Hallo, Evan«, entgegne ich kühl. »Ich hoffe, du hattest ein schönes Wochenende.« Ohne eine Antwort abzuwarten, deute ich auf den kleineren der beiden Öfen. »Den brauche ich in einer Stunde für mein Gebäck, okay?«

»Wenn es sein muss.« Er schnaubt verächtlich und gibt mir damit zu verstehen, was er von meinem Gebäck hält. Dieses Ekel. So war es von Anfang an. Evan verpasst keine Gelegenheit, mir zu zeigen, dass er mich als lästigen Eindringling betrachtet. Ich hole den Muffinteig aus der Kühlung und lege los. Und nur ein paar Minuten später schiebe ich die Form mit vierundzwanzig Weihnachtsmuffins in den Ofen. Das sollte für heute reichen. Die ganze Zeit koche ich innerlich, was ich aber tunlichst verberge. In den ersten Wochen, als ich in der Bäckerei angefangen hatte, habe ich Evan noch Kontra gegeben, und das war eindeutig ein Fehler. Sobald ich mich aufrege, verknäulen sich die einfachsten englischen Begriffe in meinem Kopf, und heraus kommt ein Wirrwar, gespickt mit italienischen und deutschen Wörtern. Evan wollte sich kaputtlachen. Also presse ich jetzt nur die Lippen zusammen, als er hinter meinem Rücken noch einmal zum Ofen geht und den Temperaturregler um – höchstwahrscheinlich – einen Millimeter verschiebt. Damit klar ist, wer hier der große Muffinmeister ist. Haha. Ich schnappe mir den vollen Brötchenkorb und beeile mich, in den Laden zurückzukommen.

Dort werde ich, dem Himmel sei Dank, mit einem warmen Lächeln empfangen.

»Hi, Chiara! Hi, Evan!« Jenny Tanaka ist durch die Ladentür getreten und marschiert in voller Montur auf die Theke zu: Chaps und Westernstiefel, dazu ein wattierter blauer Blouson mit dem Aufdruck *Tanaka Team* – ein Energiebündel auf dem Weg zur Arbeit. Abgesehen davon ist sie wunderschön mit ihren mandelförmigen Augen und dem glatten schwarzen Haar, beides das Erbe ihres japanischen Vaters.

»Wie geht's dir heute?«, erkundigt sie sich und zerrt sich die Lederhandschuhe von den Händen.

»Großartig, danke!«, antworte ich, was zwar für den Moment nicht den Tatsachen entspricht, aber – wie ich inzwischen weiß – den Gepflogenheiten in diesem Land. Noch sind Jenny und ich nicht so vertraut miteinander, dass ich wahrheitsgemäß mit *Ich möchte gerade vor Wut heulen* antworten könnte. »Doppelten Espresso, wie immer?«, frage ich und nehme ihren Thermobecher entgegen.

»Ja, bitte.«

Sie lächelt Liam zu, der an mir vorbei und nach hinten in die Backstube geht. »Du siehst aus, als würdest du gleich jemanden erwürgen!«, bemerkt sie mit einem Grinsen, noch bevor ich mich nach ihrem Wohlbefinden erkundigen kann, und reibt sich die Hände.

»Na ja, wenn man es mir schon ansieht …«, rufe ich über das Rattern der Kaffeemaschine hinweg und verdrehe grinsend die Augen. »Evan ist heute wieder mal etwas … schwierig«, schiebe ich leise hinterher, als ich ihr den gefüllten Becher reiche.

Jenny hebt kurz die Hand. »Oh ja, was ihn betrifft – ich bin in deinem Team!«

»Da bin ich jetzt wirklich erleichtert!« Ich ziehe ihre Kreditkarte rasch über das Lesegerät und lege sie zurück auf die Theke. »Wohin bist du denn so früh unterwegs?«

»Nichts Großartiges.« Sie deutet nach draußen, wo ihr weißer Pick-up mit einem Pferdeanhänger parkt. »Ich bringe das Pferd einer Freundin nach Black Hawk zurück. Es war bei mir im Training.« Ihre dunklen Augen glitzern. »Ein verrücktes Pferd. Wild und schnell, genau mein Geschmack. Sie bringt es nächste Woche zum Christmas Rodeo mit. Mein Team ist dieses Jahr extrem stark! Du musst es dir unbedingt ansehen!«

»Ich komme auf jeden Fall!« Mein vorübergehendes Stimmungstief ist überwunden.

Jenny nickt lächelnd und nimmt dann einen Anruf auf ihrem Handy entgegen. Für mich zählt sie ganz eindeutig zu den Menschen im Cold Creek Valley, die mir schon jetzt sehr ans Herz gewachsen sind. Die Sympathie beruht auf Gegenseitigkeit, vielleicht auch deshalb, weil unsere Bekanntschaft ziemlich ungewöhnlich begann: Der Zufall wollte es, dass ich mich letztes Jahr in einem Secondhandshop genau in das Ballkleid verliebte, das Jenny im Jahr davor auf dem Christmas Ball getragen hatte. Sie hatte sich an diesem Abend von Dave getrennt, weshalb sie das Kleid, so wunderschön es auch war, nicht behalten wollte. Mir dagegen hat das Kleid Glück gebracht. Ich habe nämlich Gabriel am Abend des Balls mutig eine Liebeserklärung gemacht, die alles ins Rollen brachte.

»... und vorher sehen wir uns beim Christmas Ball, nehme ich an«, führt sie unsere Unterhaltung nahtlos fort und steckt das Handy wieder ein.

»Oh ja! Und du, hilfst du wieder im Serviceteam aus, oder kommst du als Tänzerin?«

Jenny öffnet den Mund, um mir zu antworten, aber im selben Moment betritt Dave die Bäckerei.

Jennys Miene gefriert.

Dave dagegen kommt mit einem sonnigen Lächeln auf die Theke zu. »Hi, Chiara, hi, Jenny!«

»Hi, Dave!« Ich nicke ihm lächelnd zu.

»Hallo, Dave.« Jenny spuckt die beiden Wörter förmlich aus und weicht keinen Zentimeter zur Seite, um Dave an die Theke zu lassen.

»Liam, schön, dich zu sehen, wie geht es dir?«, ruft Dave über ihren Kopf hinweg Liam zu, der soeben mit einem weiteren Korb voller Brötchen erschienen ist.

»Gut geht es mir, mein Junge.«

Jenny beugt sich vor und lächelt mich an. »Ich … weiß noch nicht, ob ich komme.« Dann dreht sie sich auf dem Absatz um, und Dave bleibt gerade noch Zeit, einen Schritt zur Seite zu machen. »Wir sehen uns!«

Sie streift Dave im Vorbeigehen mit einem Blick, der vor Wut zu brennen scheint. Aber noch etwas anderes liegt darin, das ich nicht zuordnen kann. Dave steht reglos da, und ich frage mich, ob er das Atmen vergessen hat. Jedenfalls sieht er so aus, als hätte ihn ein Bann getroffen.

Die Tür fällt hinter Jenny zu, und trotzdem scheint die Luft noch zu knistern.

»Und was können wir für dich tun?«, fragt Liam, und Daves Blick kehrt ins Hier und Jetzt zurück.

»Kaffee. Mach ihn stark.«

»Kommt sofort.« Liam fängt an, den Kaffee zu zapfen. »Du magst sie immer noch«, sagt er über die Schulter. »Das sieht ein Blinder.«

Dave atmet tief ein und fährt sich durch den Nacken. »Oh, na ja, sie ist ein nettes Mädchen.«

Das ist der Moment, in dem ich nicht anders kann, als loszuprusten. Jenny ein *nettes Mädchen* zu nennen ist, als würde man einen Berglöwen als *süßes Kätzchen* bezeichnen.

»Warum lachst du?« Dave bedenkt mich mit seinem unwiderstehlichen Grübchenlächeln. »Ist doch so, oder?«

Ich nicke und blinzle die Lachtränen weg. »Oh ja. Sie ist großartig.«

Als Nächstes wird die Tür mit so viel Schwung aufgestoßen, dass sich die Ladenglocke fast überschlägt, und Charlotte stürmt herein. »Muss erst mal …«, ruft sie und wedelt mit der Hand in Richtung unserer Kundentoilette.

»Nicht abschließen!«, ruft Dave ihr hinterher. »Sie sieht so aus, als könnte es jederzeit losgehen.«

Als hätte er eine Ahnung davon.

»Man muss wirklich auf sie aufpassen«, fügt er überraschend hinzu. Mit so viel Fürsorglichkeit aus seinem Mund hätte ich nicht gerechnet.

»Giovanni ist heute bei der Arbeit«, sage ich und sehe nachdenklich zu der Tür, hinter der Charlotte verschwunden ist. »Vielleicht sollte sie einfach hierbleiben.«

Solange die Schafzucht noch keine Gewinne abwirft, arbeitet mein Bruder weiterhin an drei Tagen in der Woche im Vertrieb einer Firma für landwirtschaftliche Nutzfahrzeuge. Dass ihm der Job schon lange keinen Spaß mehr macht und er ihn nur behält, weil sich die beiden mit dem Kauf der Farm hoch verschuldet haben, ist kein Geheimnis.

Jetzt taucht Charlotte wieder auf, deutlich entspannt.

»Sorry, Leute. Und hallo zusammen!« Sie schaut in die Runde und erntet von uns dreien ein verständnisvolles Lächeln.

Dave klopft ihr auf die Schulter und wendet sich zum Gehen.

»Mach's gut, Dave.« Charlotte bestellt koffeinfreien Cappuccino und ein Zimtbrötchen und lässt sich auf dem Sessel in der Ecke nieder, der momentan einzigen Sitzgelegenheit in der Bäckerei.

»Wo kommst du denn so früh her?«, erkundige ich mich neugierig, als ich ihr die Bestellung bringe.

»Von der Frauenärztin.« Sie nimmt einen Schluck Kaffee und seufzt. »Endlich. Ich musste nämlich nüchtern kommen. Wegen der Blutabnahme.«

»Hmm. Und was sagt die Ärztin?« Ich betrachte Charlotte. Dave hat recht. Sie ist wirklich kugelrund.

»Alles bestens. Und auch wenn es nicht so aussieht, hält sie am Geburtstermin fest!«

In meinem Bauch meldet sich ein flaues Gefühl. Ich sollte mich schleunigst um einen Arzttermin kümmern. Meine Pille geht allmählich zur Neige. Aber noch bevor ich den Gedanken zu Ende verfolgen kann, kommt April in ihrem Fake-Fur-Mantel durch die Ladentür gerauscht. Charlotte wirft mir ein belustigtes Blinzeln zu, als ich mich von ihr abwende und wieder hinter die Theke schlüpfe.

Hier kommt Ärger, denke ich und seufze innerlich.

»Ich kriege einen Cappuccino!«, ruft April, als wäre es ein Notfall. Kein Gruß, keine Bitte, kein Fragezeichen, wie üblich.

Liam zieht unmerklich eine Braue hoch und greift nach einem To-go-Becher.

»April, wie geht es dir?«

»Brillant. Ich *liebe* meinen neuen Job!« Sie schießt mir einen Blick zu, als erwartete sie Applaus von mir.

Liam wiegt den Kopf und zuckt unauffällig mit den Achseln. Also bin ich nicht die Einzige, die keine Ahnung hat, wovon April redet.

April mustert mich, als hätte ich mich unerlaubt hinter diese Theke geschmuggelt. Sie wird es mir nie verzeihen: Ich hatte eine Affäre mit Dave, und jetzt bin ich mit Gabriel zusammen. Die beiden sind so ziemlich die einzigen Kerle im ganzen Tal, die sie auf ihrer Liste noch nicht abhaken konnte.

»Worauf dürfen wir uns denn dieses Jahr freuen? Holst du dir dein Ballkleid wieder bei Goodwill?« April nimmt ihren Cappuccino von Liam entgegen und nippt daran. Dabei funkelt sie mich über den Rand ihres Bechers angriffslustig an.

Im Hintergrund gibt Charlotte ein leises Hüsteln von sich.

Unsere Blicke treffen sich kurz, und ich kann ihr deutlich ansehen, wie sie einen Lachanfall niederkämpft.

»Ich trage dasselbe Kleid noch mal«, antworte ich achselzuckend. »Es wäre schade drum, es ist einfach so wunderschön.«

»Stimmt«, meldet sich Liam. »Wie die Prinzessin von Cold Creek Valley sah sie darin aus.«

April beißt sich auf die Lippen. Ich weiß, sie ist nicht gekommen, um schmeichelhafte Komplimente über mich zu hören. »Ach, übrigens …« Sie beugt sich ein bisschen über den Tresen, als wollte sie Vertraulichkeiten mit mir austauschen, die sonst keiner hören soll. »Das war ja vielleicht ein toller Einsatz von Gabriel am Samstag … direkt von der Piste in den OP!« Ihr perfekt geschminkter Mund verzieht sich zu einem triumphierenden Lächeln, als sie den verwirrten Ausdruck in meinem Gesicht entdeckt. »Na, hoffentlich habt ihr Turteltäubchen nicht etwas schrecklich Aufregendes vorgehabt … Nun denn, für unsere Oberärztin legt er sich ganz schön ins Zeug, das Schätzchen!« Sie trommelt mit ihren Fingernägeln auf das Glas der Theke, ein Geräusch, das bei mir automatisch eine Gänsehaut auslöst.

Unsere Oberärztin? Einen Moment lang starre ich sie einfach nur verständnislos an. »Ich habe keine Ahnung, wovon du sprichst!« Ich schüttle unwillig den Kopf und fahre fort, die vorbestellten Brötchen in Tüten zu füllen.

April gibt ein perlendes Lachen von sich, wirft ihre Haare zurück und leckt sich den Milchschaum von den Lippen. Ich frage mich, wie lange man vor dem Spiegel üben muss, um sich so gekonnt in Szene zu setzen.

»Schätzchen … hat dein Goldjunge dir etwa nicht erzählt, dass ich seit kurzem in seiner Klinik an der Rezeption arbeite?«

Sie macht zwei kleine Krallen mit ihren Händen und faucht leise, was offensichtlich lustig sein soll. »Sie sind alle so sexy, die Docs … es ist mein Traumjob!«

Ich spähe hinüber zu Charlotte, die sich stumm Luft zufächelt und die Szene beobachtet, irgendwo zwischen Lachen und Verärgerung.

»Nein. Hat er nicht erwähnt.« Ich bücke mich, um noch ein paar Papiertüten aus dem Schrank zu nehmen.

»Tja. Kann ja sein, dass er seine kleinen Geheimnisse hat!« Aprils Lächeln ist jetzt pure Schadenfreude, und mich beschleicht ein flaues Gefühl. »Zum Beispiel, dass unsere Oberärztin, die nebenbei ziemlich heiß ist, ihn nach ihrer heldenhaften gemeinsamen Operation höchstpersönlich nach Hause chauffiert hat …«

Mein Herz schlägt plötzlich schneller.

»Keine Ahnung. Weißt du, ich muss nicht jede Kleinigkeit wissen, ich habe auch ein eigenes Leben«, antworte ich kühl. Trotzdem ist in meinem Kopf ein Alarmlämpchen angegangen. Warum hat er mir das denn nicht erzählt? Der Gedanke versetzt mir einen schmerzhaften Stich. Wenn April wüsste, dass sie mich getroffen hat, wäre sie bestimmt sehr zufrieden mit sich.

Als sie endlich weg ist, bringe ich Charlotte noch einen Muffin.

»Geht auf mich!«, sage ich, aber das Lächeln will mir nicht so richtig gelingen.

»Hey, was ist los?«, flüstert Charlotte. Sie wirft mir einen forschenden Blick zu und nimmt meine Hand. »Du bist gerade ziemlich blass. Ist dir nicht gut?«

Ich fühle mich tatsächlich ziemlich matt. »April kann einem manchmal wirklich die Laune verderben.«

Charlotte seufzt. »Du machst dir doch nicht etwa ernsthaft Sorgen, weil April-an-der-Rezeption eine Neuigkeit für dich war?«

»Ich weiß, es ist albern«, antworte ich seufzend. »Aber es ärgert mich, dass ich es nicht wusste, und das hat sie ganz bestimmt gemerkt. Außerdem hätte es Gabriel klar sein müssen, dass es mich interessiert.«

»Sie ist bestimmt eine Fehlbesetzung und bleibt nicht lange.« Charlotte grinst optimistisch und legt mir kurz die Hand auf den Unterarm. »Und Gabriel hat viel zu viel um die Ohren, um sich auch noch um solche unwichtigen Details zu kümmern. Also ehrlich, wen interessiert es denn, ob April oder Santa Claus persönlich an der Rezeption sitzt?« Sie beißt in ihren Muffin. »*Yummy*, ist das lecker!«, sagt sie mit vollem Mund.

»Mag sein.«

Charlotte lässt den Muffin sinken. »Oder beunruhigt dich etwa die angeblich so heiße Oberärztin?«

»Ich weiß nicht.« Ich weiß es wirklich nicht. »Wenn er sie erwähnt, klingt es eigentlich eher so, als wäre sie ein Operationsroboter mit wenig Charme. Ich habe mir bisher noch nicht mal klargemacht, dass sie auf Tuchfühlung arbeiten und dass diese Frau ›heiß‹ sein könnte.« Ich male die Anführungszeichen in die Luft und werfe einen wütenden Blick zur Tür, als stünde dort noch eine toxische Wolke, die April hinterlassen hat. »Oh Himmel, ich höre mich echt dämlich an. Sorry, ich weiß auch nicht, was mit mir los ist.«

»Mach dir keine Sorgen.« Charlotte leckt sich den Daumen ab und schiebt den leergeputzten Teller von sich. »Willst du nachher mit mir nach Boulder fahren?« Sie blinzelt mich einladend an, während sie über die ansehnliche Beule in ihrem

Pullover streicht. »Ich brauche eigentlich noch ein paar Geschenke. Aber ehrlich gesagt ist es mir zu heikel, allein zu fahren. Am Ende platzt mir mitten auf dem Highway die Fruchtblase, das wäre verdammt unpraktisch …!«

»Nach Boulder? Dazu hätte ich große Lust!« Ich gehe schnell meine Liste im Kopf durch. »Ich suche noch nach Handschuhen für Gran und Bücher für Gabriels Eltern.« Gabriel bekommt von mir außerdem ein Paar besonders schöne Stiefel, das ich in Italien bestellt habe. »Außerdem«, füge ich nach kurzem Zögern hinzu, »habe ich das dringende Gefühl, dass es höchste Zeit ist für ein bisschen Stadtleben mit allem Drum und Dran.«

»Kann ich gut verstehen.« Charlotte nickt.

Mit einem Mal sehe ich den Weihnachtsmarkt an der Alster vor meinem inneren Auge und werde von einer jähen Sehnsucht gepackt. Mir fehlt die U-Bahn, obwohl ich die eigentlich gar nie mochte, die Eisbahn in Planten un Blomen, das Schaufenster unserer Pasticceria, das Mamma und Lo jedes Jahr mit süßem Weihnachtszauber dekorieren, und natürlich am allermeisten meine Familie. Das Gefühl ist so übermächtig, dass ich einfach nur dastehe und vor mich hin starre.

»Ups.« Charlotte hievt ihren schweren Körper aus dem Sessel und nimmt mich in die Arme. Sie hält mich eine Weile schweigend, dann lässt sie mich los und setzt sich wieder hin. »Definitiv machen wir uns heute einen richtigen Mädelsnachmittag.«

Ich nicke und kehre schnell zu meiner Arbeit zurück. Manchmal hilft es sehr, wenn man verstanden wird, ohne irgendwas erklärt zu haben.

GABRIEL

Heute Morgen ist es ruhig auf meiner Station, und ich kann mir endlich den Papierkram vornehmen, der sich in den letzten Wochen auf meinem Schreibtisch angesammelt hat. Ich habe sogar zum ersten Mal das kleine Radiogerät eingeschaltet, das im Regal steht, und lasse mich von dem üblichen Weihnachtsprogramm berieseln: Last-Minute-Geschenketipps, Punschrezepte, Werbung für den Christmas Ball und dazwischen jede Menge Weihnachtslieder. Mein Blick wandert immer wieder zum Fenster, vor dem kleine Flöckchen tanzen. Ich kann nicht beschreiben, wie unglaublich ich mich auf die Feiertage und die Zeit mit Chiara und meiner Familie freue. Zum Glück habe ich am Vierundzwanzigsten frei und auch am Ersten Weihnachtsfeiertag. Zwar ist der Zweite Weihnachtsfeiertag hier ein normaler Arbeitstag, aber ich muss nur am Vormittag für ein paar Stunden in die Klinik. Das lässt genug Raum für unsere traditionelle Riesenparty an Heiligabend, die Nachfeier am nächsten Morgen und die etwas ruhigere Familienbescherung am Nachmittag. Es ist schon seltsam, wie unterschiedlich man das Weihnachtsfest betrachten kann. Patricia zum Beispiel hat sich freiwillig für den Dienst eingetragen, um nicht daheim zu versauern, wie sie mir ganz offen gestanden hat.

»Es gibt niemanden, mit dem ich Weihnachten feiern möchte. Und auf meine Familie habe ich auch keine Lust.«

Ich habe unmerklich nach Luft geschnappt. Wie traurig! Krasser könnte der Unterschied zu mir nicht sein.

Das Weihnachtsfest auf der Three Oaks Farm ist das größte Familienereignis des ganzen Jahres. Ich habe Chiara schon darauf vorbereitet, dass sie sich auf eine Art Völkerwanderung gefasst machen soll. Beeindruckt hat sie das nicht besonders. Stattdessen hat sie nur gegrinst und mich gefragt, ob ich das letzte Silvester vergessen habe, als ich mitten in die Feier *ihrer* Großfamilie hineingeplatzt bin.

Mein Diensthandy beginnt zu läuten. Am anderen Ende meldet sich Faye, eine der Krankenschwestern aus der Notaufnahme.

»Gabriel, wir brauchen dich hier unten. Die Ambulanz bringt uns gleich eine verletzte Person.«

»Bin unterwegs.« Okay. Schluss mit der Besinnlichkeit.

Ich spurte durch das Treppenhaus ins Untergeschoss und das Adrenalin durchflutet meinen Körper. Man weiß nie, was einen erwartet. Als ich den Untersuchungsraum betrete, war die Ambulanz schon da und das Team wuselt um die Pritsche herum. Ich erhasche einen Blick auf eine schmale weibliche Gestalt. Zwei Assistentinnen ziehen ihr gerade vorsichtig die Hose von den Beinen. Ein Hosenbein ist seitlich aufgeschnitten. Überall ist Blut.

»Hallo?«, ruft eine der Schwestern. »Lassen Sie die Augen offen. Schlafen Sie nicht ein. Hallo?«

»Sauerstoff!«, kommandiert Patricia, und Faye, die schon bereitsteht, beugt sich mit einer Nasenmaske über die Patientin. Ich stelle mich neben Patricia. »Hypovolämischer Schock, Blutverlust durch offene Unterschenkelfraktur«, sagt sie mit Blick auf den Monitor. »Infusion läuft, Kreislauf schwach, aber stabil.

Wir müssen die Blutung stoppen …« Sie pausiert. Es ist das linke Bein. Richtig übel. Aber der Druckverband, den die Sanitäter angelegt haben, sieht gut aus. Mein Blick wandert nach oben, und dann … es ist ein Gefühl, als stürzte mein Magen in heißes Wachs. Mir wird übel und ich unterdrücke ein erschrockenes Aufstöhnen.

Jenny. Verdammt, es ist Jenny.

Ihr Gesicht ist kreideweiß, die Augen halb geöffnet, aber ihr Blick ist nicht hier. Nicht in diesem Raum.

»Wir operieren. Da ist nicht nur ein Blutgefäß verletzt. Hat die Hängerklappe und das Pferd abgekriegt, die Arme«, sagt Patricia mit ungewohnter Empathie. Ich nicke. Zu mehr bin ich gerade nicht fähig. Mein Herz möchte unter der Erschütterung zerbersten.

Knapp zwei Stunden später tauche ich wie aus tiefem Wasser empor. Jenny wird auf die Überwachungsstation gebracht, und plötzlich spüre ich meinen eigenen Körper wieder. Meine Schultern und Arme schmerzen, und ich bin schweißgebadet.

»Respekt, Gabriel!« Patricia berührt mich am Arm. »Du hast eine unglaublich ruhige Hand.«

Ich lächle erschöpft und bin so froh, endlich aus dem fensterlosen gekachelten Raum herauszukommen.

»Das hätte für die Patientin aber auch ganz anders ausgehen können. Die hat wirklich Glück gehabt.«

»Stimmt.« Ich bringe es nicht über die Lippen. Dass ich Jenny kenne, dass ich in der Highschool zwei Jahre neben dieser wunderschönen Frau gesessen habe. Dass sie, auf den ersten Blick so still und sanft, darüber hinaus so tough und kompromisslos ist und ein Naturereignis, wenn sie im Sattel sitzt. Um ihre Gesundheit kämpfen zu müssen hat mich innerlich vollkommen ausgehebelt. Es ist, als würde ich komplett neben mir stehen. Ich brauche einen Moment der Ruhe, um mich wieder zu fassen.

Patricia und ich treten gemeinsam in den kleinen Vorraum, um uns die Hände zu waschen.

»Das war wirklich keine einfache Operation. Wir sind ein gutes Team!« Patricia wischt sich mit dem Papierhandtuch über die Hände und wirft es in den Abfallkorb. Dabei lässt sie mich nicht aus den Augen.

»Sind wir.« Ich erwidere ihren Blick. Wahrscheinlich käme ich besser klar, wenn sie immer so sachlich und unemotional wäre wie im OP. Aber jetzt gerade ist wieder einer dieser Momente, in denen sie plötzlich verletzlich wirkt und so, als sollte sie dringend in den Arm genommen werden.

Sie tritt auf mich zu und ist mir plötzlich sehr nah. Nicht näher als bei der Operation eben, aber das ist natürlich eine ganz andere Situation. Die Fältchen um ihre Augen vertiefen sich, als sie lächelt. »Wir können wirklich stolz sein.«

Der Knoten in meinem Magen löst sich. Jenny ist außer Gefahr, sie wird wieder gesund. Eine überwältigende Erleichterung durchflutet mich. Obwohl mein Instinkt mich warnt, dass ich gerade dabei bin, einen Fehler zu machen, kann ich nicht anders. Patricia und ich, wir haben das gemeinsam geschafft.

»Ja, das können wir«, sage ich und nehme sie in den Arm, während meine Hand mechanisch über ihren Rücken streicht. Sie tut nichts, presst nur ihre Stirn gegen meine Brust.

Schließlich löse ich mich von ihr. »Sorry, das hätte ich nicht tun sollen«, murmle ich. Im selben Moment sehe ich ihren verhangenen Blick. Mit einem Schlag ist mir klar, dass es kein Fehler, sondern ein Riesenfehler war.

Ich durchquere das Foyer in Richtung Cafeteria, um endlich etwas gegen meinen brüllenden Hunger zu tun. Meine Gedanken kreisen immer noch um Jenny, als plötzlich jemand meinen Namen ruft. Ich schaue auf und traue meinen Augen nicht. Er hat offenbar keine Zeit verloren hierherzukommen. Seine Chaps sind staubig, und die Stiefel hinterlassen eine Schmutzspur auf dem Steinboden. Aus seinem Gesicht ist der Sonnenschein gewichen.

»Hey, Dave!« Überflüssig, ihn zu fragen, was er hier will. Wir begrüßen uns per Handschlag.

»Wie geht's Jenny?«, fragt er atemlos, während sein unruhiger Blick schon in meinem Gesicht nach einer Antwort sucht.

Ich stöhne leise auf und werfe einen vernichtenden Blick zu April hinüber. Die zieht nur einen Schmollmund und zuckt die Achseln. Von Privatsphäre und Datenschutz hat sie vermutlich noch nicht viel gehört.

»Ich darf dir keine Auskünfte geben, Hanson. Da könnte jeder kommen und …« Ich hebe beide Hände. »Versteh mich nicht falsch …« Dass Jenny seit dem Christmas Ball vor zwei Jahren nicht mehr mit ihm redet, lasse ich in diesem Moment unerwähnt.

»Ich bin praktisch ein Angehöriger.« Dave sieht so aus, als würde er das wirklich ernst meinen. Es gelingt mir mit Mühe, nicht zu lachen. »Dave, hör zu. Ex-Liebhaber sind keine Angehörigen.«

Aber Dave tritt unbeirrt einen weiteren Schritt auf mich zu. »Komm schon, Anthony …«, drängt er mit gedämpfter Stimme.

Ich weiß, dass ich es nicht tun darf. Wirklich nicht. Auch wenn Dave ein ehrliches großes Herz hat und es niemals weitererzählen würde.

Ich schüttle hartnäckig den Kopf.

»Verdammter Sturkopf«, flüstert er und starrt mich an. »Kann ich dann wenigstens zu ihr?«

Wieder kämpfe ich gegen das Lachen. Das wird ja immer besser … »Auf gar keinen Fall, Dave. Unter keinen Umständen.«

»Hm.« Dieses Mal nimmt er mein Nein für ein Nein. Er wechselt das Standbein und sieht sich im Foyer um. »Wo kann ich warten, bis ich zu ihr kann?«

Ich lege ihm eine Hand auf die Schulter. »Komm mit in die Cafeteria. Dort können wir reden. Ich meine, ohne dass jemand versucht, von unseren Lippen zu lesen.« April steht förmlich auf Zehenspitzen hinter dem Empfangsschalter und starrt ungeniert zu uns herüber.

Dave nickt langsam. »Guter Plan.«

»Hat April dich tatsächlich angerufen?«, frage ich über die Schulter, als ich die Tür zur Cafeteria öffne.

»Nein, nicht mich. Sie hat auf der Silver Ranch angerufen, weil Jenny dort ihr Team trainiert.« Er seufzt. »Ich glaube, es ist das erste Mal, dass sie sich auf nützliche Weise einmischt. Sie hat Bescheid gesagt, dass es einen Unfall gegeben hat. Das wusste sie wohl von irgendeiner Krankenschwester. Ich stand gerade mit dem alten Garcia zusammen, als der Anruf kam.«

Ich hole tief Luft. »Na ja, gut zu hören. Ich habe mich schon gefragt, ob sie das halbe Valley durchtelefoniert hat.«

Dave sieht mich einen Moment verständnislos an. »Das hat sie doch!«, sagt er schließlich und schüttelt irritiert den Kopf.

»Sie hat noch ein paar Leute angerufen. *Nachdem* sie auf der Silver Ranch Bescheid gesagt hat.«

Bevor er mich fragen kann, was daran falsch war, wechsle ich schnell das Thema. Wenn irgendwer April wegen ihrer Indiskretion verpfeift – ich werde es nicht sein.

Wir setzen uns an einen Tisch in der Ecke. Während ich wie ein Wolf über mein Sandwich mit Grillkäse herfalle, dreht Dave seine Kaffeetasse unruhig in den Händen.

»Wie schlimm ist es?«, fragt er schließlich mit rauer Stimme. Die Sache nimmt ihn mehr mit, als man vermuten könnte.

»Gott, Dave! Hör auf! Ich kann dir nichts sagen.«

Wir starren uns eine Weile in die Augen, bis Dave blinzelt, die Arme verschränkt und sich zurücklehnt.

»Hör zu«, sagt er in einem fast besänftigenden Ton. »Ich habe vorhin rein zufällig ein Gespräch zwischen zwei OP-Schwestern mitgekriegt. Sie haben über Jenny geredet. Ich weiß also das meiste: Sie hatte einen Schock, ihr Bein ist kaputt und musste operiert werden …«

»Na ja, da kann man nichts machen, wenn du das alles schon weißt«, antworte ich schulterzuckend. »Mehr ist da auch nicht zu erzählen.«

»Nein?« Ein erleichtertes Grinsen geht über Daves Gesicht.

»Nein«, antworte ich. »Es wird alles gut.« Ich stecke mir schnell den nächsten Bissen in den Mund.

Dave wartet höflich, bis ich geschluckt habe. »Ich schätze mal, diese Freundin von Jenny hat einen Fehler gemacht: das Pferd losgebunden, bevor Jenny die Hängerklappe heruntergelassen hat.« Er nickt gedankenvoll. »So muss es gewesen sein.«

Ich trinke einen Schluck Wasser und schweige stur.

»Und der Gaul ist nach hinten getreten, die Klappe ist runtergefallen, und irgendwo war dann Jennys Bein im Weg.«

»So ungefähr«, sage ich kauend.

»Verdammt.« Dave verzieht das Gesicht. »Gut, dass es nur das Bein war.«

»Eben.« Im selben Augenblick beginnt mein Handy zu klingeln.

»Das ist Chiara«, murmle ich. »Da muss ich drangehen.«

»Ich dachte, ich versuche einfach mal, dich anzurufen«, sagt sie, als ich mich melde. Sie klingt niedergeschlagen. »Deine letzten Nachrichten waren etwas kryptisch …«

Womit sie vollkommen recht hat. Ich bin nicht gut im Nachrichtenschreiben, wenn meine Kräfte am Ende sind.

»Es tut mir leid«, antworte ich. »Wir hatten hier einen Notfall, ich kam gerade aus dem OP und wollte mich nur kurz melden …«

»Sprichst du von Jenny?«, unterbricht mich Chiara mit bebender Stimme.

»Du weißt es also auch schon?«

»Ja. Sarah hat es von Manuels Dad erfahren.«

Ich atme geräuschvoll aus. »Okay. Ach, und nur so nebenbei: Dave ist hier, falls den irgendjemand sucht.«

»Gut zu wissen. Es könnte sein, dass Giovanni sich wundert, wenn er am Abend nicht vorbeischaut.«

Jetzt fällt mir auf, dass bei Chiara im Hintergrund Musik läuft. Kuschelrock. Nicht gerade leise.

»Wo bist du gerade?«

»Bei Charlotte im Auto. Wir waren einkaufen in Boulder«, antwortet sie. »Du kommst wahrscheinlich spät nach Hause?«

Mein Brustkorb wird plötzlich ganz eng. Ich weiß, sie wird es verstehen, aber es wird sie trotzdem traurig machen. »Es tut mir wirklich leid, aber ich denke, ich bleibe heute Nacht lieber hier. Falls sich Jennys Zustand doch wieder verschlechtert, möchte ich auf jeden Fall hier sein.« Ich spare mir die Details. Wozu Staub aufwirbeln, wenn – hoffentlich – morgen alles anders aussehen wird.

Schweigen am anderen Ende. Wie gern wäre ich jetzt bei Chiara und würde sie trösten.

»Natürlich. Es ist furchtbar … hoffentlich geht alles gut. Und bitte schreib mir, wenn irgendwas ist.« Chiaras Stimme zittert. »Wahrscheinlich werde ich sowieso nicht schlafen können.«

»Mach dir nicht zu viele Sorgen. Jenny ist ein toughes Mädchen. Und versuch zu schlafen, *honey*.«

Nachdem ich aufgelegt habe, sieht mich Dave interessiert an. »Du und Chiara, ihr seht euch gerade nicht besonders viel, was?«

»Stimmt.« Ich schiebe meinen Teller beiseite. »Das ist nicht gerade ideal.«

»Überhaupt nicht.« Er schüttelt missbilligend den Kopf. »Und wenn du mich fragst, würde ich Evan im Auge behalten. Der versucht es bei allen Frauen.«

»Tatsache?« Großer Gott, das auch noch. Genügt es nicht, dass er mit seiner üblen Laune Chiara das Leben schwer macht?

Dave nickt. »Sogar an Jenny wollte er sich ranmachen, da sind wir uns neulich mal ein bisschen in die Haare geraten, er und ich.« Seine Mundwinkel zucken. »Ich denke, die lässt er jetzt in Ruhe.«

»Chiara weiß sich schon ganz gut zu helfen«, wende ich ein. »Und die beiden stehen sowieso auf Kriegsfuß. Also ich glaube, da muss ich mir keine Sorgen machen.«

Wir versinken in Schweigen und sehen hinaus in die Dunkelheit. Der Schneefall ist heftiger geworden.

»Gott. Es bringt mich fast um, daran zu denken, wie schlimm das hätte ausgehen können.« Dave sieht mich an. »Kann ich über Nacht hierbleiben?«

Ich zucke mit den Achseln. »Meinetwegen. Die Stühle im Warteraum sind allerdings nicht besonders bequem zum Schlafen.«

»Hat irgendwer gesagt, dass ich schlafen will?«

»Das ist Unsinn«, wende ich ein. »Du kannst doch nicht die ganze Nacht wach bleiben.«

Wir starren uns wieder in die Augen. Diesmal bin ich es, der nachgibt.

»Okay. Ich kann dich später in mein Büro schmuggeln. Das ist zwar komplett gegen die Regeln, aber wir lassen uns einfach nicht erwischen.«

Der Schatten eines Lächelns huscht über Daves Gesicht. »Danke«, sagt er. »Ich revanchiere mich.«

Mein Dienst für heute ist fast vorbei. Ich gehe noch einmal auf die Überwachungsstation, um nach Jenny zu sehen. Als ich die Tür aufstoße, steht Patricia neben Jennys Bett, und eine Krankenschwester stöpselt gerade eine neue Infusionsflasche an.

Patricia nickt mir lächelnd zu und deutet dann auf den Monitor. »Der Puls hat sich normalisiert. Wenn wir Glück haben, stoppt die Blutung von selbst. Momentan sieht es fast danach aus.«

Ich beiße mir auf die Lippe. »Hoffentlich.« Das ist der kritische Teil, den ich Dave verschwiegen habe. Jenny hat neben ihrer Beinverletzung einen Bluterguss an der Leber, den wir beobachten müssen. Wenn sie weiterhin Blut verliert, müssen wir noch einmal operieren.

Patricia stupst mich leicht mit dem Ellbogen an.

»Ich habe schon gesehen, du hast dich für den Nachtdienst heute eingetragen? Du bist mein Held! Dann gehe ich nämlich jetzt nach Hause.«

Nein! Es ist nicht, weil ich dir einen Gefallen tun wollte!

»Kein Thema.« Ich nicke der Schwester zu, die den Raum verlässt. »Ich hatte es vorhin nicht erwähnt, aber die Patientin ist eine sehr gute Bekannte von mir. Und … ich würde zu Hause keine Ruhe finden.«

Patricia schluckt. »Ach so, deshalb der Einsatz. Ich dachte schon, du machst es mir zuliebe. Na dann, hab eine gute Nacht.« Sie dreht sich um und geht.

Sie ist enttäuscht, vielleicht sogar sauer, aber ich habe immerhin klare Verhältnisse geschaffen.

Ich sehe auf Jenny herab. Der Kranz ihre dunklen Haare umrahmt ihr schmales, blasses Gesicht. Die Wimpern zucken. Sie kann froh sein, dass sie von alldem gerade nichts mitbekommt. Im Anschluss an die OP haben wir ihr ein Beruhigungsmittel gegeben, damit sie ruhig schläft und ihr Körper sich von den Strapazen erholen kann.

»Bleib stark, Jenny!«, sage ich, bevor ich den Raum verlasse und leise die Tür hinter mir schließe.

Am nächsten Morgen ächzt mein ganzer Körper und ich bin völlig gerädert. Auf dem Bürostuhl zu schlafen ist wirklich eine Herausforderung. Dreimal war ich bei Jenny. Sie ist stabil, und das ist das Wichtigste. Dave schläft tief und fest, zusammengerollt auf dem zierlichen Sofa, das so aussieht, als könnte es jeden Moment unter ihm zusammenbrechen.

Ich richte mich leise auf, ziehe meinen Kittel über und schlüpfe in meine Sneakers.

Auf der Überwachungsstation treffe ich gerade noch die Nachtschwester an.

»Alles gut!«, ruft sie mir entgegen. »Sie war zwischendurch mal wach und weiß, warum sie hier ist.«

»Okay. Danke!« Erleichtert betrete ich Jennys Zimmer. Die Werte, die mir der Monitor zeigt, gefallen mir immer besser.

»Gabriel!«, murmelt Jenny leise und kämpft sichtlich damit, ihre Augen zu öffnen.

»Hi, Jenny.« Ich lege meine Hand auf ihre Schulter. »Ganz langsam, ja?«

»Ja, schon gut.« Jetzt sind die Augen auf. Sie schenkt mir ein schwaches Lächeln und deutet auf ihr eingegipstes Bein. »Ich hatte gehofft, es wäre nur ein schlechter Traum gewesen.«

»Leider nicht.«

»Mist.« Sie macht die Augen zu. »Ich bin schrecklich müde.«

»Das sind die Medikamente. Schlaf ein bisschen.«

Ich kriege schon keine Antwort mehr. Gut so. Jenny muss sich wirklich ausruhen.

Ich schreibe rasch eine Nachricht an Chiara, dann gehe ich leichten Herzens nach oben, um Dave zu wecken.

CHIARA

Ich stehe am Fenster und sehe hinaus in die Schwärze des frühen Morgens. Ein paar einzelne Flocken tanzen draußen zu Boden. Mir ist kalt. Ich halte das Handy fest umklammert und lausche verzagt dem endlosen Tuten. In Hamburg ist es jetzt Mittagszeit. Ich stelle mir vor, wie das Klingeln des Telefons ungehört im allgemeinen Geräuschteppich meiner Familie versinkt.

Aber dann klickt es in der Leitung, und Lo sagt: »Endlich rufst du an, *carina*! Wir haben gerade über dich gesprochen! Wir sind beim Essen – aber du störst wirklich überhaupt nicht!«

Noch bevor ich zu Wort komme, höre ich schon Papà aus dem Hintergrund rufen: »Sag ihr, sie soll sich die Bestellungen der letzten Monate ansehen, damit sie weiß, welche Mengen sie einkaufen muss!«

»Verstanden?«, erkundigt sich Lo.

»Einwandfrei.« Ich muss unwillkürlich lächeln. »Aber das weiß ich doch schon alles. Liam und ich schreiben die Einkaufslisten immer gemeinsam …«

»… und von Mamma soll ich ausrichten, dass es Gnocchi alla Romana gibt!«, unterbricht sie mich. Der leichte Tadel in ihrer Stimme ist unüberhörbar. Als müsste ich einfach nur ein kleines bisschen Willenskraft aufwenden und könnte *subito!* am Mittagstisch meiner Familie in Hamburg Platz nehmen.

Immer noch hat es mir Lo nicht verziehen, dass ich die vertraute Backstube und die kuschelige Nähe meiner Familie gegen das Cold Creek Valley eingetauscht habe. Eine Person weniger in ihrem Herrschaftsbezirk bedeutet eine Person weniger, in deren Leben sie sich einmischen kann. Was sie natürlich trotzdem tut, aber ihr Einfluss schwächt sich dank der räumlichen Distanz deutlich ab.

»Lecker …« Allein bei dem Gedanken an Gnocchi alla Romana hebt sich mein Magen. Es muss die Aufregung der letzten Tage sein, die mir zusetzt. Ich konnte mich noch nicht einmal dazu aufraffen, einen Kaffee aus der Küche zu holen.

»Du willst sicher hören, was wir zu deinen Neuigkeiten sagen? Oh, wir sind natürlich begeistert! Jetzt bist du also Chefin, so schnell geht das! Und Gabriel, der freut sich ja hoffentlich auch?«

»Lo, nein! Ich bin keine Chefin. Ich vertrete einfach nur meinen Chef«, korrigiere ich energisch.

»Natürlich, das haben wir schon kapiert. Aber man kann nicht früh genug anfangen, sich unentbehrlich zu machen, und schon … wer weiß, wer weiß. Das kann schnell gehen, auf einmal bist du selbst Chefin! Also, was sagt Gabriel dazu?«

»Er freut sich natürlich!« Ich lege so viel Überzeugung wie möglich in meine Stimme, damit das Quiz baldmöglichst beendet ist. Auch wenn Gabriel in Wahrheit leider nicht in einen Freudentaumel ausgebrochen ist.

»Ahhh. Ja, er ist ein guter Mann. Wenn er auch langsam daran denken sollte, dir einen Antrag …«

»Lo! Bitte nicht schon wieder!«

Lo seufzt. »Ach, Chiara …« Himmel, sie nervt mich so ungemein mit ihrem Dauerthema. Und trotzdem. Plötzlich brennen meine Augen. Wie schrecklich gerne würde ich in diesem Moment an dem großen runden Esstisch mit der grob gewebten rot-weiß karierten Tischdecke bei meiner Familie sitzen! Ich sehe das Bild vor mir, und die Sehnsucht überrollt mich förmlich.

Gut, dass Lo unbeirrt fortfährt: »Aber ihr seid doch glücklich?! Es ist doch alles gut dort drüben bei euch?«

Porco dio. Ich drehe den Ring an meinem Finger, und dann kann ich nicht widerstehen. Der Wunsch, alle Sorgen meiner Schwester zu zerstreuen, wird übermächtig. »Aber klar! Stell dir vor, ich habe von Gabriel einen wunderschönen Ring bekommen! Er ist aus Gold mit einem kleinen Türkis!« Mist. Eigentlich wollte ich es gar nicht erzählen, ich kenne meine Familie nur zu gut … Weil Lo mich wie immer auf Lautsprecher gestellt hat, schlägt meine kleine Anmerkung wie eine Bombe ein.

»Aus Gold!«, ruft Papà. »Einfach so? Das glaube ich nicht!«

»Bedeutet das bei den Amerikanern etwa nicht, dass man verlobt ist?« Mammas Stimme überschlägt sich beinahe.

»Genau. Da muss man vorsichtig sein. Sie tun ja auch Eiswürfel in ihren Rotwein.« Papà schüttelt sich hörbar.

»Oh, Chiara!« Wieder Mamma, dieses Mal näher und lauter. Vermutlich hat sie sich Los Handy geschnappt. »Bist du sicher, dass du nicht einen Antrag verschusselt hast? Manchmal bist du ja so schrecklich verträumt …«

»Frag lieber noch mal nach«, rät Lo aus dem Hintergrund.

»Nein, nein!« Ich gerate ins Schwitzen. Hätte ich doch bloß den Mund gehalten! »Ich habe es doch schon hundertmal gesagt! Ich habe nicht vor zu heiraten! Und Gabriel weiß das ganz genau.«

Er weiß es und respektiert es. Manchmal streifen wir das

Thema kurz, was unweigerlich immer dann vorkommt, wenn wir Zukunftspläne schmieden und auf meine Aufenthaltsgenehmigung zu sprechen kommen. Mir fällt es schwer, meine Gefühle zu erklären. Logisch betrachtet macht es ja auch keinen Sinn. Was mir damals passiert ist, würde mit Gabriel niemals passieren. Und trotzdem … vielleicht brauche ich auch einfach nur Zeit.

Die Stille in der Leitung ist mittlerweile so tief, dass ich für einen Moment glaube, die Leitung sei zusammengebrochen. Aber dann höre ich Mamma leise seufzen. »Als wäre es nicht genug, dass Giovanni und du in dieses dumme Tal ziehen musstet, so schrecklich weit weg. Kannst du nicht wenigstens eine schöne Hochzeit feiern? Immerhin, Giovanni und Charlotte, das war eine schöne Hochzeit!«

»Dass du auch immer so stur sein musst.« Lo klingt frustriert. »Siehst du, was du angerichtet hast! Sag ihm, dass du deine Meinung geändert hast und dir jetzt doch vorstellen könntest zu heiraten.«

Ich hole tief Luft. »Habt ihr euch eigentlich inzwischen überlegt, ob ihr im Januar kommen wollt?«, frage ich, ohne auf die ganze Wagenladung an Vorwürfen und Verbesserungsvorschlägen für mein Leben einzugehen. »Ich muss zwar arbeiten, aber … immerhin kommt das Baby von Charlotte und Giovanni schon bald!«

Bitte sagt ja, sagt ja, wir kommen!!

Ich wünsche es mir schon eine ganze Weile so sehr, ihnen zeigen zu können, wie ich jetzt lebe.

»Ja, wir denken darüber nach. Giovanni und Charlotte drängen uns auch schon!«, sagt Papà. »Vielleicht schließen wir die Pasticceria einfach für eine Woche.«

»Genug Platz für uns alle scheinen sie ja auf ihrer Farm zu haben!«, sagt Lo. »Ich muss mit Theo klären, ob er die Kinder nehmen kann, und dann planen wir!« An Los Stimme kann ich hören, wie aufgeregt sie plötzlich ist. »Wäre das nicht wunderschön?«, fügt sie hinzu.

»Wunderschön!«, wiederholt Mamma. »Und sie müssen sich keine Sorgen machen, ich koche ja dann.«

»Wenn Giovanni und Charlotte dich lassen«, wirft Papà ein. »Wir telefonieren mal mit den beiden.«

Mir wird ganz heiß vor Freude. »Oh, ich kann es kaum erwarten … und jetzt muss ich los – guten Appetit und bis ganz bald!«

Wie so oft, wenn ich mit meiner Familie telefoniert habe, bin ich hinterher aus der Puste. Weil mir aber noch ein paar Minuten bleiben und der Zeitpunkt günstig ist, rufe ich gleich noch meine Freundin in Hamburg an. Bonnie ist Erzieherin in einer Kita, und mit etwas Glück halten die lieben Kleinen gerade ihren Mittagsschlaf …

»Chiara!« Bonnies Stimme geht fast im Hintergrundgeschrei unter. Okay. Die lieben Kleinen machen also gerade *keinen* Mittagsschlaf.

»Hi, ich wollte mich nur kurz melden. Du fehlst mir nämlich, wir haben ewig nicht gequatscht!«

»Du mir auch. Ach, die blöde Zeitverschiebung macht es auch nicht einfacher!« Bonnie seufzt. »Aber warte mal, wenn du mich morgen um diese Zeit anrufst, passt es super. Ich habe morgen frei, muss endlich Geschenke kaufen …«

»Ah, da wäre ich gerne dabei … und dann einen Glühwein auf dem Weihnachtsmarkt an der Alster …« Ich möchte mit einem Mal nur noch heulen und beende das Gespräch schnell, bevor meine Augen endgültig in Tränen schwimmen. Ich will in diesem Moment einfach nur in Hamburg sein. Oder nein, das eigentlich auch nicht. Ich will *gleichzeitig* hier und dort sein. Und vor allem will ich bei Gabriel sein. Der wieder mal nicht da ist.

Kurz bevor mich Heimweh und Selbstmitleid völlig überwältigen, kündigt mein Handy den Eingang einer Nachricht an.

Jenny hat die Nacht gut überstanden. Es geht aufwärts. Komme demnächst nach Hause. Vielleicht können wir den Nachmittag zusammen verbringen? Love you, G.

Sofort schäme ich mich ein bisschen, weil ich herumheule, während Jenny um ihre Gesundheit kämpft. Ich putze mir die Nase und schlüpfe in meine Klamotten. Jeans und Pulli, Stiefel, Mantel. Als mir einfällt, wie meine Schwester die Nase über das lässige Outfit rümpfen würde, mit dem ich hinter der Theke stehe, fühle ich mich sofort ein bisschen besser. Hier im Cold Creek Valley sind die Leute einfach lässig gekleidet, und würde ich einen dunklen Rock und eine weiße Bluse tragen, wie Lo in unserer Pasticceria, würde man mich wahrscheinlich fragen, ob ich auf eine Feier eingeladen bin. Wenige Minuten später laufe ich durch den frisch gefallenen Schnee über den Hof zum Carport. Als ich die Wagentür öffne, finde ich auf dem Fahrersitz nicht nur die kleine Wärmflasche vor, sondern auch noch einen Thermobecher. *Tee für unterwegs*, steht auf einem kleinen Zettel in Grans Handschrift. Ich muss lächeln und frage mich, ob sie so etwas wie einen sechsten Sinn hat.

Liam zeigt mit dem Kinn in Richtung Backstube und hebt vielsagend eine Augenbraue.

»Du hast mit ihm geredet?«, flüstere ich und knöpfe hektisch meinen Mantel auf.

»Tja, er war natürlich nicht begeistert.« Liam wiegt den Kopf. »Weil er älter ist als du und schon länger im Betrieb, und außerdem ein ziemlicher Macho. Da fällt es ihm natürlich schwer, dich plötzlich vor die Nase gesetzt zu kriegen.«

»Verstehe. Na, das wird bestimmt nicht leicht für uns beide …«

»Du musst versuchen, den Ball flach zu halten. Ich brauche ihn. Wenn Evan abhaut, finde ich weit und breit keinen Ersatz.«

Ich schlucke. Evan bäckt fantastisches Brot. Und das ist hier eine Seltenheit. Manche Kunden kommen sogar extra aus Denver, um sich mit Evans Spezialitäten einzudecken.

Was mit Evans Geschmacksnerven los ist, wenn es um die Muffins geht, ist mir allerdings immer noch ein Rätsel.

»Ich werde ihn mit Samthandschuhen anfassen«, versichere ich Liam beruhigend, obwohl mich die reine Vorstellung, diesen missmutigen Kerl auch noch hofieren zu müssen, unfassbar wütend macht.

»Na, das wird schon.« Liam klopft mir auf die Schulter. »Und erinnere mich daran, dass ich dir später zeige, wo die Sicherungen sind und wo man das Wasser abstellt. Damit du für alle Fälle vorbereitet bist.«

»Okay!«, antworte ich lächelnd.

Liam erwidert mein Lächeln. »Es fühlt sich gut an, mal für eine Weile alles abzugeben. Ich glaube, das wird mir sehr guttun.« Er macht eine kleine Pause. »Eines Tages werde ich den Laden sowieso abgeben. Wenn es nach Rosie ginge, wäre das recht bald der Fall, aber ich gebe mir noch Zeit.« Er wiegt den Kopf. »Ich muss mich mit dem Gedanken erst noch vertraut machen.«

»Oh!« Ich starre ihn mit großen Augen an. Ich bin zutiefst

erschrocken und gleichzeitig … Gott, mir ist schwindelig. Ist das meine Chance? Und wenn ja, wie kriege ich die unzähligen Hürden aus dem Weg?

Liam nickt. »Oh ja, ich weiß. Das kommt jetzt ein bisschen plötzlich. Aber ich finde es nur fair, dass du es lange im Voraus schon mal weißt, in deiner besonderen Situation … und bitte, erzähle es noch nicht weiter.«

»Ich …!« Ich schlucke. Mein Mund ist plötzlich ganz trocken.

»Das mit dem Arbeitsvisum sollte aber nicht wirklich ein Problem sein!« Liam hebt beschwichtigend die Hände und lächelt mich an. »Ich bin sicher, dass ein neuer Pächter dich und Evan übernehmen würde. Gute Mitarbeiter sind schließlich rar.«

»Nein, Liam!« Da ist sie wieder, meine Stimme, ruhig und entschlossen. »Wenn du die Bäckerei abgibst, dann gib sie mir!«

Mein Herz klopft wild. Habe ich das jetzt *wirklich* gesagt?

Liam zuckt bedauernd die Schultern. »Ich fürchte, das wird nicht funktionieren. Du brauchst eine dauerhafte Aufenthaltsgenehmigung, um einen eigenen Laden zu eröffnen.«

»Habe ich nicht«, antworte ich trotzig. »Aber vielleicht kriege ich das ja hin …«

»Die Behörden haben da ganz klare Vorschriften …« Liam seufzt. »Außerdem … ich bin mir nicht sicher, ob eine Bäckerei in Cold Creek das Richtige für dich wäre, bei all den Farmern und bodenständigen Leuten. Zu dir würde doch eher ein kleines schickes Café oder meinetwegen auch eine Pasticceria in Boulder oder Denver passen?«

»Hm.« Ich runzle betroffen die Stirn. Offensichtlich ist Liams Zutrauen nicht ganz so groß, wie ich vermutet hatte.

»Ich glaube schon, dass ich gar nicht so schlecht hierherpasse.«

Liam grinst gutmütig. »Na ja, das kannst du ja in den nächsten Wochen austesten. Aber«, er fährt sich durch die grauen Locken, »wie du es drehst und wendest, du hast nur ein Arbeitsvisum und keine Aufenthaltsgenehmigung. Ich weiß nicht, wie du das hinkriegen willst.«

Draußen fährt ein Auto auf den Parkplatz. Gleich wird jemand hereinkommen und diese Unterhaltung stören.

»Ich kriege das alles geregelt, bestimmt!« Ich lege ihm freundlich die Hand auf den Unterarm. »Lass es mich wenigstens versuchen!«

»Es steht dir natürlich frei, alles Mögliche zu versuchen. Wie gesagt, das ist alles noch längst nicht spruchreif.« Für einen Moment habe ich den Eindruck, dass er es bedauert, dieses Thema überhaupt angeschnitten zu haben. »Jetzt müssen wir uns in der Bäckerei erst mal organisieren, und dann ist Ausspannen und Familie für mich dran. Die Zukunft kann noch ein bisschen warten.«

»Natürlich!«, antworte ich schnell, aber seine Worte haben mein Inneres in Aufruhr versetzt.

Jetzt geht die Türglocke, und Chelsea kommt herein.

»Hi, Chelsea, wie geht's denn so?«, ruft Liam ihr entgegen. Chelsea ist die Besitzerin von einem der beiden Friseursalons in Cold Creek. Noch bevor sie ihre Brötchen ausgesucht hat, kommt sie schon auf Jennys Unfall zu sprechen. Ich stöhne innerlich auf. Die Sache hängt mir schrecklich nach, ich will lieber gar nicht so viel davon hören. Mit entschlossenen Schritten gehe ich nach hinten in die Backstube.

»Hey, Evan.«

Evan murmelt etwas, das wie *du kannst mich mal* klingt, aber vielleicht bilde ich mir das auch nur ein. Ich knipse mein freundlichstes professionelles Lächeln an. »Ah, die Muffins sind schon unterwegs? Großartig!«

Gut gemacht. So klingt eine vertretende Geschäftsführerin. Und *großartig* geht einfach immer. Es ist mir zwar nicht ganz klar, wieso man mit diesem Wort in fast jeder Situation durchkommt, aber ich habe es gerne in meinen Wortschatz aufgenommen.

Ohne mich zu beachten, öffnet Evan die Tür des zweiten Ofens und schiebt ein Blech mit Brötchen hinein. Er weiß ganz genau, dass ich dienstags von morgens an mindestens dreierlei Rezepte backe, und trotzdem belegt er mal wieder beide Öfen. Es ist eine Provokation.

Mit einem deutlichen Räuspern bringe ich mich in Position. Wenn er sich wieder seiner Teigschüssel zuwendet, ist er gezwungen, mich anzusehen. Oder zumindest den Luftraum über meinem Kopf. Evan ist ziemlich groß.

Evan knallt die Ofentür zu und dreht sich zu mir um.

»Das hast du fein hingekriegt. Seit du hier bist, stiftest du Unruhe!«, blafft er mich an und schiebt mich beiseite, als wäre ich ein Stuhl oder ein Pappkarton, der im Weg steht. Ich bin furchtbar erschrocken. Aber jetzt durchflutet ein heißer Lavastrom meinen Körper. »Mach nicht so eine dumme Show, Evan!«, zische ich ihn an.

Evan verschränkt die Arme und gibt ein spöttisches Lachen von sich. »Tja. Wir beide werden bestimmt viel Spaß miteinander haben. Nur dass eins klar ist: Von dir lass ich mir nichts sagen. Lieber kündige ich und mache einen auf Cowboy.«

Obwohl Panik in mir aufsteigt, zucke ich gespielt gleichgültig mit den Achseln. »Das wäre schade. Du bist ein guter Bäcker, und ich vermute mal, dass dir deine Arbeit sogar ziemlichen Spaß macht.« Ich deute auf den zweiten Ofen. »Und bitte halte diesen Ofen für mich frei, wenn die Brötchen fertig sind. Ich brauche ihn gleich.«

Ich greife nach dem bereitstehenden Korb voller Brötchen und gehe hinaus. Trotzdem kriege ich noch mit, wie Evan mit zusammengebissenen Zähnen das F-Wort murmelt.

Aber dann verflüchtigt sich der Stress so schnell, wie er gekommen ist. Denn wer mit Dave Hanson an der Theke lehnt und mich mit einem süßen Lächeln ansieht, ist kein anderer als Gabriel. Ich stütze mich auf die Theke, gehe auf die Zehenspitzen, und Gabriel küsst mich auf die Wange.

»Wow, so schön, dass du hier bist!«, flüstere ich.

Dave räuspert sich. »Hey, Chiara!«

»Hey, Dave … das ist … eine schlimme Sache, was?« Er sieht erschreckend angegriffen aus. Ich kenne Dave, wenn er nach einer durchgefeierten Nacht morgens in der Bäckerei aufschlägt. Aber jetzt wirkt er fast ein bisschen verwirrt und ratlos.

Liam stellt zwei dampfende Tassen Kaffee vor den beiden ab. »Stärkt euch erst mal. Chiara macht euch ein Frühstück, und dann … Gabriel … nimmst du dein Mädchen mit nach Hause, und ihr macht euch einen ruhigen Tag. Ihr habt es wirklich verdient.«

Ich stocke mitten in der Bewegung und grinse Liam an. »Echt jetzt?«

»Klar. Du kannst doch daheim backen, oder? Und Evans Mistlaune wird dir bestimmt nicht fehlen.«

Daves Augen verengen sich, als er mich ansieht. »Was ist los? Macht er Ärger?«

»Dave, entspann dich«, murmelt Gabriel.

»Er ist beleidigt, weil ich Liams Aufgaben während seiner Abwesenheit übernehme«, flüstere ich. Drinnen in der Backstube gibt es einen Knall. Es hört sich an, als hätte Evan mit dem Fuß gegen irgendwas getreten. Ich rolle die Augen, sage aber nichts.

Morgen. Morgen wird er hoffentlich runtergekommen sein.

***

»Sag mir, was ich tun soll!« Gabriel reibt sich die Hände und sieht mir zu, wie ich alle Zutaten auf die Arbeitsoberfläche stelle.

»Heute mache ich *Fioretti di Neve alla Nonna*!«

Auf Gabriels Gesicht breitet sich ein spontanes Grinsen aus.

»Hmmm, da kommen Erinnerungen hoch! Unsere erste gemeinsame Nacht …« Er seufzt und schlingt seine Arme von hinten um mich. »Draußen der Schneesturm, wir zwei ganz allein auf Black Dog Lands … und dann hast du mitten in der Nacht gebacken.«

»Hey, sie war rein platonisch, diese Nacht!«, erinnere ich ihn, als er mich auf den Nacken küsst, und entwinde mich mit einem Kichern seinem Griff.

»Ding-Dong«, tönt es von der Tür, und Sarah kommt herein. Es ist mir unangenehm. Ich wünschte, ich hätte sie früher wahrgenommen.

»Ich störe euch nur ungern, aber ich muss Dad einen Tee machen. Der friert sich im Apfelkeller einen ab.«

Gabriel nickt gleichmütig. »Schon gut, Sarah.«

Ich schiebe ihm die Butter hin. »In Würfel schneiden, bitte.«

Dann lege ich, bevor ich den Teig knete, meinen Ring ab. Sarah tritt neben mich und füllt den Wasserkocher auf.

»Der ist doch neu, oder?«, fragt sie mit einem Blick auf den Ring.

»Ja. Gabriel hat ihn mir geschenkt«, sage ich betont lässig.

»Meine Güte.« Sarah stöhnt leise auf. »Ihr seid so niedlich miteinander, dass man es fast nicht aushält.«

Gabriel wirft ihr einen irritierten Blick zu. Vielleicht hätte er noch irgendwas gesagt, aber jetzt beginnt das Teewasser laut zu sprudeln, und dann ist Sarah auch schon wieder weg.

Ich atme tief durch und entspanne mich wieder. Der süße Geruch von Mandeln, Zucker und Zimt breitet sich in der Küche aus. Es ist warm und gemütlich hier drinnen, während draußen vor dem Fenster dicke, schwere Flocken zu Boden fallen.

In den folgenden zwei Stunden backen wir mit Pistaziencreme gefüllte *Fioretti di Neve,* knusprige *Cantuccini* und schokoladige *Baci di Dama.*

Ich bin überglücklich und nutze die Ruhe, um Gabriel von dem Gespräch mit Liam zu erzählen. Natürlich bin ich darauf vorbereitet, dass Gabriel die Dinge grundsätzlich nüchterner betrachtet als ich, und doch versetzt mir die ernste Miene, mit der er zuhört, einen leichten Stich. Als ich geendet habe, rubbelt er sich nachdenklich über die Stirn. »Das mit der Aufenthaltsgenehmigung darfst du nicht unterschätzen.«

»Ich habe bei der Greencard-Lotterie mitgemacht, schon vergessen?«, entgegne ich leicht gekränkt. Worauf er mich daran erinnert, dass ich erst in vier Monaten erfahre, ob ich gewonnen habe. Normalerweise schätze ich seine Besonnenheit, aber in diesem Fall ärgert sie mich, weil ich mir mit einem Mal vollkommen blauäugig vorkomme. Vielleicht sollte ich meine Träume vorerst doch lieber für mich behalten und erst mal meine Chancen prüfen. Eine Weile arbeiten wir schweigend vor uns hin, bis mein Groll verflogen ist und ich beschließe, zu dem Thema zu wechseln, das mir den ganzen Tag schon im Kopf herumgeht.

»Ich kann es immer noch nicht glauben, dass Dave in der Klinik Wache gehalten hat«, sage ich. »Es scheint ihn ja unheimlich zu treffen …«

Gabriel schüttelt lächelnd den Kopf. »Du hättest ihn sehen sollen … Er war vollkommen aufgelöst. Und heute Morgen war er nur schwer davon zu überzeugen, dass alles gut ist und er erst mal nach Hause gehen kann. Ich fürchte, er wird jetzt jeden Tag in der Klinik aufschlagen, bis Jenny entlassen wird.«

Diese Vorstellung bringt mich zum Lachen. »Zu schade, dass sie sich getrennt haben. Ich finde, die beiden würden ein ganz gutes Paar ergeben, oder?«

»Das finde ich auch. Dave braucht eine Frau, die einen scharfen Verstand hat und ihm sagt, wo es langgeht.« Gabriel greift in die Mehltüte, um die Ausrollfläche erneut zu bestäuben. »Mit jemandem wie beispielsweise April würde er sich definitiv nach zwei Tagen langweilen.«

Beim Stichwort April fühle ich plötzlich eine Stichflamme in meiner Brust auflodern. Ich werfe Gabriel einen schnellen Seitenblick zu. »Du hast mir gar nicht gesagt, dass April seit neuestem an der Rezeption arbeitet?«

Gabriel legt die Teigrolle ab und sieht mich überrascht an. »Also ehrlich gesagt – ich fand es nicht der Rede wert.«

»Ach so?« Meine aufsteigende Gereiztheit überrascht mich selbst. »Aber du musst doch wissen, wie sie ist. Sie hat es mir nämlich unter die Nase gerieben und dabei richtig genossen, dass ich keinen blassen Schimmer hatte.« Ich fuchtle mit meinem Teiglöffel in der Luft herum. »Ich hasse es, wenn ich die Letzte bin, die Dinge über dich erfährt!«

»Chiara, wieso denn Dinge über *mich*?« Eine Steilfalte ist zwischen Gabriels Brauen erschienen, und er starrt mich überrascht an.

»Wenn sie könnte, würde sie dich jederzeit abschleppen.« Der Satz kommt mir schneller über die Lippen, als ich nachdenken kann.

Gabriel wendet sich zu mir und verschränkt die Arme. »Vielleicht *würde* sie das gerne. Aber sie *könnte* es nicht.«

»Eines Tages hast du Nachtdienst, und sie ist auch da … du weißt doch, wie solche Sachen passieren …« Ich traue meinen eigenen Ohren kaum. Was ist eigentlich in mich gefahren?

»Chiara, das hört sich an wie aus einer schlechten Soap Opera.« Gabriel klopft sich das Mehl von den Händen und richtet sich auf. »Weißt du, was ich gerade überhaupt nicht gebrauchen kann?«, raunt er mit schmalen Augen.

Ich antworte nicht und arbeite schweigend weiter. Ihn jetzt auch noch auf die Sache mit der Oberärztin anzusprechen, die ihn extra heimkutschiert hat, wage ich nicht mehr.

»Was ich gerade überhaupt nicht gebrauchen kann, ist eine Freundin, die schon eine Krise kriegt, sobald irgendeine Kollegin auch nur erwähnt wird. Ich habe extremen Druck in der Klinik, wenn du weißt, was ich meine.«

Er geht zur Spüle und wäscht sich die Hände.

Ich sehe rot.

»Und rate mal, was ich gerade nicht gebrauchen kann?«

Meine Stimme klingt so viel schärfer als beabsichtigt.

»Hm?« Er lehnt sich gegen den Schrank und verschränkt die Arme.

»Okay … du kommst nicht selbst drauf, also werde ich es dir verraten!« Ich fühle mich wie ein sprechender Flammenwerfer, als ich das winzige Zucken in seinen Augen registriere. »Ich habe meine Wünsche und Träume! Die habe ich hierher mitgebracht! Und jetzt kommt Liam, und es tut sich ein winziger – ein winziger, winziger – Spalt auf, und du zertrampelst gleich wieder alles.«

»Du meinst … weil ich das Visum angesprochen habe?«

Gott. Er klingt so kühl und ruhig, am liebsten würde ich ihm etwas an den Kopf schmeißen.

»Ja, verdammt! Das Visum!«, fauche ich.

Ein Lächeln huscht über sein Gesicht.

»Chiara. Du weißt, was der schnellste Weg zu einer Greencard wäre.«

»Jetzt fang du nicht auch noch damit an! Es reicht, wenn meine Familie …« Ich stoppe und atme schwer. Mir ist ganz schlecht. Ich fühle mich so gemein und bin gleichzeitig frustriert, weil sich immerzu irgendwelche Hindernisse auftun. So kommt es mir jedenfalls gerade vor.

»Okay!« Gabriel stößt sich vom Schrank ab und marschiert an mir vorbei zur Tür. Er hat die Klinke schon in der Hand, als er sich noch mal umdreht.

»Ich gehe mit Buddy raus. Ich glaube, ich brauche frische Luft.«

»Geh nur«, erwidere ich scharf. »Ich komme hier klar.«

Gabriel bleibt für einen Moment reglos mit dem Rücken zu mir stehen, als hätte ihn mein letzter Satz wie ein Schwert getroffen.

»Ist dir eigentlich klar«, sagt er dann und sieht mich über die Schulter an, »dass es für mich extrem schwer ist, deine kategorischen Vorbehalte nicht auf mich als Person zu beziehen? Ich meine, als dein Partner, der dich …« Er winkt ab. »Ach, vergiss es.«

Die Tür fällt zu.

Ich beiße mir auf die Lippen. Es stimmt. Ich habe mir noch nie überlegt, wie es sich für Gabriel anfühlen muss. *Gabriel Anthony, und wenn du der letzte Kerl im Universum wärst – ich, Chiara Di Pasqua, würde dich niemals heiraten.* So ungefähr. *Dio.* Ich fasse im Kopf zusammen, welches Desaster ich in den letzten Minuten angerichtet habe. Weiß der Himmel, was in mich gefahren ist. Und weiß der Himmel, wie ich das wieder in Ordnung bringe.

Ich fange an aufzuräumen und verstaue das Gebäck in großen Blechdosen, lasse die Deckel aber bis zum endgültigen Auskühlen offen. Draußen ist mittlerweile pechschwarze Finsternis, und die Lampen im Hof gehen an. Der Flockenwirbel wird immer stärker. Plötzlich sehe ich Buddy in Richtung Haustür sprinten, dann erscheint Gabriel im Blickfeld. Er hat sich die Kapuze seines Anoraks tief ins Gesicht gezogen und stapft mit schweren Schritten durch den tiefen Schnee. Plötzlich bleibt er stehen und schiebt die Kapuze zurück. Er schaut direkt zu mir herüber, zu dem erleuchteten Küchenfenster. Im nächsten Moment ändert er seine Richtung, kommt auf das Fenster zu und lächelt mich durch die mit Schneeflocken übersäte Scheibe an.

Ich streiche mir eine Strähne aus dem Gesicht und erwidere sein Lächeln. Ein Gefühl der Erleichterung durchflutet mich.

»Bist du bald fertig?«, lese ich von seinen Lippen ab.

Ich nicke.

Er malt mit seinen Handschuhen eine Form in die Luft und deutet auf den frisch gefallenen Schnee im Hof.

Wieder nicke und lächle ich, und dann beeile ich mich, nach draußen zu kommen. Er hat recht. Es ist der ideale Moment, um gemeinsam einen Schneemann zu bauen.

CHIARA

Mittlerweile sind vier Tage seit Jennys Unfall vergangen. Jenny geht es besser und sie wird bald nach Hause gehen dürfen. Wobei *gehen* natürlich das falsche Wort ist. Für mindestens eine Woche wird sie im Rollstuhl sitzen, bevor sie die ersten Schritte mit dem Gipsbein wagen kann.

Dave hat sein Reittraining auf der Silver Ranch für diese Woche abgesagt. Er ist jeden Tag in der Klinik, wo er – wenig verwunderlich – für einiges Aufsehen sorgt. Eigentlich hätte jeder im Cold Creek Valley darauf gewettet, dass Jenny ihn hochkant aus ihrem Krankenzimmer schmeißt. Schließlich tötet sie ihn seit zwei Jahren mit Blicken.

Wie der erste Besuch verlaufen ist, hat mir Dave tatsächlich selbst erzählt. Er ist direkt danach in die Bäckerei gekommen – wahrscheinlich auch, um ein bisschen mit mir über die Sache zu plaudern. Sobald ich den Kaffee vor ihn hingestellt hatte, sagte er ganz beiläufig, dass er eben bei Jenny war.

»Oh, wie schön! Und was hat sie gesagt?«, erkundigte ich mich.

»Sie sagte: *Was willst du hier? Du siehst doch, ich bin beschäftigt!*« Er erzählte es so, als wäre es das Großartigste und Liebenswürdigste, was er jemals von ihr gehört hatte. In diesem Moment war mir klar, dass die Geschichte mit den beiden doch noch nicht zu Ende ist.

Heute ist nach der Arbeit endlich Zeit für einen kleinen Ausritt im Schnee. Es war Daves Vorschlag, und ich habe sofort Ja gesagt. Ich muss mir meinen Kopf dringend freipusten lassen. Die letzten Tage waren anstrengend. Liam und ich haben eine Menge Organisatorisches geklärt. Eigentlich fehlt uns jetzt nur noch die Aushilfe, und dann können Liam und Rosie getrost ihre Reise nach Montana planen. Es haben sich nicht viele Leute auf die Anzeige gemeldet, und die Bewerbungsgespräche sind bisher nicht gerade erfreulich gelaufen. Dafür läuft es in der Bäckerei gut. Nach unserem kleinen Zusammenstoß hat sich Evan dann doch wieder entspannt. Was bedeutet, dass wir uns nicht *dauernd* streiten. Seine Launenhaftigkeit und das Machogehabe lassen sich aber leider nicht dauerhaft abstellen. Eine Sache, die mir allerdings einen heftigen Schlag in die Magengrube versetzt hat und aktuell an meinen Nerven zerrt, ist die Neuigkeit, mit der mich Gabriel vor ein paar Minuten überrascht hat … höchste Zeit, dass ich an die frische Luft komme, sonst platze ich vor Frust.

Es ist klar, sonnig und arktisch kalt. Der Wind, der in den letzten Tagen immer wieder Schnee gebracht hat, ist abgeflaut. Wir reiten hintereinander auf dem schmalen Pfad, der sanft ansteigt. Links geht es steil den Berg hinunter und durch die Bäume hindurch ist der Fluss zu sehen, auf dem dicke Eisschollen treiben. Als wir nach wenigen Minuten den breiten Höhenweg erreicht haben, hält Dave sein Pferd an, bis ich aufgeschlossen habe und wir Schulter an Schulter reiten können.

»Und, wie sieht es in deinem Leben so aus?«, erkundigt er sich.

»Ganz okay. Ich muss nur gerade eine Neuigkeit verarbeiten,

die mich stresst.« Ich werfe ihm einen kurzen Blick zu. »Gabriel hat mir vorhin eröffnet, dass er Anfang Januar auf einen Kongress in Los Angeles eingeladen ist. Nicht so großartig für mich.«

»Oh. Das ist ja ziemlich kurzfristig.« Dave klingt genauso überrascht, wie ich es war.

Ich nicke seufzend. »Tja, da ist wohl ein Platz frei geworden, und Gabriel ist nachgerückt. Und jetzt habe ich das Gefühl, ich sollte mich auch noch genauso wahnsinnig freuen wie er … Dabei macht es mich einfach nur unheimlich sauer!«

Mein Pferd spielt irritiert mit den Ohren.

»Sorry.« Ich klopfe ihm auf den Hals. »Du bist nicht gemeint.«

Littlefoots Ohren sind so dunkelbraun wie sein übriges Fell, aber an den Rändern sind sie schwarz. Wirklich hübsch.

Dave grinst. »Wer erwartet denn, dass du dich freust?«

»Na ja, Gabriel. Er ist völlig aus dem Häuschen, weil ausgerechnet er als Neuer an der Klinik dorthin darf. Seine Chefin hat sich da wohl für ihn ins Zeug gelegt.«

Okay. Gabriel war eigentlich eher schuldbewusst, als er mir die Mitteilung machte. Aber ich hatte das Gefühl, ich sollte mich jetzt wirklich ein bisschen freuen, nachdem ich bei unserem Streit – über den wir bisher nicht noch mal gesprochen haben – so explodiert bin.

»Hm.« Dave schweigt eine Weile. »Ich habe allmählich den Eindruck, als ob ihn diese Oberärztin ganz schön einspannt.«

Ich spüre einen feinen Nadelstich. »Das glaube ich ehrlich gesagt auch. Bist du ihr denn schon begegnet?«

»Ja klar, sie kommt ab und zu bei Jenny vorbei. Sie ist eine ziemlich energische Person, ein richtiges Alphatier, würde ich sagen.«

»Findest du sie hübsch?« *Gott, Chiara.* Der Stachel, den April so geschickt platziert hat, steckt wohl doch noch in meiner Haut.

»Ja … doch, ziemlich …«, antwortet Dave.

»Ich kann sie schon jetzt nicht leiden«, murmle ich düster.

»Hey.« Dave wirft mir unter seiner breiten Hutkrempe einen ernsten Blick zu. »Du musst mit ihm reden. Das ist das Allerwichtigste.«

»Hört, hört!« Ich gebe ein genervtes Schnauben von mir. »So wie Jenny und du?«

»Yep.« Seine blauen Augen haben zu funkeln begonnen. »Genauso wie Jenny und ich. Warst nicht zufällig du es, die mir diesen goldenen Tipp gegeben hat?«

»Das könnte sein.« Jetzt muss ich doch lachen. »Wie läuft es denn mit ihr? Sie überschüttet dich jetzt nicht mehr mit Flüchen?«

»Wieso das denn?« Dave lächelt. »Natürlich flucht sie wie immer. Ich würde mir echte Sorgen machen, wenn es anders wäre.«

»Du meinst also, sie mag dich jetzt wieder ein kleines bisschen mehr?«

»Sie hat nie aufgehört, mich zu mögen.« Er sieht mich an, und dieses unverwüstliche Siegerlächeln umspielt seine Lippen. »Ist die Prinzessin bereit, jetzt vielleicht mal einen Takt zuzulegen?«

Ich richte mich ein bisschen im Sattel auf. »Einen Moment noch. Ich bin noch nicht fertig mit dem Thema. Und nenn mich außerdem – verdammt noch eins! – nicht Prinzessin.«

Dave schüttelt seufzend den Kopf. »Also gut. Was denn noch?«

»Okay, Jenny mag dich also noch. Und was ist mit dir?« Ich werfe ihm ein zuckersüßes Lächeln zu.

»Äh …« Er zuckt zusammen und wendet seinen Blick ab. »Deine Fragen kommen manchmal direkt aus der Hölle, Chiara.«

»Du musst nicht antworten«, sage ich großzügig.

Mir ist vollkommen klar, dass ich ihm soeben eine der schwierigsten Fragen überhaupt gestellt habe. Kein Wunder also, dass er minutenlang schweigt. Minuten, in denen meine Gedanken abschweifen. In den vergangenen Tagen hat er mich mindestens einmal täglich in der Bäckerei besucht, um mir zu erzählen, wie es Jenny geht. Außerdem hat er mich jedes Mal nach einem Geschenktipp gefragt. Ich weiß, dass Jenny Süßes und Blumen mag, auch wenn das nicht besonders originell ist. Aber am Ende hat er ihr ganz andere Geschenke besorgt – Sachen wie einen Sattelgurt, Kaminanzünder und Pferdeleckerli, und die sollen bei Jenny sehr gut angekommen sein. Er hat eben seinen eigenen Kopf.

»Sie ist okay«, sagt er schließlich, kurz bevor sich sein Schweigen ins Unendliche dehnt. Allerdings spricht er weniger zu mir als zu der schneebeladenen Hemlocktanne, an der er gerade vorbeireitet. Dann treibt er plötzlich sein Pferd an, und Littlefood, der nur darauf gewartet hat, galoppiert ebenfalls los. Der Pulverschnee stiebt in alle Richtungen, und die kalte Luft prickelt auf meinem Gesicht. Über uns glänzen die Gipfel hell in der Sonne. Es ist so wunderschön hier! Alles wird gut werden. Die Zeit ohne Gabriel wird sicher schnell vorbeigehen. Es ist ja nur eine Woche …

Und morgen … morgen Abend werden wir auf dem Christmas Ball tanzen. Ich kann es kaum erwarten.

GABRIEL

Der Abend des Christmas Ball hat begonnen. Was mich betrifft, könnte der Unterschied zum letzten Jahr nicht krasser sein. Damals bin ich eigentlich nur hingegangen, weil April verzweifelt einen Ballpartner suchte. Auch wenn der Abend, jedenfalls was April betrifft, ein verheerendes und verfrühtes Ende nahm – es war ein Glück, dass ich dort war. Ich hätte Chiara vielleicht nie wieder gesehen.

Als wir jetzt gemeinsam mit meinen Eltern und Gran das Foyer betreten, drückt Chiara meinen Arm. Sie ist schon seit Stunden kribbelig vor Aufregung und Vorfreude.

»Schau mal, ist das schön!«

»Und wie«, sage ich. Der Raum ähnelt einer Art weihnachtlichem Wichtelwald, völlig überladen und kitschig, aber Chiara und ich sind da ganz einer Meinung – an Weihnachten kann es gar nicht genug Glitzer geben. Aus dem Glitzer tauchen dann auch gleich Sarah und Manuel auf, die uns schon erwartet haben. Sarah trägt ein cremefarbenes Kleid, dessen Rock bei jedem Schritt um ihre Knie schwingt.

»Erst mal in die Bar?«, schlägt sie vor, und alle finden, dass wir eine Stärkung brauchen, bevor wir uns unter die Tanzenden mischen. Natürlich kommen wir nur langsam vorwärts, immer wieder begegnen wir alten Bekannten, aber das ist ein wichtiger Teil des Spaßes. Der allerdings ist für mich zu Ende, als April sich an uns heranschiebt und mir buchstäblich den Weg versperrt.

»Ich habe in der Klinik Werbung gemacht für den Ball!« Sie zwinkert vertraulich und tippt mir an die Schulter, ohne auch nur die geringste Notiz von Chiara zu nehmen, die sich an meinem Arm spürbar versteift. »Deine Chefin kommt auch, Überraschung!«

»Ah, tatsächlich«, sage ich, und meine eigentlich: Darauf hätte ich gerne verzichtet.

»Sorry, April, wir müssen weiter!«, mischt sich Chiara ein.

»Tss, tss!« April lächelt zufrieden. Sie hat wieder mal das getan, was sie am liebsten tut, nämlich Verwirrung zu stiften. Sie dreht sich auf ihren hohen Absätzen um und geht davon, in diesem äußerst kurzen hellbraunen Kleid mit weißen Tupfen, das mich an irgendwas erinnert.

»Bambi im Wichtelwald!«, murmelt Sarah grinsend, und Chiara fängt auf der Stelle an zu lachen. Mir ist gerade nicht so sehr zum Lachen zumute. Die Vorstellung, dass Patricia hier aufkreuzen könnte, ist echt unangenehm und versetzt mich in Stress. Und eigentlich bin ich hier, um mich zu entspannen und einen schönen Abend mit meiner Familie zu haben.

Endlich haben wir den langgestreckten Raum durchquert und die Bar erreicht. Dad bestellt Prosecco für alle. Wir drängen uns um einen der Stehtische und stoßen auf den kommenden Abend an.

»Ach, ist das herrlich!« Gran lächelt mich an. Sie sieht toll aus in ihrem dunkelblauen Seidenkleid. Die Haare hat sie zu einer hübschen Frisur hochgesteckt. »Ihr geht jetzt gleich alle tanzen und ich werde einfach den Anblick genießen!«

»Das hast du dir so vorgestellt!«, widerspreche ich und beuge mich lächelnd zu ihr hinüber. »Ich will mindestens einen Tanz mit dir!«

»Das wollen wir alle, oder?« Dad legt den Arm kurz um Manuels Schultern, der zustimmend nickt.

Und dann steht wenige Minuten später plötzlich ein Mann neben Gran und verbeugt sich höflich. »Darf ich dich auf die Tanzfläche entführen?«

»Terry!« Gran reißt die Augen auf. »Ich hätte dich fast nicht wiedererkannt!«

Ehrlich gesagt, ich auch nicht. Terry hat eine Gärtnerei in Boulder und macht auf Three Oaks immer den Apfelbaumschnitt. Wir kennen ihn alle nur im Arbeitsoverall, aber der Anzug macht aus ihm einen richtigen Gentleman.

Gran kippt kurzerhand ihren Prosecco hinunter und hakt sich bei Terry ein. »Bis später! Wir sehen uns auf der Tanzfläche«, zwitschert sie ein bisschen aufgekratzt.

Dad sieht den beiden lächelnd nach. »Ich hatte doch schon so eine Ahnung, dass er ein Auge auf sie geworfen hat.«

»Das kann ein Abend mit Überraschungen werden!«, sagt Mom. *Lieber nicht*, denke ich im Stillen und hoffe, dass der angekündigte Überraschungsbesuch von Patricia ausbleibt.

Die Beleuchtung im Ballsaal ist heruntergedimmt und wie in all den Jahren zuvor tanzen an Wänden und Decke Millionen von Schneeflocken aus sanftem weißem Licht. Chiara und ich halten einen Moment auf der breiten Treppe inne und sehen uns um.

Die Band spielt gerade ein fetziges *Feliz Navidad* und auf der Tanzfläche drängen sich schon viele Paare. Ich entdecke Tayler und Becky, und gleich daneben auch Dave, der mit einer Frau vom Serviceteam tanzt. Wir warten einen Moment, und als die Musik zu einer langsamen Version von *Frosty the Snowman* wechselt, führe ich Chiara auf die Tanzfläche. Bei den ersten Schritten bin ich noch etwas angespannt. Ihre weißen Schuhe sehen so hübsch und zerbrechlich aus, ich möchte ihr auf keinen Fall auf die Zehenspitzen treten. Aber dann finden wir doch ziemlich schnell unseren Rhythmus und ich kann endlich abschalten.

Plötzlich ist sie wieder da, diese Verbindung zwischen uns, die ich von Anfang an gespürt habe. Jetzt gerade kann nichts stören. Weder mein Dienstplan noch Chiaras Job, auch nicht meine Familie oder ihre, die sich beide ständig – wohlmeinend natürlich – in unser Leben einmischen. Auch Chiara scheint es zu spüren. Sie löst sich in den Pausen zwischen den Songs noch nicht einmal von mir, sondern bleibt eng an mich gekuschelt stehen, ohne ein Wort zu sagen. Als die Band *Give me your heart for Christmas* spielt, schnieft sie ein paarmal leise und drückt ihre Stirn gegen meine Brust. Dass das passiert, überrascht mich nicht im Geringsten. Wenn sie glücklich ist, kommen Chiara sehr schnell die Tränen. Sie hat einfach ein weiches Herz, und ich liebe sie dafür.

Nach einer Weile macht die Band eine Pause, und alle strömen von der Tanzfläche. Gerade haben wir es zurück ins Foyer geschafft, als ich meinen Namen höre. Die Stimme ist mir nur allzu vertraut. Alarm. Bye-bye, Entspannung. Ich schaue hoch und sehe, wie Patricia durch die Menschenmenge auf uns zusteuert. Einen Schritt hinter ihr folgt zu meiner Überraschung Collin.

»Warte mal, ich … muss jemanden begrüßen.« Chiara, die meine Hand hält, schaut fragend zu mir auf, und wir bleiben stehen. »Da kommen Patricia und Collin«, sage ich.

»Oh!« Chiara wirkt ehrlich überrascht und ihr Blick ist so neugierig, freundlich und unvoreingenommen, dass es mir ins Herz schneidet. Unwillkürlich habe ich das Bedürfnis, sie vor Patricia und ihrer scharfen Zunge zu schützen.

Patricia strahlt wie ein Hollywoodstar, und Collin wirft mir über ihre Schulter hinweg diesen *Du-weißt-ja-wie-sie-ist*-Blick zu.

»Überraschung!«, ruft Patricia und baut sich vor uns auf.

»Tja, Überraschung gelungen«, antworte ich nicht ganz so enthusiastisch und stelle die drei einander vor.

»Du bist also Collin!« Chiara legt den Kopf schief und lächelt meinen Kollegen an. »Dann kann ich mich ja sogar persönlich bei dir bedanken, dass wir in deiner heißen Quelle baden durften! Es war unglaublich schön!«

Collin winkt lächelnd ab. »Keine Ursache. Freut mich, dass es euch gefallen hat!« Er streift Patricia mit einem kurzen Blick. »Dieses Wochenende ist mein Mann auf einem Workshop, und deshalb bin ich heute Abend Patricias Tanzpartner.«

»Ja, das ist wirklich nett von dir!« Patricia mustert mich kurz, dann wendet sie sich Chiara zu. »Und du willst also hier eine Bäckerei aufmachen.« Ich kenne diesen herablassenden Ton nur allzu gut und bereue es auf der Stelle, irgendwann Chiaras Zukunftspläne erwähnt zu haben.

»Eine Pasticceria!«, korrigiert Chiara sie ernst.

»Ach so.« Patricia zuckt ungeduldig mit den Achseln und richtet ihre Aufmerksamkeit wieder auf mich. »Na, ich hoffe, du wirst dann nicht in der Backstube gebraucht. Wenn der neue Dienstplan gilt, wirst du alle Hände voll zu tun haben.«

Ohne meine Antwort abzuwarten, beginnt sie, mir von der aktuellen Situation auf der Station zu berichten, als wäre ich nicht gerade heute Morgen noch selbst dort gewesen. Sie redet schnell und mit ihrem Texas-Akzent, dem Chiara mit Sicherheit nur mühsam folgen kann. Ihr Griff um meinen Arm wird fester. Verdammt.

Aber die Rettung kommt schneller als erhofft – in Gestalt von Tayler.

»Hey, ihr zwei!«, ruft er uns über ein paar Köpfe hinweg zu.

Chiara stellt sich sofort auf die Zehenspitzen und winkt enthusiastisch zurück.

»Sorry«, unterbreche ich etwas brüsk Patricias Redeflut. »Wir sollten weiter, ein paar Freunde begrüßen.«

»Aber natürlich. Und vergiss nicht. Ich will dich bei der Knieoperation am Montag, da gehörst du mir!« Patricia lacht, aber mir entgeht nicht, wie Chiara die Luft hörbar einzieht. Wir bewegen uns rasch zu Becky und Tayler hinüber, und endlich entspannen sich meine Kiefermuskeln wieder.

»Du siehst gut aus!«, begrüße ich Becky. »Wie geht's dir?«

Becky grinst. »Super. Keine Übelkeit, gar nichts. Wenn ich es nicht wüsste, würde ich noch nicht mal merken, dass ich schwanger bin.«

»Himmel! Du bist schwanger?« Chiara sieht Becky mit einem strahlenden Lächeln an.

»Und wie!« Becky grinst. Auf Chiaras Stirn ist diese kleine Steilfalte erschienen, als sie zu mir aufsieht. Oh-oh. Gar nicht gut. »Du hast mir gar nichts davon erzählt!« Sie klingt wütend und verletzt, und als sie blinzelt, glitzert es verräterisch in ihren Augen. Ein heißer Schreck durchfährt mich. Hätte ich? Sollte ich? Warum ist *das* jetzt gerade so dramatisch?

»Tut mir leid, ich hätte dir bestimmt …«, setze ich an, aber es ist zu spät. Chiara lässt meine Hand abrupt los und stoppt mich mit einer abwehrenden Geste. »Du behältst dein Leben gerade sehr für dich, findest du nicht?« Die plötzliche Schärfe in ihrer Stimme lässt uns alle zusammenzucken.

Tayler und Becky werfen einander einen betroffenen Blick zu. »Wir … lassen euch vielleicht mal besser allein«, sagt Tayler. »War schön, euch zu treffen, und viel Spaß noch, ihr zwei.«

Ich nicke. »Euch auch noch einen schönen Abend. Und Becky … pass auf dich auf.«

»Macht's gut, ihr beiden«, sagt Chiara mit gepresster Stimme.

»Bis bald mal!«, ruft Becky noch über die Schulter, bevor sie in der Menge untertauchen.

Ich sehe Chiara fragend an, die sich auf die Lippen beißt und dabei finster mein Gesicht studiert. »Ich glaube, wir gehen mal an die frische Luft?«

»Ja«, murmelt sie. »Das sollten wir.«

CHIARA

Ich muss raus hier. Ich habe das Gefühl zu ersticken, und außerdem ist mir schlecht. Am liebsten würde ich Gabriel mit den Fäusten auf die Brust trommeln und ihn fragen, warum er plötzlich alles so kompliziert macht. Warum redet er nicht einfach mit mir, so wie früher? Wir erzählen uns doch sonst immer alles!

Er hat wieder nach meiner Hand gegriffen und lotst mich zielstrebig durch die Menschenmenge, bis wir endlich den Eingang erreicht haben. Als wir ins Freie treten und mir die arktische Luft entgegenschlägt, fühle ich mich sofort besser, auch wenn ich auf der Stelle zu schnattern beginne.

Wir gehen ein Stück über den Parkplatz, abseits all der Leute, die plaudernd vor der Eingangstür herumstehen.

Gabriel stoppt und lässt meine Hand los, bevor er sich mir zuwendet. Sein Blick ist ernst, und ein Muskel zuckt in seinem Kiefer. »Was ist los, Chiara?«, fragt er mit ruhiger Stimme.

Ich schiebe den Glitzerreif in meinen Haaren zurecht und weiß überhaupt nicht, wo ich anfangen soll.

»Im Ernst, das fragst du mich?«, gebe ich schnippisch zurück. »Ich fühle mich schrecklich ausgeschlossen aus deinem Leben! Überleg doch mal – die Frau deines besten Kumpels ist schwanger, und du sagst mir kein Wort. Kannst du dir nicht vorstellen, wie sehr ich mich freuen würde, davon zu hören?«

»Entschuldige, Chiara, aber … ich dachte nicht, dass es schlagzeilenverdächtige Neuigkeiten sind!« Gabriel schüttelt den Kopf und grinst, was mich umso mehr reizt.

»Lach mich nicht aus!«, gebe ich wütend zurück. »Das war ja auch nur ein Beispiel! Leider nicht das einzige: Du hast außerdem einen neuen Dienstplan, wie ich eben rein zufällig erfahren habe. Was – genau – bedeutet – das?«

Sein Gesicht wird todernst. Selbst in der Dunkelheit kann ich die kleinen Schweißperlen erkennen, die auf Gabriels Stirn glitzern. »Okay. Sorry, Chiara, das tut mir wirklich leid. Ja, es stimmt. Es gibt einen neuen Dienstplan. In der Klinik wird umstrukturiert und ich muss drei Stunden in der Woche länger arbeiten.«

»Na super!« Ich starre ihn an. »Dann sehen wir uns ja noch öfter!« Auch wenn ich innerlich am Kochen bin, reicht es jetzt eigentlich mit der Kälte. Mein Blick wandert sehnsüchtig zur Eingangstür. »Und wann wäre dann der geeignete Zeitpunkt gewesen, es mir zu sagen?«

Gabriel stöhnt leise auf und schiebt sich zum zweiten Mal diese widerspenstige Locke aus dem Gesicht, die ich sonst so faszinierend finde. »Es geht erst im neuen Jahr los. Ja, ich hätte es dir sofort sagen sollen, als ich es erfahren habe. Aber ich hatte irgendwie das Gefühl, dass ich damit warten sollte. Verstehst du, ich wollte dir einfach nicht alles auf einmal zumuten, schließlich ist da ja auch noch diese Sache in Los Angeles.« Er schüttelt den Kopf. »Im Moment ist einfach alles zu viel. Ich bin selbst noch am Sortieren.«

Aus einem unerfindlichen Grund hält sich mein Mitgefühl für seinen Stress in Grenzen. Stattdessen steigt eine riesige Wut in mir auf. Aber noch schlimmer als die Wut ist die höllische

Angst, die plötzlich wie eine Eisenfaust mein Herz umklammert. Sie lässt mich zu Boden starren und meine Zehen betrachten, die vor lauter Kälte schon ganz lila sind.

Aber ich bin noch nicht fertig. Ich muss es einfach wissen. Es fällt mir schwer, es vor mir selbst zuzugeben, aber Patricias Auftritt hat mich eingeschüchtert. Sie hat so wahnsinnig schnell geredet, in einem komischen Akzent noch dazu. Ich konnte ihr kaum folgen. Plus – sie backt kein Feingebäck, sondern rettet jeden Tag Menschenleben. Sie ist Gabriels Chefin, und außerdem sieht sie schockierend gut aus. Der Gedanke, dass Gabriel Stunden um Stunden mit dieser aufgeblasenen Kuh verbringt, hat mit einem Mal etwas Beunruhigendes für mich.

Ich weiß, es ist schrecklich, so zu denken. Wirklich armselig.

»Was ist mit Patricia?« Meine Stimme zittert.

Gabriel lacht auf, aber dieses Mal nicht belustigt, sondern gereizt. »Was soll mit ihr sein? Sie ist meine Chefin, und sie entscheidet über meine Karriere.«

»Sie behandelt dich wie ihren persönlichen Kammerdiener. Von wegen *Montag gehörst du mir …*!«

Gabriel schüttelt den Kopf. »Ach so … ja, das ist einfach ihre Art zu reden. Sie ist ungeheuer von sich überzeugt.«

Das kann man wohl so nennen. Ich schlucke gegen den Kloß in meinem Hals an. »Und sonst?« Es fühlt sich so an, als würde der Boden unter mir schwanken. Voller Panik erwarte ich seine Antwort.

»Sonst?« Gabriel sieht mich unverwandt an. »Sonst gar nichts, Chiara. Außer dass sie einen schrecklichen Akzent hat.« Sein Blick ist ratlos, aber sein Mundwinkel zuckt leise. Und dann passiert es. Das Lachen platzt aus ihm heraus, und ich kann mir nicht helfen und lache mit.

»Verdammt. Chiara!« Gabriel zieht mich halb ernst, halb lachend in seine Arme und hält mich sehr, sehr fest. »Alles gut!«, flüstert er und beugt sich herab, um mich sanft auf die Schläfe zu küssen. »Es passiert gerade wirklich sehr viel in sehr kurzer Zeit. Es muss schwierig für dich sein, mit alldem Schritt zu halten. Aber wir schaffen das. Und jetzt lass uns wirklich wieder reingehen, bevor wir erfrieren. Dieses Mal will ich den ganzen Abend mit dir tanzen.«

Was er dann – fast – auch tut.

Natürlich wechseln wir innerhalb der Familie und ich tanze auch mit John und Manuel, während Gabriel mit Gran, seiner Mom und Sarah tanzt. Was insgesamt viel länger dauert. Aber zum Glück gibt es ja auch noch Dave, der plötzlich neben mir auftaucht, umwerfend in seinem dunklen Anzug und ausnahmsweise tadellos rasiert.

»Hast du einen schönen Abend, Chiara?«, fragt er mich, und die Grübchen in seinen Wangen vertiefen sich kaum merklich.

»Habe ich. Und du?«

Er kratzt sich im Nacken. »Weiß nicht. Mit einer festen Tanzpartnerin ist es definitiv besser.«

»Dave!« Ich lege meine Hand auf seinen Unterarm. »Was ist mit dir passiert? Vor einem Jahr wolltest du auf dem Ball unbedingt eine Schlägerei anfangen, und dann hast du am selben Abend mit mir Schluss gemacht und zwei Frauen gleichzeitig angebaggert, wenn ich mich nicht täusche …«

»Hey«, unterbricht er mich. Sein Blick ist so intensiv, dass ich fast schon eine Gänsehaut davon kriege. »Ich hätte fast Jenny verloren. *Das* macht den Unterschied.«

Himmel. Das ist zu viel für meine Nerven. Bevor mir noch

vor Rührung die Tränen kommen, lege ich schnell meine Hand auf seinen Arm.

»Komm, Cowboy, lass uns tanzen.«

»Ja! Rette meinen Abend!«, erwidert er mit einem dreisten Funkeln in den Augen, und das bringt mich sofort wieder zum Lachen.

CHIARA

Die Wohnküche auf Black Dog Lands ist zu einem guten Drittel von einem riesigen geschmückten Weihnachtsbaum versperrt.

Charlotte kann vor Begeisterung kaum an sich halten. »Ist der nicht großartig?«, fragt sie und zupft an einem besonders langen Zweig, der fast auf den Esstisch reicht. »Ich habe ihn selbst geschlagen!«

»Wie bitte?« Um ein Haar lasse ich meine Geschenkpakete fallen.

»Du hörst ganz richtig.« Giovanni rollt die Augen. »Gestern, wohlgemerkt. Gestern! Und schau dir diesen Bauch an!« Er geht kopfschüttelnd zum Herd und setzt das Espressokännchen auf die Kochplatte.

»Vielleicht geht es ja dann schneller.« Charlotte zieht eine Grimasse. »Ich habe schon fast keine Lust mehr auf meinen Bauch. Ich will meine Zehen mal wieder betrachten.«

»Also hör mal, du solltest dich jetzt aber schonen!« Ich sehe Charlotte streng an, kann aber nicht wirklich ernst bleiben, weil hinter ihr ein stattliches Rudolph-das-Rentier in Plüsch auf dem Kühlschrank sitzt, dessen Nase aufdringlich blinkt.

»Wie war der Ball?«, wechselt Charlotte geschickt das Thema und schiebt Massimo aus dem Weg, der vor dem Baum steht und zu meditieren scheint. »Hier ist Platz für deine Geschenke!«

»Es war wunderschön«, antworte ich und lege die Geschenke mit einem erleichterten Seufzer ab. Eines der Päckchen enthält ein Hantelset für Giovanni, und meine Arme waren schon am Einschlafen.

Genau in diesem Moment vibriert mein Handy, und auf dem Display blinkt eine neue Nachricht von Gabriel. Er schickt mir Fotos von der Scheune, die sich inzwischen in eine Art Festsaal verwandelt hat, mit langen Tischen, Bänken und unzähligen glitzernden Weihnachtsgirlanden. Im Hintergrund sehe ich tobende und lachende Kinder, zwei unbekannte Hunde und noch mehr unbekannte Erwachsene.

Bin noch kurz auf Black Dog Lands, komme in einer Stunde, antworte ich und stecke das Handy wieder ein.

»Mein Heiligabend wird so eine Art Volksfest«, verkünde ich. »Gabriels Familie scheint noch zahlreicher zu sein als unsere.«

Giovanni sieht mich an, als hätte ich ihn empfindlich in seiner Ehre verletzt. »Das denkst du nur, weil nie alle zusammen aus Italien anreisen.«

Wir kommen nicht dazu, dieses Thema auszudiskutieren, weil Charlotte plötzlich einen merkwürdigen Laut von sich gibt. Mein Kopf schnellt zu ihr herum.

»Whoa!!!«, macht sie noch einmal. Dabei fixiert sie mich zwar mit ihrem Blick, scheint aber eher nach innen zu horchen.

Die Platte mit dem Schokoladenkuchen, die sie gerade auf den Tisch stellen wollte, zittert bedenklich in ihrer Hand.

Im nächsten Moment sind Giovanni und ich schon bei ihr.

Ich nehme ihr die Kuchenplatte aus der Hand und Giovanni fasst sie am Arm. »Geht es los?«

Charlotte lässt ihren Blick, der langsam wieder ins Hier und Jetzt zurückkehrt, zwischen ihm und mir hin- und herwandern.

»Verdammt«, sagt sie schließlich ganz ruhig. »Giovanni, lass uns fahren.«

»Oh, Charlotte!« Ich schiebe meinen Arm unter ihren, während Giovanni durch die Küche rennt und fluchend nach dem Autoschlüssel sucht, bevor er in den Flur verschwindet, um die Mäntel zu holen.

»Whowww«, keucht Charlotte und krümmt sich. »*Das* hier war also eine Wehe! Jetzt weiß ich, warum die so heißen.«

»So schlimm?« Mein Herz klopft, als mir klar wird, dass jetzt vielleicht nicht mehr viel Zeit bleibt, bis sich das Baby auf den Weg macht.

»Jaa, verdammt.«

Giovanni hält ihr den Parka hin, und sie schlüpft mit einem Ächzen hinein. Dann stützt sie sich auf ihn, und die beiden gehen mit vorsichtigen Schritten zur Tür.

Draußen im Hof halte ich die Autotür auf, während Giovanni Charlotte beim Einsteigen hilft.

»Kannst du meine Tasche holen? Sie steht unter der Eckbank!«, bittet sie mich, nachdem sie sich auf der Rückbank ausgestreckt hat. Ich kehre in die Küche zurück und schnappe mir die Tasche. Massimo sieht mich beunruhigt an.

»Ich bin gleich wieder da«, versichere ich ihm und streiche über seinen Kopf.

Giovanni sitzt schon am Steuer, als ich die Tasche in den Fußraum des Beifahrersitzes schiebe.

»Wir fahren in die Rosemond-Klinik«, sagt er mit Blick auf Charlotte. »Wenn ich die Lage richtig einschätze, schaffen wir es nicht mehr rechtzeitig nach Denver.«

Wie zur Bestätigung gibt Charlotte einen Schrei von sich. »Giovanni«, keucht sie laut. »Fahr los. Ich … Oh. Mein. Gott!«

Ich trete zurück und schließe rasch die Beifahrertür. »Okay, ich komme nach.«

Falls es wider Erwarten länger dauern sollte, kann ich zumindest zwischendurch nach Three Oaks fahren und mitfeiern.

Charlotte wedelt mit der Hand und lässt das Fenster aufgleiten. »Warte … kannst du … Massimo zu dir nehmen? Falls es eine längere Nacht wird?«

»Ja klar. Und jetzt macht, dass ihr wegkommt!«

Giovanni startet den Wagen und fährt mit quietschenden Reifen los.

Wenige Minuten später folge ich ihnen. Massimo liegt hechelnd auf der Rückbank und gibt hin und wieder ein leises Winseln von sich. Wahrscheinlich spürt er meine Aufregung. Ich versuche mein Bestes und erzähle ihm alle möglichen Belanglosigkeiten vom gestrigen Christmas Ball, um ihn zu beruhigen. Es scheint tatsächlich zu funktionieren.

Ich denke an die Weihnachtsparty in Three Oaks, die nun ohne mich starten wird. Gabriel habe ich nicht erreicht, ihm aber eine Sprachnachricht hinterlassen, damit er sich keine Sorgen macht.

Ich fahre hart am Tempolimit. Irgendwann hole ich die beiden tatsächlich ein und klemme mich hinter Giovannis Auto. Im Scheinwerferlicht sehe ich den Hinterkopf meines Bruders, und ab und zu erscheint Charlottes Hand, die lebhaft in der Luft herumfuchtelt. Ich frage mich, ob ihre Wehen so heftig sind, dass ihre Arme zucken, oder ob sie einfach nur beim Reden gestikuliert.

Auf der letzten Meile gibt Giovanni richtig Gas und ich muss alles daransetzen, nicht allzu weit zurückzufallen. Als ich auf den Parkplatz biege und der Wagen schließlich zum Stillstand kommt, ist Giovanni schon dabei, Charlotte beim Aussteigen zu helfen. Es sieht nicht so aus, als wäre sie überhaupt noch in der Lage zu stehen.

Sie lehnt sich gegen das Auto und stöhnt laut.

»Ich will mich hinlegen, Chiara! Sofort!«, presst sie hervor, als ich bei ihr bin.

»Komm, stütz dich auf uns, es sind doch nur noch ein paar Schritte!«, drängt Giovanni sie. Charlotte müht sich mit aller Kraft, aufrecht zu bleiben. Wir schaffen es irgendwie durch die Tür, und dann noch genau drei Schritte weiter.

Der Mann vom Empfang, der mit auf dem Rücken verschränkten Armen durch das Foyer geschlendert war, blickt auf und kommt uns im selben Moment zuhilfe, als Charlottes Beine nachgeben.

»Warte, warte!« Giovanni reißt sich seinen Mantel vom Leib, wirft ihn auf den Boden und wir lassen Charlotte vorsichtig sich hinlegen.

Der Mann holt über sein Handy Hilfe, während Giovanni und ich neben Charlotte knien.

»Durchhalten, *tesoro*!«, flüstert Giovanni.

»Haha. Ich könnte wetten, der Kopf ist schon halb draußen«, flucht Charlotte mit zusammengebissenen Zähnen, während Giovanni sie von ihrer Jogginghose befreit. Hinter mir höre ich eilige Schritte. Ich mache dem jungen Arzt Platz, und plötzlich ist kein Halten mehr. Alles passiert gleichzeitig und viel schneller, als mein Kopf es begreifen kann. Mit einem Mal ist der Moment gekommen – mit der nächsten Wehe bringt Charlotte ihre Tochter zur Welt. Unter dem riesigen Tannenbaum mit hunderten von Kerzen, Lametta und glitzernden weißen Kugeln in der luxuriösen Eingangshalle einer Privatklinik. Es ist ein solches Wunder. Ich erwache erst aus meiner Betäubung, als die inzwischen eingetroffene Krankenschwester das winzige schreiende Wesen in ein weißes Frotteetuch wickelt und Giovanni in die Arme legt.

»Willkommen, kleine Gina!«, flüstert er hingerissen. Ich schaue ihm über die Schulter. Himmel, habe ich jemals etwas so Süßes gesehen? Wie winzig sie ist! Und wie perfekt! In diesem Moment verliebe ich mich rettungslos in meine kleine Nichte.

»Besser hätten wir es nicht planen können«, schwärmt Charlotte etwas später in dem gemütlich ausgestatteten Krankenzimmer. Gina hat ihre erste Untersuchung hinter sich gebracht. Sie ist kerngesund. Giovanni hat ihr eine Windel und einen winzigen Strampler angezogen. Jetzt trinkt sie gerade zum ersten Mal an Charlottes Brust.

»Ähm … du bist sicher, dass du nicht lieber etwas bequemer gelegen hättest bei der Geburt?«, frage ich ein bisschen verblüfft.

»Stimmt.« Charlotte lacht. »Hatte ich schon wieder vergessen.«

»Schau, sie hat meine Haare«, schwärmt Giovanni. »Und wie kräftig sie ist!«

»Sie ist ein süßer kleiner Brocken. Sobald sie fertig getrunken hat, fahren wir nach Hause!« Charlotte grinst uns beide an. Ihr Gesicht hat schon fast wieder seine übliche rosige Farbe. »Eine Übernachtung hier in diesem Luxusschuppen ist viel zu teuer, und außerdem habe ich jetzt einen Riesenappetit auf meinen Schokoladenkuchen.«

Obwohl meine Mundwinkel vom Dauerlächeln schon schmerzen, muss ich lachen.

»Chiara, vielleicht solltest du besser schon aufbrechen«, meint Giovanni fürsorglich. »Du hast ja noch einiges vor heute Abend.«

»Gute Idee. Aber was mache ich mit Massimo? Ich kann ihn gerne mitnehmen! Ein Hund mehr oder weniger auf der Party …«

Charlotte nickt. »Mach das. Ich glaube sowieso, er steht auf Partys.«

Als ich auf den Hof der Three Oaks Farm rolle, ist es bereits kurz vor sieben. Vorsichtig kurve ich zwischen all den geparkten Autos hindurch zum Carport. Eigentlich hatte ich vorgehabt, mich ein bisschen aufzustylen, aber in dem Moment, als ich aussteige, wird mir klar, dass ich diesen Plan komplett vergessen kann. Dazu müsste es mir nämlich gelingen, unbemerkt durch die Scheune zu unserer Wohnung zu gelangen, und das wird garantiert nicht möglich sein.

»Kannst du mir tragen helfen?«, ruft jemand hinter mir, und ich wende mich überrascht um. Es ist eine junge Frau in einem weißen Parka, die vor dem Kofferraum eines Autos steht, das ein paar Schritte von mir entfernt parkt. Sie hält eine große Schüssel hoch und sieht mich mit einem fragenden Lächeln an.

»Klar!« Ich gebe meiner Autotür einen Schubs und gehe zu ihr hinüber.

»Oh …« Sie schüttelt sich ihre Kapuze vom Kopf und mustert mich erschrocken. »Ich habe dich mit Mary-Ann verwechselt!« Ihre Augen sind dunkel, genau wie ihre Haare, und sie ist richtig hübsch. Eine gewisse Ähnlichkeit mit Sarah und Gabriel ist nicht zu leugnen.

»Ich bin Chiara, Gabriels Freundin.« Mit beiden Händen nehme ich ihr die Schüssel ab, in der sich eine Art Pudding zu befinden scheint. Es ist in der Dunkelheit nicht genau zu erkennen.

»Ich bin Trudy, eine Cousine von Gabriel.« Sie legt den Kopf schief. »Schön, dich endlich zu treffen! Hast du dich schon ein bisschen eingelebt?«

»Ja, eigentlich schon ganz gut«, antworte ich lächelnd. »Und ich freue mich auch, euch endlich alle kennenzulernen!«

Trudy nimmt eine weitere Schüssel an sich und knallt dann einhändig den Kofferraumdeckel zu. Gemeinsam gehen wir auf die Scheune zu.

»Dich wird es bestimmt gleich umhauen. Wir sind eine riesige Familie. Mein Mann heißt Connor, er ist der Größere der zwei einzigen Blonden, die es in unserer Familie gibt, tja, und wir haben zwei Kinder, Martin und Clarissa, die sind auch blond. Wahrscheinlich wirst du das sowieso gleich wieder vergessen.«

»Ich hoffe nicht.« Wie betäubt von diesem Überfluss an Informationen stoße ich die Tür auf. Massimo, der schon ungeduldig gewartet hat, schiebt sich sofort an mir vorbei.

Es dauert einen Moment, bis ich den Anblick erfasst habe, der sich mir bietet. Mindestens vierzig Erwachsene und ein

Dutzend Kinder schwirren im Raum umher, stehen an dem gewaltigen Buffet, das sich über vier lange Tische erstreckt, oder sitzen in Grüppchen zusammen.

Im Kielwasser von Trudy erreiche ich das Buffet und lasse die tonnenschwere Schüssel erleichtert an einem freien Platz nieder.

Nachdem ich Trudy versprochen habe, dass wir ganz bestimmt später Zeit haben werden, ausführlich zu plaudern, suchen meine Augen nach Gabriel. Im selben Moment legt sich eine Hand auf meine Schulter, und als ich mich umdrehe, sehe ich ihn vor mir stehen.

»Hey!« Er sieht erhitzt aus und seine Augen glänzen. Auf seinen kräftigen Schultern thront ein Mädchen, vielleicht vier oder fünf Jahre alt. Gabriel deutet nach oben. »Darf ich vorstellen? Das ist Jessy. Als ich sie das letzte Mal sah, war sie noch nicht so groß, was ich leider nicht bedacht habe!«

»Hallo, Jessy!« Ich zwinkere ihr zu. Das Mädchen grinst und freut sich offensichtlich, mit seiner Größe für Überraschung zu sorgen. »Wenn ich mich jetzt vorbeuge, um dich zu küssen«, fährt Gabriel mit einem leisen Keuchen fort, »hole ich mir bestimmt eine Nackensteife. Also lieber nicht.«

»Keine Sorge, ich laufe ja nicht weg!« Ich streiche ihm kurz über die Wange.

»Charlottes Baby ist da«, sprudelt es aus mir heraus. »Alles ist gut gelaufen. Sie heißt Gina. Wir haben es gerade noch ins Foyer der Rosemond-Klinik geschafft, und schon war sie da.«

»Das gefällt mir.« Gabriel grinst. »Gleich bei der Geburt so ein starker Auftritt! Freut mich für die beiden.«

»Gabriel, lass mich runter. Ich will Pudding!«, meldet sich Jessy von oben.

»Oh natürlich!« Gabriel wirkt ziemlich erleichtert und lässt seine Reiterin nur zu gerne absteigen.

»Du musst mir das nachher noch mal im Einzelnen erzählen«, sagt er und fährt sich durch die Haare, die Jessy ein bisschen zerwühlt hat. »Jetzt stelle ich dir erst mal ein paar Leute vor. Und mach dir keine Sorgen, falls du auf den ersten Blick überwältigt bist. Der Abend ist lang …«

Es ist schon weit nach Mitternacht, als wir uns gemeinsam mit Leila, Gabriels jüngster Cousine, und ihrem Mann Nick auf Zehenspitzen in unser Schlafzimmer schleichen. In dem Babyreisebett an der Wand schläft schon ihr Sohn Cary, der Jüngste der großen Sippe. Er ist gerade erst vier Monate alt und ein süßer kleiner Strahlemann. Den ganzen Abend über ist er von Schoß zu Schoß gewandert und hat alle mit seinem Lächeln entzückt.

»Der schläft bestimmt durch heute Nacht!«, meint Leila zuversichtlich. Ich beuge mich kurz über ihn und denke an Charlotte und Giovanni. Ob sie schlafen können in dieser Nacht, oder sind sie viel zu glücklich und erleichtert?

»Ups!«, macht Leila hinter mir, die fast über Nicks Füße gefallen wäre, und die beiden kichern schon wieder los. Ich helfe ihnen, ihre Decken auf den beiden Klappbetten auszubreiten, die wir neben Carys Bett geschoben haben – bevor sie noch auf die Idee kommen, eine Kissenschlacht anzufangen. Dass die ganze Gesellschaft auf der Farm übernachtet, ist eine lang gehegte Tradition. Keiner soll das gemeinsame Abschlussfrühstück verpassen, das, wie mir mehrfach versichert wurde, ein weiteres Highlight ist. Ich freue mich jedenfalls schon darauf. Und wenn ich Glück habe, schafft es mein Gehirn sogar im Schlaf, die vielen Namen und Gesichter zu sortieren.

Während Leila und Nick das Bad benutzen, sitzen wir auf dem Bett und reden noch ein bisschen.

»Was für ein aufregender Tag …!« Ich lehne mich noch etwas bequemer an Gabriels Brust. »Ich bin Tante geworden und habe deine Familie kennengelernt … ich mag sie wirklich!« Ich unterdrücke ein herzhaftes Gähnen. »Alle waren so offen und herzlich … Es war einfach schön!«

Gabriel streicht mir über die Wange »Schön … Und dass sie dich mögen, ist keine Frage …«

Meine Gedanken wandern zurück zu den vielen, vielen Gesprächen dieses Abends.

»Ich fand interessant, was Nathan erzählt hat«, bemerke ich eher beiläufig.

»Hm-hm.« Gabriel setzt sich unvermittelt etwas gerader hin.

»Das klang ziemlich heftig«, füge ich hinzu.

Nathan ist Neurochirurg und hatte einen solchen Stress in seiner Klinik, dass er und seine Frau Melissa sich fast getrennt hätten.

»Ja, so etwas kann passieren.« Der plötzlich genervte Ton in Gabriels Stimme ist nicht zu überhören.

Ich rücke von ihm ab, um ihm ins Gesicht sehen zu können. »Alles in Ordnung?«

»Ja.« Gabriel zuckt mit den Achseln und seufzt. »Ich habe nur gerade keine Lust, über dieses Thema zu reden.«

Ich schon. Mir brennt es sogar sehr unter den Nägeln, seit ich die Geschichte von Nathan gehört habe.

»Ich mache mir einfach Sorgen«, beharre ich. »Du arbeitest ja auch so hart … und Nathan hat es noch nicht einmal gemerkt, worauf er zusteuert, bis es ein Burnout war.«

Gabriel schnaubt leise. »Ich würde es merken, glaub mir.

Und vor allem – hab Vertrauen in mich, ich weiß, was ich tue. Schließlich vertraue ich dir doch auch, dass du die Vertretung von Liam hinkriegst. Das ist ja auch kein Spaziergang, oder?«

»Ich habe Vertrauen in dich, sehr großes sogar.« Ich lächle ihn an und fahre mit den Fingerspitzen über sein Schlüsselbein.

Er erwidert mein Lächeln, wenn auch etwas angespannt. »Okay. Dann bin ich ja beruhigt.«

In diesem Moment ist ein energisches Kratzen an der Tür zu hören.

»Wir haben Buddy und Massimo vergessen!« Ich springe auf.

»Hm … Was meinst du?« Gabriel misst den verbleibenden Raum zwischen all den Betten mit einem kritischen Blick aus. »Passen die hier noch rein?«

Was wieder mal eine rhetorische Frage ist. Wen allgegenwärtige Hunde stören, der sollte besser einen großen Bogen um Colorado machen.

***

Cary hat tatsächlich durchgeschlafen. Als er uns am Morgen mit Hungergeschrei weckt, ist der Rest der Familie schon auf den Beinen. Wenige Minuten später treffen auch wir am großen Frühstücksbuffet in der Scheune ein. Im Grunde genommen ist das Frühstück die zweite Party, und sie zieht sich über Stunden hin. Zwischendurch lassen Gabriel und ich uns leichtsinnigerweise von ein paar Nichten und Neffen zu einer Schneeballschlacht herausfordern. Das kann natürlich nur schiefgehen, wenn man so träge ist von einem reichhaltigen

Frühstück. Außerdem sind acht Kinder voller Energie und Siegeswillen nicht zu unterschätzen. Ich kann gar nicht so schnell schauen, wie die Bälle geflogen kommen. Zum Schluss liege ich völlig erledigt im Schnee, geblendet von all dem Weiß und der Sonne über mir. In meinem Ausschnitt zerschmilzt ein kleiner Schneeklumpen und ich kann nicht mehr aufhören zu lachen.

Es ist schon fast Mittag, als die Frühstückstafel schließlich aufgehoben wird. Alle packen an und bringen Tische, Bänke und den Rest wieder an Ort und Stelle. Schüsseln und Platten, Schlafsäcke, Kuscheltiere und Hunde verschwinden in Kofferräumen, und dann ist es Zeit für den großen Abschied. In meinem Handy habe ich mehr als ein Dutzend neuer Kontakte abgespeichert, und trotzdem bin ich ein bisschen traurig, als sich der Hof langsam leert.

»Oh mein Gott, ist das still hier!«, seufzt Margie, der es offensichtlich genauso geht, als alle weg sind.

John legt den Arm um sie. »Lass uns ein bisschen durch den Schnee wandern und die Stille genießen. Und danach machen wir Bescherung.«

An diesem Abend sinken wir alle frühzeitig ins Bett. Wie immer seit meiner Kindheit schleppe ich alle Geschenke ins Schlafzimmer und baue sie neben meiner Bettseite auf, damit ich sie gleich am nächsten Morgen wieder ansehen kann. Gabriel grinst zwar, gibt aber keinen Kommentar ab – wie in etwa, dass die große Kiste voller Backzubehör von Gran und seinen Eltern ein richtiges Hindernis sei. Ich kann es nicht glauben, welche Mühe sie sich gemacht haben! Ein Set mit Cannoli-Formen, einen Profi-Spritzbeutel und dazu ein zehnteiliges Set Tüllen – Rüschentülle, Rosentülle, Sternbandtülle und so weiter … alles, was das Bäckerinnenherz begehrt. Gabriel hat zugegeben, dass er extra bei Papà angerufen hat, um Rat einzuholen. Er selbst hat mir eine richtig coole Sonnenbrille geschenkt, die für meine zukünftigen Outdooraktivitäten bestimmt besser geeignet ist als meine Billigbrille. Außerdem noch ein paar Romane auf Italienisch und süße Kuschelsocken mit Pinguinmotiv.

Gabriel löscht das Licht. »Das also war Weihnachten auf der Three Oaks Farm. War es nicht wunderbar?«

»Es war super!«, bekräftige ich und rücke an ihn heran. Buddy und Massimo kabbeln sich ein bisschen vor dem Bett.

Gabriel seufzt und legt den Arm um mich.

»Morgen bringen wir Massimo nach Hause«, murmle ich schon halb im Schlaf. Ich kann es kaum erwarten, die frisch gebackene Familie zu besuchen.

GABRIEL

Das Einzige, was ich an Weihnachten auszusetzen habe, ist, dass es immer viel zu schnell vorbei ist. Kaum hat die großartige Party begonnen, sind schon wieder alle abgereist. All die vertrauten Gesichter, all die schönen Gespräche sind noch in meinen Gedanken, als ich am nächsten Tag zum Frühdienst komme. Von Chiara habe ich ein Paar Lederstiefel aus Italien bekommen, die ich heute zum ersten Mal trage. Sie sind nicht nur unglaublich schön, sondern auch robust genug für jede Outdooraktivität in der Gegend. Und wirklich wasserdicht, wie ich erfreut feststelle, nachdem ich durch den Schneematsch auf dem Parkplatz gewatet bin. Wir haben seit vorgestern Tauwetter, aber die nächste Schneefront steht schon in den Startlöchern.

In meinem Büro angekommen finde ich neben meinem Flugticket nach Los Angeles auch eine handgeschriebene Notiz von Patricia vor: *Die ersten drei Tage sind wir gemeinsam dort! Freue mich!*

Well. Meine Freude über diese neue Perspektive hält sich in übersichtlichen Grenzen. Irgendwie beschwört mein inneres Auge im Handumdrehen Bilder herauf, die mir Unbehagen bereiten. Es könnte schwierig werden, den rein beruflichen Level zu halten, wenn man im selben Hotel wohnt und gemeinsam zum Essen geht. Außerdem wird Chiara nicht begeistert sein, wenn sie davon erfährt.

Ich werfe einen kurzen Blick auf meinen Dienstplan für heute. Nicht zu dramatisch. Und bis zum ersten Termin bleibt mir noch eine gute Viertelstunde – Zeit, nach meiner Lieblingspatientin zu sehen.

»Hallo, Gabriel!« Jenny schaut lächelnd auf.

»Hey, Jenny.« Ich schließe die Tür hinter mir. Mein Blick fällt auf das Buch, das Jenny jetzt zuklappt und zur Seite legt. Es ist ein Fachbuch über Strafrecht.

»Du wirst Weihnachten doch nicht etwa gearbeitet haben?«

Jenny schüttelt energisch den Kopf. »Aber nein! Ich hatte über die Feiertage jede Menge Besuch.« Sie lehnt sich zurück und will sich strecken, verzieht aber vor Schmerzen das Gesicht. »Mein Bein beschwert sich heute ganz schön«, murmelt sie.

»Geduld, Geduld!«, erwidere ich. »Es läuft alles in die richtige Richtung. Nur braucht es etwas Zeit. Wir machen heute noch mal eine Aufnahme von der Leber, um zu schauen, ob sich der Bluterguss zurückgebildet hat. Wenn das der Fall ist, kannst du dann auch wirklich nach Hause.«

»Okay, wird auch Zeit.« Sie seufzt, aber dann hellt sich ihr Gesicht auf. »Weißt du schon, dass mein Team auf dem Christmas Rodeo den zweiten Platz gemacht hat?«

»Nein, freut mich zu hören! Glückwunsch! Und wer hat das Team in deiner Abwesenheit betreut?«

Jenny zuckt lächelnd mit den Schultern. »Na, wer schon … Dave.«

Dachte ich es mir doch. »Da legt sich einer ja gerade mächtig ins Zeug für dich!«

Jenny grinst. »Klar. Der hat ja auch was gutzumachen.«

Sie schnappt sich einen Bleistift, der neben dem Buch auf der Bettdecke liegt, und trommelt damit ungeduldig auf ihr verletztes Bein. »Wie lange wird es dauern, bis ich wieder richtig reiten kann?«

»Tja …«, ich überlege einen Moment, »Barrel Racing und größere Herausforderungen sind im nächsten Dreivierteljahr erst mal tabu. Alles andere … gib dir drei Monate, dann kannst du langsam anfangen zu trainieren. Jetzt ist erst mal Physiotherapie wichtig.«

Sie hat mir konzentriert zugehört. »Okay … Also brauche ich in der nächsten Zeit noch meine Krücken.«

»Ja, und leih dir für den Anfang einen Rollstuhl, den du zwischen den Belastungsintervallen benutzen solltest.«

»Bloody hell.« Jenny verdreht die Augen. »Na ja, dann habe ich jedenfalls viel Zeit, meinen Papierkram in der Kanzlei zu erledigen.«

»Stimmt.« Unsere Blicke begegnen sich, und sie kneift die Augen zusammen. »Und selbst? Es ist ja nicht zu überhören, dass deine Oberärztin große Stücke auf dich hält.« Sie zieht die Augenbrauen hoch und grinst. »Das sieht nach einer steilen Karriere aus!«

Ich zucke mit den Schultern. »Ich hätte nichts dagegen.«

»Hey, du warst schon in der Schule ein unerträglicher Überflieger. Sei also nicht so bescheiden …«, antwortet sie lächelnd.

»Wer ist bescheiden?« Dave streckt seinen Kopf durch die Tür.

»Gabriel«, antwortet Jenny und wedelt ungeduldig mit der Hand. »Was stehst du da herum, Dave. Komm doch rein!«

Dave folgt ihrer Aufforderung und wirft einen Blick auf

meine Füße. »Ich weiß nicht … wenn ihr mich fragt, sind das hier Angeberstiefel.«

»Die hat mir Chiara geschenkt«, erkläre ich. »Und ich sollte jetzt mal weiter und mich schnell umziehen.«

Ich bin schon am frühen Nachmittag wieder daheim, und Chiara hat uns bei Giovanni und Charlotte angekündigt. Vorher bringen wir bei Tayler und seiner Familie ein paar Kindersachen vorbei, die bei der traditionellen Tausch- und Verschenkaktion, die meine Cousins und Cousinen an Weihnachten veranstalten, übrig geblieben sind.

»Becky, willst du Chiara vielleicht unser Haus zeigen?«, schlägt Tayler vor, als wir noch im Flur stehen. »Dann hätte es sich wenigstens gelohnt, dass du vorhin alle zum Aufräumen verdonnert hast!«

Becky versetzt Tayler einen freundlichen Boxhieb und wirft Chiara einen fragenden Blick zu.

Chiara nickt lachend. »Ich schnüffele wirklich gern bei anderen Leuten herum!« Die beiden ziehen los, und Tayler winkt mich in die Küche.

»Hat sich die Sache wieder eingerenkt?«, fragt er über die Schulter, während er die große Espressokanne aus dem Schrank holt. »Auf dem Christmas Ball dachte ich kurz, sie reißt dir den Kopf ab …«

»Ja, es ist alles wieder so weit okay.«

»Hm. Gut.« Er drückt mir eine Dose mit Kaffeebohnen in die Hand und deutet auffordernd auf die Kaffeemühle.

Ich gebe ein paar Bohnen in das altmodische Teil, das die beiden auf irgendeinem Flohmarkt aufgetrieben haben, und drehe die Kurbel, während Tayler die Espressokanne ausspült und mit Wasser füllt. »In der nächsten Zeit wird es aber für uns beide ziemlich stressig«, sage ich. »Die Konferenz kommt nicht gerade günstig. Zu allem Übel verpasse ich jetzt auch noch den Besuch von Chiaras Familie, die genau in dieser Woche kommt.« Ich zucke genervt mit den Schultern. Letzteres war für Chiara eine herbe Enttäuschung. »Klar freue ich mich auch auf Los Angeles, das muss ich zugeben.«

»Verstehe. Aber … hey, ich beneide dich!« Tayler zieht die Augenbrauen hoch. »Hoffentlich hast du Gelegenheit zum Surfen!« Er bückt sich und holt vier Tassen aus dem Schrank, checkt sie kurz, stellt eine mit einem Sprung wieder zurück und tauscht sie gegen eine andere aus.

»Oh Mann, träum weiter!«, gebe ich kopfschüttelnd zurück. »Dafür wird mir wohl kaum Zeit bleiben.«

»Na, gib mal die Hoffnung nicht so schnell auf.« Tayler nimmt mir die Kaffeemühle ab.

»Ja, mal sehen. Und wie läuft es bei euch?«

»Bei uns ist alles okay. Ich ärgere mich nur, dass wir kein Geld zum Renovieren haben, bevor das dritte Kind kommt.« Er schaltet den Herd ein und stellt die Espressokanne auf eine Platte. »Ich würde außerdem wirklich gerne den Dachboden ausbauen, damit wir mehr Platz haben.«

Ich sehe mich im Raum um. Die Küche hat tatsächlich ein dringendes Makeover nötig. »Du weißt, ich bin jederzeit da, wenn du Unterstützung brauchst.«

Tayler klopft mir mit einem Grinsen auf die Schulter. »Danke, aber ich glaube, du wirst erst mal auf anderen Baustellen gebraucht.«

In diesem Moment fliegt die Tür auf und die Zwillinge kommen hereingestürmt, gefolgt von Becky und Chiara.

»Kriegen wir Süßes?«, schreit Mila und hängt sich an Taylers Arm. Tayler wuschelt ihr durch die roten Locken. »Chiara und Gabriel – seid bloß froh, dass ihr euch nicht auch noch mit solchen kleinen Plagegeistern herumschlagen müsst!«, sagt er seufzend. Trotzdem sieht er nicht wirklich unglücklich aus, als er sich aus Milas Griff befreit, zum Schrank trabt und eine Packung Schokoladenkekse herausnimmt. »Aber du teilst mit deinem Bruder!«, warnt er Mila, und schüttet die Kekse in eine Schüssel.

»Ich kann's mir gerade überhaupt nicht vorstellen«, gebe ich zu. »Wir beide haben so unheimlich viel um die Ohren.«

Ich werfe Chiara einen rückversichernden Blick zu. Aber sie scheint nicht schon wieder über unser stressiges Leben reden zu wollen. Ich wünschte, wir könnten uns beide etwas entspannen, aber danach sieht es im Moment nicht aus.

»Na ja, jetzt glaub mal nicht, dass wir nicht auch jede Menge zu tun hätten.« Becky bedient sich bei den Schokokeksen, obwohl Mila kichernd versucht, sie daran zu hindern. »Ich stelle mir das lieber gar nicht vor, wie es zu fünft wird. Man muss sich ja nicht schon vorher verrückt machen. Und wenn es dann da ist …«

»Du schaffst das«, sagt Tayler und küsst sie im Vorbeigehen auf die Schläfe. »Du bist doch ein echt toughes Colorado Girl.«

Becky kaut und grinst Chiara dabei an. »Na, das ist Chiara auch«, stellt sie fest. »Diese Frau ist nicht zu unterschätzen!«

Als wir auf Black Dog Lands eintreffen, ist Charlotte gerade damit fertig, Hunderte von rosa Pappherzen aufzuhängen. In Kombination mit der farbenfrohen Weihnachtsdeko führt das dazu, dass sich meine Augen unmittelbar nach dem beruhigenden Weiß der Schneelandschaft vor der Tür zu sehnen beginnen.

Aber jetzt stellt Giovanni eine italienische Torte auf den Tisch, in der man am liebsten versinken möchte. Mein Fluchtinstinkt kapituliert vor dem verlockenden Anblick und zwingt mich auf die Eckbank, die wahrscheinlich von den ersten Siedlern Amerikas gezimmert wurde. Jedenfalls schon ziemlich alt, aber gemütlich.

Mit Ausnahme des Babys und mir erscheinen mir alle Zweibeiner ein kleines bisschen überdreht: Giovanni und Charlotte sicherlich vom Babyglück plus Schlafmangel, und Chiara ist einfach nur völlig hingerissen von Gina. Verständlich. Wie alle Babys ist Gina rührend in ihrer Winzigkeit, und gleichzeitig ist sie so rosig und rund, dass man ein warmes Gefühl kriegt, wenn man sie nur anschaut.

Ich beschränke mich aufs Zuhören und halte mich an die Torte. Momente der Entspannung muss man nutzen.

»Vielen Dank, wirklich wahnsinnig lecker, aber ich kann nicht mehr«, lehne ich höflich ab, als Giovanni mir schließlich noch ein drittes Stück auf den Teller hieven will. Er hat es sich offensichtlich zur Aufgabe gemacht, die Teller nicht leer werden zu lassen. »Aber wir könnten vielleicht mit den Hunden raus, bevor sie zum hundertsten Mal in den Weihnachtsbaum rennen?«, schlage ich vor.

Massimo ist inzwischen ebenfalls überdreht, und Buddy lässt sich nur zu gerne von ihm anstecken.

»Jaja, geht ihr ruhig mal eine große Runde«, sagt Charlotte. »Chiara und ich müssen noch das Organisatorische für den Familienbesuch besprechen.« Wobei ihr Gesichtsausdruck deutlich macht, dass ihre Vorfreude nicht gerade von der überschwänglichen Sorte ist. Charlotte und Lo unter einem Dach … ich nehme an, Idylle und Frieden auf Black Dog Lands werden in den kommenden Tagen einem Härtetest unterzogen.

Wir nehmen einen Höhenweg mit einer schönen Aussicht. Wie erwartet tun Bewegung und frische Luft sofort ihre Wirkung und ich fühle mich mit einem Schlag wacher.

»Wenn man hier weiterläuft, kommt man bei Daves Ranch vorbei!« Giovanni deutet auf den nächsten Hügel. Gerade vor ein paar Minuten hat er mir ein paar Touren beschrieben, die selbst ich nicht kenne. Er scheint schon ein Experte des weitläufigen Wege- und Wandernetzes im Cold Creek Valley zu sein.

Als ich das jetzt erwähne, geht ein breites Grinsen über sein Gesicht. »Ich mache hier seit fast drei Jahren den ganzen Sommer lang Touren mit dem Mountainbike. Außerdem habe ich nur einen Teilzeitjob und muss nicht, wie du, jeden Tag von neun bis fünf irgendwo in einem geschlossenen Raum sein und schuften.«

»Neun bis fünf wäre ja noch gut!« Ich denke mit Unbehagen an meine langen Schichten, die jetzt sogar noch etwas länger sein werden.

»Ihr habt nicht gerade viel Zeit miteinander, das hat Chiara schon erzählt.«

Er bleibt einen Moment stehen und sieht versonnen in die Landschaft. »Ein Glück, dass sie sich so brillant mit Charlotte versteht. Die hat einfach das Talent, sie aufzurichten, wenn das Heimweh wieder mal sehr schlimm ist.«

»Hm. Ja.« Bei seinen Worten regt sich ein unangenehmes

Gefühl in meiner Brust, aber ich kann jetzt unmöglich nachfragen, ohne dass es für mich peinlich wird. *Wie bitte, Heimweh? Wie oft? Wann?*

Weil Giovanni ein ziemlich gesprächiger Typ ist – deutlich gesprächiger als seine Schwester –, registriert er mein Schweigen nicht und plaudert fröhlich weiter: wie Chiara immer das Nesthäkchen war und dass sie von allen geliebt und beschützt wurde und deshalb natürlich ihre Familie fürchterlich vermisst.

Danke, Giovanni. Jetzt fühle ich mich gleich noch viel, viel besser …

Ich mag Giovanni wirklich. Er ist cool und entspannt, und ich würde lieber noch mehr über die besten Mountainbike-Routen oder Pisten zum Skifahren und Snowboarden fachsimpeln, aber jetzt schwenkt er auf Chiaras *Beförderung* um. Wobei er, wie ich feststelle, nichts von Chiaras ehrgeizigen Träumen ahnt, Liam nicht nur für eine Weile zu vertreten, sondern auch noch gleich seinen Laden in nicht allzu ferner Zukunft zu übernehmen. Stattdessen hat er sich jetzt auf Evan eingeschossen.

»Evan macht sich lustig über sie. Über ihre Aussprache, und die Wörter, die sie benutzt … vielleicht stößt du ihm mal Bescheid, dass das endlich aufhört!«

Gott. Das muss an seiner Freundschaft mit Dave liegen: Entgegen seiner Annahme machen wir im Cold Creek Valley nicht *ständig* Gebrauch von unseren Fäusten.

»Ich glaube, sie kriegt das selbst in den Griff«, gebe ich nach kurzer Überlegung zurück. Und trotzdem – am Ende des Tages bleibt das Gefühl, ich könnte mir keinen ungünstigeren Zeitpunkt für meine Abwesenheit ausgesucht haben.

CHIARA

In dieser Nacht ist ein Blizzard über das Cold Creek Valley gefegt. Riesige Schneemassen sind innerhalb kürzester Zeit vom Himmel gefallen, und die Talstraßen sind gesperrt. Bis die Räumfahrzeuge durchkommen, sitzen wir auf der Three Oaks Farm fest – was ich zugegebenermaßen nicht allzu schlimm finde. Ein bisschen gestohlene Zeit mit Gabriel – es fühlt sich an wie ein kleines Geschenk aus dem Adventskalender. Und außerdem – wenn ich von meinem Zuhause nicht fortkomme, geht es den meisten unserer Kunden schließlich genauso, und den Rest schaffen Liam und Evan, die direkt im Ort wohnen, ganz bestimmt ohne mich.

Gabriel legt sein Handy beiseite. »Auf meiner Station ist alles ruhig.«

»Dann ist ja alles gut.« Ich sehe ihn über den Rand meiner Kaffeetasse an. »Wann kann Jenny eigentlich nach Hause?«

»Die Entlassung steht bei mir für heute im Plan. Ich sollte das schnellstens hinter mich bringen.« Er grinst vielsagend. »Ich meine, noch bevor Dave schon wieder anrückt. Dieser Typ sorgt für so viel Unruhe im ganzen Haus, dass ich froh bin, wenn die Sache vorbei ist.«

Vor meinem inneren Auge sehe ich Dave durch das Foyer der Klinik laufen, mit kraftvollen Schritten und Entschlossenheit in den Augen, als wollte er mit bloßen Händen einen Bullen fangen. »Er hat sicher ein paar weibliche Fans unter den Angestellten?«

»Mehrere.« Gabriel stöhnt leise. »Es scheint eine Telefonkette zu geben, sobald er gesichtet wird.«

»Du hast sicherlich auch eine Menge Fans«, sage ich mit einem gelassenen Lächeln. Die gemeinsamen Feiertage haben sich ungeheuer beruhigend auf meine Nerven ausgewirkt.

Gabriel nickt so zerstreut, dass ich spontan noch mehr beruhigt bin, und fängt an, den Milchschaum aus seiner Tasse zu löffeln. »Und was steht heute bei dir an?«

»Beckys Freundin kommt vorbei wegen des Aushilfsjobs.«

Es ist wieder einmal einer dieser lustigen Zufälle. Als Becky und ich gestern auf das Thema zu sprechen kamen, stellte sich heraus, dass Beckys beste Freundin händeringend eine Teilzeitarbeit sucht …

»Sie wohnt in Cold Creek«, füge ich hinzu. »Was bei dieser Schneesituation ideal wäre. Dann schafft sie es wenigstens rechtzeitig in den Laden.«

Gabriel hebt den Kopf. »Wo wir gerade darüber reden … ich glaube, ich höre etwas …!«

Jetzt höre ich es auch. Ein leises Dröhnen kündigt den Schneepflug an. Unser Tag kann beginnen.

Es wird ein ruhiger Morgen in der Bäckerei. Die Räumung der Straßen bis hinein in die Canyons dauert etwas länger, sodass ein großer Teil unserer Kundschaft zu Hause feststeckt.

Gegen Mittag kommt Beckys Freundin zum Vorstellungsgespräch. Sie heißt Mary und könnte – bis auf die weizenblonden Haare – eine Schwester von Becky sein. Dass wir uns noch nie gesehen haben, hat einen genauso einfachen wie erfreulichen

Grund: Mary bäckt ihr Brot selbst. Was sie, neben ihrer herzlichen Art, gleich für mich einnimmt. Liam verzieht sich mit ihr an einen der Stehtische, aber natürlich kriege ich einiges mit – und drücke mir nach wenigen Minuten die Daumen, dass Liam sie einstellt.

Was er dann auch vom Fleck weg tut. Als er ihr die Hand schüttelt und »Willkommen im Team!« sagt, fällt sie ihm vor Freude fast um den Hals, und auch ich bin erleichtert.

Im selben Moment kommt Evan aus der Backstube, und als die beiden einander vorgestellt werden, kontert Mary seine offensichtliche Brummigkeit mit robuster Sonnenlaune und Schlagfertigkeit. Ich gebe mir große Mühe, nicht allzu offensichtlich zu grinsen. Evan muss sich vielleicht demnächst warm anziehen.

Nachdem sich Mary verabschiedet hat, beginne ich damit, die Theke aufzuräumen, und Liam bedient noch ein paar späte Kunden. Dann sind wir wieder unter uns, und Liam sieht mich von der Seite an.

»Ich bin mir nicht sicher, ob du das alles schaffst«, sagt er nachdenklich. »Mary arbeitet zwar dreißig Stunden, aber ob das reicht …«

»Jetzt hör schon auf!«, gebe ich zurück. »Wir schaffen das. Und du machst jetzt ganz schnell deine Reisepläne.«

»Na, ich bin ja nicht aus der Welt, wenn irgendwas passiert«, murmelt er nachdenklich.

»Hier passiert überhaupt nichts«, antworte ich zuversichtlich. »Ich bin dafür bekannt, dass ich alles im Griff habe.« Meistens jedenfalls.

GABRIEL

»Verdammt, ich habe noch kein Feuerwerk besorgt!«

Es ist Silvestermorgen, und in den letzten Tagen habe ich an alles Mögliche gedacht. Nur nicht an Raketen und Sonstiges. Aber jetzt, als ich mit dem Morgenkaffee ins Schlafzimmer komme, fällt es mir prompt ein.

»Nicht so schlimm.« Chiara schließt die Badtür hinter sich und fährt sich mit den Fingern durch ihre feuchten Haare. Sie trägt schon ihre Jeans und den weißen Pulli aus dieser weichen Wolle. Ich kämpfe gegen den Impuls, den Kaffee abzustellen und sie in den Arm zu nehmen. Aber ich darf sie nicht aufhalten, ihr Wochenende beginnt erst heute Nachmittag.

»Ich könnte auf dem Weg noch was besorgen!«, biete ich an. »Falls du ein bisschen Action möchtest? Hier ist es ziemlich still an Silvester.«

Chiara soll auf keinen Fall an ihrem ersten Silvester im Cold Creek Valley auch nur einen Anflug von Heimweh kriegen. In dieser Hinsicht war das Gespräch mit Giovanni ein Augenöffner für mich. Ich bin wohl ganz schön blind gewesen. Hatte ich wirklich gedacht, sie könnte ihr vorheriges Leben einfach so abstreifen wie ein altes Kleidungsstück? Vielleicht wäre ich eher drauf gekommen, dass sie zwischendurch ein paar Krisen hat, wenn sie nicht immer so zupackend und optimistisch wirken würde … und – natürlich – wenn ich häufiger daheim wäre.

»Mach dir keinen Stress!« Sie greift vorsichtig nach ihrer dampfenden Tasse. »Ein paar Wunderkerzen würden mir genügen. Auf den Lärm kann ich total verzichten.« Sie lächelt mir zu, bevor sie sich neben mich auf die Bettkante setzt und sich eine feuchte Strähne aus dem Gesicht wischt. Der blumige Duft ihres Duschgels konkurriert mit dem Geruch des Kaminfeuers.

»Okay. Wunderkerzen haben wir auf jeden Fall im Haus.« Sie steht schon wieder auf. Keine Zeit zum Kuscheln. Und von ihrem Kaffee hat sie auch nur genippt. Ich sehe ihr zu, wie sie sich noch eine Strickjacke überzieht. Draußen herrscht seit gestern eisige Kälte, die einem den Atem raubt.

»Mein Auto hat eine gut funktionierende Heizung plus eine Sitzheizung!«, erinnere ich sie, als sie nach einem dritten Pullover greift.

Sie lacht. »Du bist sicher, dass du es mir leihen willst?«

»Natürlich. Tayler holt mich doch sowieso ab!«

Auf dem Weg ins Bad wuschelt sie mir einmal kurz durch die Haare und seufzt tief.

»Ich beneide dich um deinen freien Tag!«

»Ja. Ich kann mein Glück selbst nicht fassen«, gebe ich zurück. »Aber ich habe wohl zu viele Überstunden aufgebaut, um sie alle ins nächste Jahr mitzunehmen.«

»Du hast es dir verdient.«

Sie schließt die Tür hinter sich, und gleich darauf beginnt der Fön zu heulen. Meine Gedanken wandern zurück in der Zeit. Silvester, Wunderkerzen und Chiara sind für mich untrennbar miteinander verbunden und werden es für immer bleiben.

Letztes Silvester … das war der Anfang. Für uns als Paar.

»Träumst du?«, fragt Chiara, die aus dem Bad kommt, und legt den Kopf schief.

»Nein, ja …«

Sie lacht und humpelt, weil ein Fuß schon im Stiefel steckt, unbeholfen zu mir herüber. Ihre dunklen Augen glänzen, als sie sich herunterbeugt und mich küsst. »Viel Spaß mit Tayler. Wir treffen uns dann spätestens zur famosen Linsensuppe!«, sagt sie kichernd. Sie schwankt offensichtlich immer noch zwischen Bestürzung und Belustigung darüber, wie bescheiden unser Silvester in kulinarischer Hinsicht abläuft – im Vergleich zu dem, was sie gewohnt ist.

»Linsen bringen Glück!«, sage ich zu meiner Verteidigung.

»Ich weiß.« Sie grinst. »Die kommen bei uns auch auf den Tisch, aber in Kombination mit einer ziemlich fetten Wurst.«

»Wenn es um Menge und Auswahl an leckerem Essen geht, hält deine Familie den Pokal!« Ich schüttle lachend den Kopf. »Aber du kannst sicher sein, dass es schön bei uns wird und wir nicht verhungern.«

»Ja, schon klar!«, gibt sie lachend zurück.

Ich stehe auf und nehme sie zum Abschied in den Arm. Sie küsst mich lang und innig, dann macht sie sich abrupt los.

»Bis später!«, flüstert sie, und schon ist sie aus der Tür.

Eine halbe Stunde später holt mich Tayler zum Snowboarden ab.

Mein Leben ist gut.

CHIARA

Das Tückische am Heimweh ist, dass es ohne jegliche Vorwarnung aus einer dunklen Ecke hervorspringt. Und sobald es sich in mein Leben drängt, scheine ich nicht mehr richtig zu funktionieren. Dann ist mir jedes Gespräch zu viel und ich gebe konfuses Zeug von mir und komme mir blöd vor. Und ausgerechnet jetzt, kaum haben wir das Essen abgetragen, ist es wieder mal so weit. Ich blinzle mühsam die Tränen zurück. Dabei war der Abend bis zu diesem Moment schön und lustig und entspannt. Was das Essen betrifft, war Gabriel mal wieder viel zu bescheiden – oder es ist, weil er mich einfach gerne mit meiner Familie aufzieht, in der es fast immer ums Essen geht. Neben der Linsensuppe gab es weiteres *lucky food*, das angeblich Geld und Glück bringen soll: *Hopping John*, ein Gericht mit Reis und Bohnen, wobei Letztere die kleinen Münzen symbolisieren sollen, Grünkohl, der – meiner Meinung nach nur sehr entfernt – an Dollarnoten erinnert, dazu Maisbrot und mit Honig glasierter Schinken. Sarah und Manuel sind mit Lilly und einer Riesenpackung Frozen Yogurt gekommen. Die Stimmung war ausgelassen, und für Lilly gab es tatsächlich noch ein paar Knallfrösche, die Margie besorgt hatte. Ich habe mich sogar eine ganze Weile mit Sarah unterhalten, nur wir beide, und es war eigentlich ganz nett und entspannt. Ein kleines Highlight zum Ausklang des Jahres! Vor ein paar Minuten sind die drei weitergezogen, weil Manuels Dad eine kleine Party veranstaltet und Lilly ins Bett musste … auch wenn sie den Anschein machte, bis weit nach Mitternacht durchhalten zu wollen.

Eigentlich war ich bis vor zwei Minuten richtig glücklich.

Eben ist John in den Weinkeller gegangen, um noch eine Flasche von diesem leckeren Chardonnay zu holen, und Gabriel durchwühlt gemeinsam mit Gran den Wohnzimmerschrank nach Brettspielen, mit denen wir uns die Zeit bis Mitternacht vertreiben wollen. Margie und ich sind fertig mit dem Einräumen der Spülmaschine. Mein Blick fällt aus dem Küchenfenster. Der Himmel ist sternenklar. Meine Gedanken schweifen ab zu meiner Familie, die mich am Nachmittag – kurz vor Mitternacht in Deutschland – angerufen hat. Im Hintergrund war die laute Party zu hören, und dann wurde der Hörer weitergereicht an meine Tanten und Onkel, und alle erklärten mir wortreich und hochemotional, wie sehr sie mich vermissten. Himmel, ich vermisste sie auch so sehr in diesem Moment. Weshalb mir auch die Bewunderung so guttat, die meine Verwandtschaft wie einen üppigen Konfettiregen über mir ausschüttete. Vermutlich wegen all der Übertreibungen, ohne die Mamma und Lo nicht sie selbst wären. Alle scheinen jedenfalls zu glauben, dass ich jetzt praktisch Chefin bin und auf dem besten Weg, ein vollkommen rückständiges Tal in der Einöde mit guten Backwaren zu missionieren. »Wir sind alle stolz auf dich!«, zwitscherte mir Tante Rosalia ins Ohr. »Du warst schon immer so mutig!« Oh, das tat wirklich gut zu hören. Und noch besser, dass es kein Videoanruf war, denn das alles trieb mir natürlich die Tränen in die Augen.

Weil sich das Telefonat gewaltig in die Länge zog, hätte ich fast noch den Countdown vor Mitternacht in Hamburg mitgekriegt. Aber dann machten wir doch lieber Schluss. Danach deutete sich ein Krampf in meiner Hand an und mir wurde klar, wie fest ich die ganze Zeit das Handy umklammert hatte.

Als ich jetzt in den schwarzen Himmel über dem Cold Creek Valley schaue, fühlt sich mein Magen wie ein schwerer, heißer Klumpen an. Warum nur muss Gabriel morgen Nachmittag schon nach Los Angeles fliegen? Eine ganze Woche ohne ihn kommt mir unerträglich lang vor. Und dass jetzt auch noch seine Oberärztin dabei sein wird, zumindest einen Teil der Zeit, lässt mich nicht gerade fröhlicher werden. Ich versuche, darin Trost zu finden, dass meine Eltern und Lo übermorgen anreisen. Sie können nur für diese eine Woche kommen, was angesichts des langen Flugs der reine Wahnsinn ist. Ich seufze. Die Zeit wird zu kurz sein, und Gabriel kriegen sie überhaupt nicht zu Gesicht …

»Alles in Ordnung?« Ich zucke zusammen. Gabriel ist unbemerkt neben mich getreten und sieht mich fragend an.

»Ja, ich glaube, ich bin einfach ein bisschen müde«, murmle ich. Er legt mir seine Hand an die Wange und die Wärme in seinem Blick lässt die Eiskristalle in meinem Inneren in Sekundenschnelle schmelzen. Plötzlich spüre ich den Boden wieder unter meinen Füßen.

»Du bist in letzter Zeit bin bisschen blass.« Er runzelt die Stirn. »Vielleicht solltest du bei Gelegenheit ein Blutbild machen lassen. Da könnte ein Eisenmangel dahinterstecken.«

Bene. Ich hätte gerne etwas Romantischeres gehört, wenn ich ehrlich bin. Aber der Mediziner in Gabriel kann auch an Silvester nicht über seinen Schatten springen.

»Mir geht es gut«, sage ich und beuge mich vor, um ihn schnell zu küssen, bevor John, den ich in den Augenwinkeln mit dem Korkenzieher hantieren sehe, die nächste Flasche geöffnet hat.

Aber Gabriel ist nicht überzeugt. Auch nachdem wir uns wieder zu den anderen an den Tisch gesellt haben, wirft er mir immer wieder prüfende Seitenblicke zu.

»Fangen wir an!« Margie öffnet die Schachtel von *Catan – Händler und Barbaren*. Meine Stimmung hellt sich schlagartig auf. Strategische Spiele sind großartig, auch wenn ich überhaupt nicht gut darin bin. Vielleicht ist es der Wein oder die Tatsache, dass Gran ständig zu mogeln versucht, irgendwann kann ich jedenfalls überhaupt nicht mehr aufhören zu lachen. Woraufhin sich Gabriel endlich entspannt und aufhört, mich besorgt zu mustern.

Kurz vor Mitternacht packen wir uns warm ein. Es ist arktisch kalt und der Schnee knirscht laut unter unseren Füßen, als wir zu den drei Eichen hinübergehen. Gabriel reicht mir eine brennende Wunderkerze und zündet sich eine weitere an.

»Okay!«, ruft John und sieht auf sein Handy. »Es geht los!«

Gabriel und ich sehen uns über den Funkenregen hinweg in die Augen, während wir mit den anderen die letzten Sekunden des Jahres herunterzählen. Ganz sicher denkt auch er an den Silvesterabend im letzten Jahr zurück, als wir uns um Mitternacht zum ersten Mal geküsst haben.

»Eins!«, rufen wir, und im selben Moment verlöschen die Wunderkerzen.

»Happy New Year!«, flüstere ich, und Gabriel grinst und sagt: *»Buon Anno!«* Ich muss lachen, weil es lustig klingt, wenn Gabriel Italienisch spricht.

»Was denn?« Er umschlingt meine Taille und zieht mich

noch näher zu sich heran. »Ich bin so froh, dass ich dich gefunden habe!«, flüstert er.

»Ich auch«, antworte ich leise. »Und ich freue mich so sehr auf unser nächstes Jahr!« Dann küssen wir uns. In der Ferne leuchtet der Himmel orange auf, und eine einsame Rakete zieht ihre Spur. Außer dem Gelächter und den Stimmen von Gabriels Eltern und Gran ist nichts zu hören. Kein Feuerwerk, kein Partylärm. Aber es ist mir egal. Es ist perfekt. In diesem Moment möchte ich an keinem anderen Fleck der Erde sein.

***

Ich hasse Abschiede. Fast noch mehr hasse ich Flughäfen. Ich bin heute scheinbar die Einzige, die gar nicht abfliegen will. Auf dem Rückweg ins Parkhaus kommen mir Menschenmassen entgegen, und ich quetsche mich mit Tränen in den Augen an den Läden mit Sonnenbrillen, Cowboyhüten und Süßigkeiten vorbei. Endlich habe ich das Parkhaus gefunden, aber dann brauche ich noch mal drei Anläufe, bis ich Gabriels Auto entdecke. Vermutlich hätte es noch etwas länger gedauert, wenn Buddy, den ich als tröstende Gesellschaft mitgenommen habe, nicht so laut gebellt hätte. Er sieht mich betrübt an, nachdem ich eingestiegen bin, und springt dann kurz entschlossen auf den Beifahrersitz. Ich habe keine Energie, ihm zu erklären, dass das eigentlich nicht erlaubt ist. Die brauche ich für die Heimfahrt, auch wenn der Verkehr auf dem Highway sehr ruhig dahinfließt. Das Wetter hat sich überraschend eingetrübt, nachdem die Sonne noch vor ein paar Stunden so hell und schön aus dem klaren Winterhimmel herabgeschienen hat, als würde es für immer so bleiben.

Wir waren am Morgen zur Pferdeschlittenfahrt auf der Silver Ranch eingeladen. Manuels Vater Atilio besitzt zwei große Schlitten, in denen jeweils vier Personen und der Kutscher Platz haben. Der Schlitten, in dem Gabriel und ich mitfuhren, wurde von Manuel gelenkt. Er hatte seine Schimmelstute Fancy vorgespannt, und mit dabei waren Sarah und Lilly. Gabriels Eltern und Gran wurden von Atilio kutschiert.

Es war wunderschön, in warme Decken eingeschlagen auf dem Schlitten zu sitzen, während die Winterlandschaft vorbeiglitt – so gemächlich, dass mir kein Eiszapfen und kein Eichhörnchen entging. Außerdem war es lustig. Manuel und Attilio zogen sich ständig gegenseitig auf, und Atilio versuchte hartnäckig, uns mit Tornado, seinem Zugpferd, zu überholen.

Ich rufe mir all die schönen Bilder noch einmal ins Gedächtnis, denke an Fancys Schnauben, das dumpfe Geräusch der Hufe im Schnee. Vielleicht werde ich Manuel bitten, mir das Kutschieren beizubringen.

Als ich die ersten Häuser von Cold Creek erreicht habe, summt mein Handy.

»Chiara, du musst vorbeikommen!«, keucht Charlotte genervt, noch bevor ich einen Ton gesagt habe. »Dein Bruder ist einem Anfall von Putzwahn verfallen, und wenn demnächst nichts geschieht und du mir nicht zu Hilfe kommst, wird es schlecht für ihn ausgehen!«

Der aufdringliche Geruch von Essigreiniger hängt in der Luft und verursacht mir leichte Übelkeit.

»*Niemand* putzt an Neujahr!« Charlotte hebt die Augen zur Zimmerdecke. »Verstößt das nicht sogar gegen irgendeinen uralten Brauch?«

Giovanni hält einen Moment inne, bevor er damit fortfährt, den Herd zu schrubben. »Du klingst wie Nonna!«

Ein ansteckendes Grinsen breitet sich auf seinem Gesicht aus. Nonna Elsa hatte feste Vorstellungen davon, wie die Welt funktioniert. Dass sie auch ihre Vorstellungen davon, wie man einen anständigen Grappa brennt, an mich weitergab, konnte meine Eltern allerdings wenig begeistern.

Ich spüre Charlottes Blick auf mir, und als ich sie ansehe, lächelt sie mir zu. Sie weiß, wie sehr ich Nonna noch immer vermisse.

Ich gebe mir einen Ruck und rufe mir meine Aufgabe in Erinnerung.

»Ist es wegen Lo?«, will ich von Giovanni wissen. »Hast du Angst, dass sie die Nase über euer Haus rümpft?«

Giovanni schüttelt den Kopf, seine Miene verrät allerdings, dass ich ihn ertappt habe.

»Und wenn schon, mir wäre das ja herzlich egal!« Charlotte sieht mich anklagend an. »Ich will nur, dass dein Bruder endlich aufhört. Das ganze Haus stinkt nach Essig! Ich mache jetzt mal ein richtiges Feuer, und dann öffnen wir kurz die Fenster und lüften.« Sie hält mir Gina entgegen, die beim Stillen eingeschlafen ist, und ich nehme sie ihr vorsichtig ab. Die Lider mit den unglaublich dichten schwarzen Wimpern zucken leicht. Ich frage mich, welche Träume ein Winzling wie sie eigentlich hat.

»Also, ist es wegen Lo?«, wiederhole ich meine Frage etwas leiser, um Gina nicht zu wecken.

»Ach nein, ich vertreibe mir nur die Zeit«, behauptet Giovanni. »Das Gästezimmer oben ist schon fertig, und meine Schafe sind auch schon versorgt.«

»Du könntest mit den Hunden rausgehen«, schlage ich vor. Massimo und Buddy veranstalten eine Art Ringkampf vor dem Kamin und geben komische Geräusche von sich.

»Brillante Idee!« Charlotte nickt energisch. »Dass ich da selbst nicht drauf gekommen bin.«

»Na gut.« Giovanni scheint fast erleichtert zu sein, eine neue Aufgabe gefunden zu haben. Er räumt die Putzsachen weg und verlässt kurz darauf mit den Hunden das Haus.

»Oh. Mein. Gott.« Charlotte sieht mich kopfschüttelnd an. »Dein Bruder macht mich wahnsinnig. Weißt du, was ich glaube?«

»Hm?«

»Es ist genau so, wie du gesagt hast. Er fürchtet sich vor dem Besuch eurer Schwester. Vor ihrem knallharten Blick auf sein Leben!« Sie bricht in lautes Lachen aus, in das ich allerdings nicht so freimütig einstimmen kann.

»Ich muss zugeben, dass auch ich ein bisschen nervös bin. Also nicht wegen Mamma oder Papà. Aber Lo kann schon ganz schön hart urteilen.«

»Also ich bin ja gegen vernichtende Urteile von anderen Leuten immun.« Charlotte steht auf. »Tee und Kekse?«

»Oh, gerne.«

Charlotte setzt Teewasser auf und stöbert in der Dose mit dem Weihnachtsgebäck nach ihren Favoriten. Noch erscheint sie mir wie ihr übliches geerdetes Selbst. Ich bin gespannt, ob sich das ändert, sobald Lo hier aufschlägt.

CHIARA

Alles in Ordnung. In der Bäckerei brennt Licht, und in der Tür empfängt mich warmer Brötchenduft. Blitzschnell zerstreut sich meine allerschlimmste Befürchtung, Evan könnte an meinem ersten Tag als Übergangschefin aus Protest der Arbeit fernbleiben. Ich durchquere schwungvoll den Raum und gehe direkt in die Backstube.

»Hi, Evan! Ein frohes neues Jahr!«

»Danke, dir auch.« Evan sieht kurz auf, ohne das Kneten seines Teigs zu unterbrechen.

Alle Achtung! Drei ganze Wörter, fast ein vollständiger Satz! Das ist mehr, als ich erwartet habe.

»Kannst du die Muffins machen? Es reicht, wenn du heute eine Portion machst.« Ich ziehe meinen Mantel aus und hänge ihn hinter die Tür. Als ich mich umdrehe, starrt er mich stirnrunzelnd an. »Ist das nicht ein bisschen wenig?«

»Nein, alles gut«, sage ich knapp. Ich deute nach vorne in den Verkaufsraum, wo ich meinen Korb abgestellt habe. »Ich habe daheim eine Menge Gebäck vorbereitet.«

»Aha.« Evan zieht die Augenbrauen hoch und wendet sich ab. Na großartig. Ich werde ihm jetzt bestimmt nicht erklären, dass die Planung nicht sein Job ist. Lieber lasse ich ihn schmollen und gehe nach draußen, wo gerade die Türglocke gegangen ist. Es ist Mary, die mit roten Wangen hereinkommt.

»Ein frohes neues Jahr, liebe Chiara!«

»Dir auch, danke, Mary!«

Sie schält sich aus ihrem dicken Mantel. »Du strahlst ja richtig! Hat dein neues Jahr gut begonnen?«

»Oh … ja!«, antworte ich ein bisschen verblüfft. Besonders strahlend fühle ich mich eigentlich gar nicht heute Morgen … eher müde und – immer noch – ein bisschen traurig.

Gabriel hat sich gestern Abend sofort bei mir gemeldet, nachdem er im Hotel angekommen war. Es ist ein Hotel von der Sorte, die man sich normalerweise nicht leisten kann – mit Infinity-Pool auf dem Dach, in den er so bald wie möglich tauchen wollte. Ich habe mich für ihn gefreut. Auch über die Sonne und die Palmen, unter denen er vielleicht spazieren kann … falls dieser Kongress nicht genauso stressig wird wie sein Arbeitsalltag. Aber nach dem Gespräch wurde ich wehmütig und vermisste ihn schrecklich. Ich verzog mich mit Schokolade, heißem Tee und einem meiner Weihnachtsgeschenk-Romane ins Bett. Ohne mich abzuschminken.

»Also, wo soll ich anfangen?«, unterbricht Mary meine abschweifenden Gedanken.

Heitere doch einfach unseren Bäcker auf, liegt mir auf der Zunge, aber ich stoppe mich noch rechtzeitig. Dass Evan schwierig ist, wird sie noch früh genug selbst herausfinden.

»Kannst du die fertigen Brötchen in die Körbe packen und nach vorne bringen? Und dann frag Evan, ob du ihm bei den Muffins helfen kannst.«

Mary nickt und wirft sich gegen die Schwingtür, als wäre sie die Feuerwehr bei einem Rettungseinsatz. »Hey, Evan! Ein frohes neues Jahr! Hattest du schöne Feiertage?«, schmettert sie in die Backstube.

Ich höre gerade noch Evans Brummeln, bevor die Tür wieder zuschwingt, und beglückwünsche mich noch mal im Stillen, dass wir Mary gefunden haben. Ihre Fröhlichkeit wirkt vielleicht nicht nur auf mich ansteckend, sondern im besten Fall auch auf Evan. Mit dem Gefühl, dass alles doch ziemlich gut anfängt, wende ich mich der Kaffeemaschine zu und mache sie einsatzbereit, bevor ich mich um das Gebäck kümmere, das ich in den letzten Tagen gebacken habe. Nachdem ich alle Sorten vorsichtig auf kleinen Tabletts aufgeschichtet habe, versehe ich sie mit handgeschriebenen Schildchen: *Paste di Mandorla, Cantuccini, Baci di Loretta, Baci di Dama, Fioretti di Neve:* eine ansehnliche Auswahl, allesamt nach familieneigenen Rezepten gebacken.

Liam und Rosie reisen heute zu ihrer Tochter. Ich mag Liam ja wirklich, aber mit dem Platz in der Theke … da ist er ein bisschen speziell, was mein Gebäck betrifft. Obwohl es ja schließlich sein Umsatz ist, den ich damit steigern möchte – er bezahlt mir lediglich die Zutaten und die Arbeitszeit. Die Freude, die ich dabei habe, ist natürlich unbezahlbar. Aber jetzt ist Liam ja nicht da. Wen, außer vielleicht Evan, stört es, wenn ich das Platzverhältnis ein kleines bisschen zugunsten meiner Pasticceria verschiebe und dafür auf ein paar Muffins verzichte? Ich wette, niemanden. Natürlich lasse ich das Angebot an Brot und Brötchen unangetastet. Warum das Pferd wechseln, das gewinnt? Das sagt sogar Gabriel oft.

Nachdem die Theke eingeräumt ist und die ersten Kunden versorgt sind, nutze ich die kurze Pause und sehe auf mein Handy. Ich werde nicht enttäuscht. Gabriel hat mir vor einer halben Stunde ein Selfie geschickt. Er trägt darauf ein schönes hellblaues T-Shirt mit dem Kongress-Logo und lächelt umwerfend. Ich seufze und schreibe eine kleine Liebeserklärung zurück, die er vielleicht erst heute Abend lesen wird, wenn sein aufregender Tag vorbei ist.

Auch Giovanni hat sich gemeldet. Er ist auf dem Weg zum Flughafen. Eine heiße Vorfreude durchzuckt mich. Jetzt kann ich es kaum noch erwarten, meine Familie endlich in die Arme schließen zu können.

»So, hier wären die ersten Muffins … Vorsicht, heiß!« Mary stellt das Körbchen vor mir auf die Theke.

»Super«, bemerke ich.

»Mehr gibt's heute nicht?«, fragt Mary und wischt sich die Hände an der Schürze ab.

»Ich glaube, das reicht«, bekräftige ich.

»Ist ja genug anderes Gebäck da.« Mary grinst und begutachtet das Angebot. »Sieht ziemlich unwiderstehlich aus.« Sie nickt mit dem Kinn Richtung Backstube. »Ich würde dann noch meinen Arbeitsplatz aufräumen.«

»Kommt ihr klar?«, frage ich leise.

Mary sieht mich mit einem ehrlich erstaunten Blick an. »Aber ja! Evan ist ja wirklich seeeehr entspannt!«

Ich lasse mir Zeit, bis sie durch die Schwingtür verschwunden ist, bis ich geräuschvoll ausatme.

Sehr entspannt? Evan?

Es bleibt mir keine Zeit, weiter darüber nachzudenken.

Die Ladentür wird mit einem heftigen Stoß geöffnet, und da ist Dave, der Jenny im Rollstuhl geschickt durch die Ladentür manövriert.

»Hey, ihr zwei!«

»Hey, Chiara!« Daves blonde Locken sind verwuschelt, und er ist unrasiert. Dafür funkeln und strahlen seine Augen tiefblau wie der Lake Dillon an einem sonnigen Augusttag. Jenny hebt die Hand und lächelt. Sie hat sich ihre Jeans über dem Gips abgeschnitten, und auf den Gips hat jemand mit schwarzem Edding einen wunderschönen Pferdekopf gemalt.

»Oh, Jenny, ich bin so froh, dich zu sehen!« Ich stütze meine Ellbogen auf die Theke. »Ich habe dich vermisst!«

Jennys Augen leuchten auf. »Ebenfalls … Oh, es war so verdammt langweilig im Krankenhaus.«

»Ja, verdammt aber auch«, bekräftigt Dave und blinzelt mich über Jennys Kopf hinweg an. »Und gibt's hier eigentlich Kaffee für zwei verflucht durstige Frühaufsteher oder muss ich mir den selbst holen?«

»Mach keinen Krawall, Dave.« Ich deute auf die Kaffeemaschine. Zwei doppelte Espressi laufen bereits brummend in die Tassen.

»Wie geht es denn jetzt bei dir weiter?«, erkundige ich mich bei Jenny, als ich den beiden ihren Kaffee auf die Theke stelle. Es versetzt mir einen Stich, wie sie da leicht zusammengekauert im Rollstuhl sitzt. All die Energie und Geschmeidigkeit ihrer Bewegungen – wird das zurückkommen? Wird sie jemals wieder so reiten können wie früher? Außerdem wirkt sie in ihrer Daunenjacke schmaler als je zuvor. Der Unfall muss sehr an ihren Kräften gezehrt haben.

»Ich hoffe schnell!« Jenny verzieht das Gesicht. »Der Gips bleibt noch ungefähr vier Wochen. Ich bekomme Physiotherapie, und vielleicht gehe ich sogar in eine Reha.« Sie runzelt nachdenklich die Stirn. »Eigentlich kann ich es mir ja gar nicht leisten, aber vielleicht geht dann alles viel schneller …« Sie seufzt. »Ich will nicht undankbar sein. Es hätte viel schlimmer kommen können.«

»Ja, stimmt, trotz allem hast du Glück gehabt«, pflichte ich ihr bei. Ich fange Daves Blick auf, der schon die ganze Zeit die Zimtbrötchen hypnotisiert.

»Zimtbrötchen gefällig?«

»Absolut. Jenny, für dich auch?«

Jenny überlegt einen Moment. »Okay, ja. Ich … habe ziemlich zeitig gefrühstückt und hatte nicht mehr viel im Haus«, erklärt sie seltsam betont, während ich zwei Teller aus dem Schrank nehme.

Alles klar, Jenny, Botschaft angekommen. Du warst bei dir daheim, ohne Dave …

»Wir sind auf dem Weg zum Futterhändler«, fügt sie in einem geschäftsmäßigen Ton hinzu. Daves Mundwinkel zuckt, als er mich mit einem Blick streift. Ich wette, er weiß ganz genau, was ich gerade denke. Und was immer der aktuelle Status zwischen den beiden ist – Dave scheint nicht direkt zu leiden.

Was sich genau in derselben Minute schlagartig ändert.

Als er Jenny zu einem der Stehtische geschoben hat und noch einmal zur Theke zurückkehrt, um den Kaffee und die Zimtbrötchen zu holen, wird er von seinem früheren wilden Leben eingeholt. Ich sehe sie schon durch das Fenster, wie sie auf die Bäckerei zustöckeln in ihren Cowboystiefeln mit Megaabsatz: das blonde Zwillingsduo Sandra und Sandrine. Unwillkürlich rolle ich die Augen. Für diese beiden ist immer Party. Anders als alle anderen im Cold Creek Valley haben sie es nämlich gar nicht nötig zu arbeiten. Ihre Familie ist unermesslich reich: Ihnen gehört eine Hundefutterfabrik, und wenn man sich auch nur flüchtig auf der Straße umsieht, muss einem klar sein, dass sich Hundefutter in Colorado wesentlich besser verkauft als teure Klamotten.

Jetzt fliegt die Tür auf, und schon folgt ein entzückter Aufschrei. »Dave!«

Dave steht gerade mit dem Rücken zur Theke und kann eben noch die Kaffeebecher in Sicherheit bringen, bevor er an jede Schulter einen Zwilling kriegt und einen Wangenkuss dazu.

»Hey …«, sagt er lahm und ist sichtlich unangenehm berührt.

»Wir vermissen dich! Wo hängst du denn neuerdings ab?«, gurrt Sandra. Oder ist es Sandrine? Ich kann sie bis heute noch nicht auseinanderhalten.

»Sorry, keine Zeit.« Dave deutet mit dem Kinn zum Fenster. »Ich hab zu tun.«

Jenny hat dem Spektakel zugesehen und ihr Blick sendet tödliche Blitze aus. Ein Glück für Dave, dass er die beiden Frauen im selben Moment stehen lässt und endlich das Frühstück zum Tisch hinüberträgt.

»Ach, er macht jetzt einen auf Krankenpfleger!«, murmelt Sandrine oder Sandra, und beide wenden sich nun kichernd zu mir. Ich wappne mich innerlich.

»Machst-e du uns zwei-e Cappuccino mit extra viel-e Schaum-e?«

Das war ja klar. »Kein Problem«, antworte ich und wende mich ab.

Dio. Manchmal glaube ich, die beiden wachen morgens auf und überlegen sich, wen sie heute nerven können. Und dann fällt ihnen Chiara Di Pasqua in *Liam's Bakery* ein, die mit dem seltsamen italienischen Akzent, über den man sich so herrlich lustig machen kann. Ich möchte explodieren, entscheide mich aber, Ruhe und Gelassenheit vorzutäuschen, als ich die beiden

Tassen auf die Theke stelle. Besser keine unnötige Energie verschwenden, dieser Tag ist ohnehin aufregend genug.

Eine Weile später trifft endlich die ersehnte Nachricht von Giovanni ein: *Sie sind da. Alles okay. Wir fahren jetzt nach Hause.*

Kurz darauf blinken mir auch schon die ersten überwältigten Nachrichten von Lo entgegen: *Das sieht ja aus wie eine Postkarte! So viel Schnee!* und *Alles ist so groß! Die Autos! Der Highway! Die Berge!*

Ich muss lächeln. Nicht anders erging es mir letztes Jahr. Hätte mir damals jemand gesagt, dass dies hier in Kürze meine neue Heimat wird – ich hätte mir einfach nur an die Stirn getippt.

Als die Ladenglocke geht, lege ich schnell mein Handy weg.

»Oh, keine Muffins mehr da?« Chelsea pocht mit ihrem Zeigefinger auf die Theke und sieht mich stirnrunzelnd an.

»Tja!«, antworte ich und fühle mich ein bisschen kalt erwischt. Mir war gar nicht aufgefallen, dass der letzte soeben über die Theke gegangen ist. »Für heute sind sie aus. Aber wir haben hier noch unser Gebäck, das kann ich sehr empfehlen! Traditionelle Familienrezepte, du weißt schon.«

»Hm«, macht Chelsea. »Meine Kids wollen Muffins. Die Rabauken sind hungrig, wenn sie aus der Kita zurückkommen, und diese kleinen … Kekse, davon werden sie nicht satt. Die zerkrümeln sie nur.«

Ich schlucke. »Okay. Lass mich kurz hinten nachsehen, vielleicht sind doch noch welche da.«

Mist. Mary hat vor einer guten Stunde Feierabend gemacht und gleich noch die gute Stimmung aus der Backstube mit nach Hause genommen. Evan bereitet gerade den Brötchenteig für morgen zu und beachtet mich nicht, als ich hereinkomme. Ich werfe einen unauffälligen Blick in die Runde. Keine Muffins. Aber … noch ein kleiner Korb mit Zimtbrötchen.

»Wie wäre es ausnahmsweise mit Zimtbrötchen?«, frage ich, hinter die Theke zurückgekehrt, mit einem gewinnenden Lächeln.

Chelsea seufzt. »Okay. Na, das wird ein Theater geben.«

Oh Himmel. Ich beiße mir auf die Lippen. Theater wegen Zimtbrötchen?

Als sie draußen ist, sehe ich nervös auf die Uhr. Noch eineinhalb Stunden haben wir geöffnet. Hoffentlich kommt in dieser Zeit nicht noch einer von diesen Muffinfans.

Morgen halte ich lieber den Mund und lasse Evan machen, was er will.

Der Schlüssel dreht sich im Schloss, und ich stecke ihn mit einem erleichterten Seufzer in die Manteltasche.

Endlich Feierabend, und es ist niemand mehr gekommen, der unbedingt Muffins wollte. In ein paar Minuten bin ich in Black Dog Lands bei meiner Familie – was für ein Fest!

Aber erst mal fängt jetzt mein Handy an zu klingeln und zeigt eine unbekannte Nummer.

»Hallo?«

»Chiara, schön, dass ich dich erreiche! Hier ist Mike. Wollte nur sagen, meine Leute sind morgen früh um sieben da. Hoffe, das passt?«

Cosa? Welcher Mike und welche Leute? Dass man sich in diesem Land mit dem Vornamen begnügt, ist cool, erweist sich aber jetzt als kleines Problem. Ich stehe nämlich vollkommen im Wald.

»Die … Heizung?«, schiebt Mike jetzt praktischerweise hinterher.

»Ah ja«, mache ich. Himmel. Das Heizungsprojekt … hatte ich vollkommen aus den Augen verloren bei all den Aufregungen in meinem aktuellen Leben, und Gabriel offensichtlich auch. Wir haben schon seit Tagen nicht mehr davon gesprochen.

»Das wird eine Menge Dreck und Staub geben!« Mike klingt irritierend aufgeräumt, als wären Dreck und Staub genau das, worauf Gabriel und ich sehnsüchtig gewartet haben.

»Fein! Das freut mich!«, werfe ich ermunternd in die Pause, die jetzt entsteht.

»Wir decken natürlich alles sorgfältig ab. Aber vielleicht zieht ihr doch lieber für eine Weile in andere Räume, bis wir fertig sind.«

»Ach so, ja, alles klar«, behaupte ich, obwohl mich die ganzen Umstände vollkommen unvorbereitet treffen. Nachdem ich aufgelegt habe, weicht die Verblüffung aber schnell einem Anfall von reinster Freude. Eine kuschelige Wohnung auf Knopfdruck ist eine schöne Aussicht.

Während der kurzen Fahrt stelle ich mir vor, dass meine Familie vom Langstreckenflug und der Zeitverschiebung erschöpft auf der Eckbank sitzt, ehrfürchtig und überwältigt von der winterlichen Schönheit, die Giovannis und meine neue Heimat zu bieten hat. Als ich schließlich aus dem Auto steige und das Wiedersehen kaum noch erwarten kann, treffe ich in der geöffneten Haustür auf den leicht verschüchterten Massimo.

»Bist du schon wieder der Portier?« Ich kraule ihn kurz hinter den Ohren, und in seinem Blick liegt eindeutig eine Frage:

Wer sind diese verrückten Leute auf meiner Farm? Aus der Küche ist leiser Gesang zu hören, die Melodie eines italienischen Schlaflieds.

»Na, schauen wir doch mal nach, wer da so ist!«, sage ich gut gelaunt und öffne die Tür. Mein Blick erfasst vier Frauen meiner Familie – zwei davon sind auf der Eckbank eingedöst: Mamma und Charlotte. Ich schließe leise die Tür hinter mir und Lo, die mit Gina auf dem Arm gerade den Weihnachtsbaum betrachtet hat, dreht sich um. Das Schlaflied verstummt auf ihren Lippen, und ihr Gesicht leuchtet auf. Wir fallen uns in die Arme, so gut es eben geht, ohne Gina zu zerquetschen. Die gibt nur ein leises Brummen von sich und saugt zufrieden an ihrem Schnuller.

»Seit wann hat sie denn einen Schnuller?« Schon klar. Das sollte eigentlich nicht das Erste sein, was einem einfällt, wenn man seine Schwester nach einem halben Jahr wiedersieht.

»Seit eben.« Lo lächelt triumphierend. »Den habe ich mitgebracht – für alle Fälle. Gibt es in diesem Land und in diesem Haus überhaupt welche? Ich konnte auf die Schnelle keinen finden!« Sie sieht sich in der Küche um.

Charlotte, die anscheinend gerade eben aufgewacht ist, setzt sich mit einem Ruck auf und sieht Lo mit einem Stirnrunzeln an.

»Gib sie mir mal bitte«, sagt sie mühsam beherrscht und streckt ihre Arme nach Gina aus.

Lo seufzt und kommt ihrer Bitte unwillig nach.

»So, meine süße kleine Zuckerbohne, das hier ist nichts für dich«, gurrt Charlotte und zupft vorsichtig den Schnuller aus Ginas Mund. »Schon mal was von *Saugverwirrung* gehört?«, fragt sie und sieht Lo streng an. »Ruckzuck verlernt sie den Saugreflex, und dann haben wir hier ein echtes Problem.«

»*Cosa dice?*« Lo sieht mich verständnislos an. Der Einfachheit halber erspare ich Lo die Details und gebe ihr auf Italienisch zu verstehen, dass Charlotte keinen Schnuller für Gina möchte.

»Na gut, wie sie meint.« Lo dreht sich brüsk um und marschiert zum Weihnachtsbaum zurück.

»Lass den Weihnachtsbaum in Ruhe!«, zische ich, als sie nach einer Kugel greift.

»Aber man könnte den Baum abräumen!«, widerspricht sie. »Weihnachten ist vorbei, und das Ding versperrt so viel Platz!«

Zum Glück wird jetzt die hintere Tür aufgestoßen, und Papà stapft herein, den Arm voller Feuerholz. Sein Gesicht ist rosig vor Kälte, und er strahlt mich überglücklich an.

»Chiara! So schön, dich zu sehen!«

Schnell legt er das Holz ab. Als wir uns umarmen, spüre ich sein leichtes Zittern.

»Papà, du frierst ja! Ihr habt doch hoffentlich warme Kleidung mitgebracht?« Ich löse mich von ihm, und mein Blick wandert alarmiert von ihm zu Lo und zu Mamma.

»Die warme Kleidung haben wir doch an!« Lo rollt die Augen über so viel Begriffsstutzigkeit. Meine Schwester und Mamma tragen Wollkleider und Strumpfhosen. Los Stiefel sind von der Sorte, die dem Schnee maximal fünf Minuten standhalten werden. Welche Schuhe Mamma trägt, kann ich nicht sehen, befürchte aber, auch sie hat nichts Taugliches an den Füßen. Papàs Anzughose und Wollmantel sind ebenfalls kaum ausreichend für den Winter im Cold Creek Valley. Aber er hat wenigstens ein Paar feste Winterstiefel an den Füßen. »Ich habe ein paar warme Pullover dabei!«, versichert er mir sorglos.

»Chiara!« Mamma ist aufgewacht. Ich kann einen spitzen Aufschrei nicht unterdrücken, und schon bin ich neben ihr auf der Eckbank. Wir fallen uns ein bisschen ungeschickt, aber dafür umso heftiger in die Arme, wobei wir schluchzen und lachen wie zwei Verrückte. Ich tauche glücklich in Mammas vertrauten Duft nach Acqua di Parma, der sich heute ausnahmsweise nicht mit dem Geruch von warmem Gebäck vermischt.

Jetzt rückt Mamma aber erst mal von mir ab und betrachtet mich eingehend. »Du siehst gut aus! Und so gesund, ja, ganz rote Wangen hast du! Das Landleben scheint dir zu bekommen!«

»Du siehst auch gut aus!«, erwidere ich lächelnd und werfe einen schnellen Blick auf ihre Stiefeletten. Aber das Kleidungsthema muss warten. Mamma deutet auf den großen Koffer, der am Küchenschrank lehnt. »Wir haben ein paar Kleinigkeiten mitgebracht!«

»Exakt dreiundzwanzig Kilo!« Papà nickt triumphierend. »Kein Gramm Übergepäck!« Unter den ungläubigen Blicken von Charlotte und mir öffnet er den Koffer und stellt nach und nach die Schätze auf den Tisch: Neben jeder Menge Dolci und Gebäck haben sie Olivenöl, Pasta, Espressokaffee und Parmesankäse mitgebracht.

»Nicht schlimm, wenn wir für eine Weile einschneien!«, bemerkt Charlotte grinsend.

»Wünsch dir das bloß nicht!«, sage ich schnell. Charlotte pustet kurz die Wangen auf, schaut nachdenklich zur Decke und sagt: »Da hast du auch wieder recht!«

»Bleibst du zum Essen?« Giovanni ist hereingekommen. Auch er hat den Arm voller Feuerholz. Er wirkt unwahrscheinlich fröhlich, was mich vermuten lässt, dass sich Papà anerkennend über die Farm und die Schafe geäußert hat.

Ich schüttele bedauernd den Kopf. »Fangt ruhig schon ohne mich an«, sage ich. »Ich fahre erst mal nach Hause und komme später wieder. Morgen früh kommen bei uns die Handwerker und beginnen mit dem Heizungseinbau. Bevor der Kleiderschrank für eine Weile unter Planen verschwindet, muss ich mir noch ein paar Klamotten sichern.«

Und ein paar dicke Sachen für Lo vielleicht.

»Das klingt nach einem guten Plan.« Giovanni nickt, aber er hört nicht zu. Sein Blick hat die Geschenke auf dem Tisch erfasst und er sieht aus wie ein Kind bei der Bescherung.

Während Papà ihm erzählt, wie er sich die englischen Wörter vorher herausgeschrieben hatte, um sie auf der Zollerklärung einzutragen – *Sie haben Spürhunde beim Zoll, die Parmesankäse riechen können!* –, kläre ich mit Charlotte die Übernachtungsfrage. Wobei es da nicht viel zu klären gibt. Charlotte ist ganz meiner Meinung, dass es geradezu ideal wäre, wenn ich auf Black Dog Lands übernachte. Auf diese Weise hätte ich mehr von meiner Familie … und könnte besänftigend einschreiten, wenn es zwischen ihr und Lo wieder einmal kriselt.

Auch Margie, John und Gran finden wenig später die Idee großartig, dass ich für eine Weile umziehe.

»Geh du mal zu deiner Familie. Wir schauen nach der Baustelle und sagen dir Bescheid, wenn die Luft wieder rein ist.« Margie lächelt mir ermutigend zu.

»Ohne Gabriel ist es hier ja ein bisschen einsam für dich«, fügt Gran hinzu.

John gibt mir dann sogar noch ein paar Flaschen Wein mit, und ich muss hoch und heilig versprechen, dass wir in den nächsten Tagen alle zusammen zum Abendbrot vorbeikommen, damit sich endlich alle kennenlernen.

»Ja! Unbedingt!«, sage ich, auch wenn mir in Wahrheit etwas mulmig dabei wird. So wie ich meine Familie kenne, könnte es zu einem interessanten Zusammenprall der Temperamente kommen.

GABRIEL

Der erste Kongresstag geht zu Ende. Mein Kopf kann die neuen Eindrücke kaum noch aufnehmen. Beispielsweise in diesem Moment: die überraschend *andere* Patricia. Sie betritt die offene Rooftop-Bar mit Blick auf den tollen Pool. Ich war im Übrigen der Einzige, der es geschafft hat, dort noch schnell ein paar ordentliche Bahnen zu ziehen, bevor es mit dem geselligen Teil weitergeht. Jetzt entdeckt sie mich in der Kollegenrunde, registriert den freien Platz neben mir und kommt auf mich zugesteuert. Ich bin immer noch verblüfft. Patricia in Denver ist definitiv nicht Patricia in L. A. Letztere trägt heute Make-up, ein ziemlich offenherziges Top und ein Sonnenscheinlächeln.

»Hey!«, sagt sie atemlos und setzt sich neben mich. Kurz beäugt sie meinen Gin Tonic, dann winkt sie dem Kellner und bestellt eine Margarita.

»Das haben wir uns verdient, oder?«

»Kann man wohl sagen!«, entgegne ich. Auch wenn wir verschiedene Programme für den Tag hatten, sind wir uns immer mal wieder über den Weg gelaufen, und in einer Diskussionsrunde waren wir in derselben Gruppe. Wenn Patricia spricht, hat sie die geballte Aufmerksamkeit. Sie hat das gewisse Etwas, das selbst den richtigen Machos unter den Chefärzten Respekt abringt. Beeindruckend.

»Hast du den Vortrag *Interessante Fälle* gehört, Gabriel?«, fordert jetzt Rouwen meine Aufmerksamkeit. Er lehnt sich über den Tisch, und als ich nicke, leuchten seine Augen auf. Gleich tauschen wir unsere Eindrücke aus, und noch mehr Leute steigen in die Diskussion ein. Die Bekanntschaft von Rouwen aus Philadelphia habe ich schon beim Frühstück gemacht. Ich war sehr erleichtert, nicht der einzige Grünschnabel zu sein, der zum ersten Mal auf einem Kongress ist. Ich nehme einen Schluck von meinem Drink, und während ich die Diskussion verfolge, prickelt die Aufregung zwischen meinen Schulterblättern. Es ist so spannend, unter Menschen zu sein, die dasselbe Ziel verfolgen wie ich. Alle wollen wir unsere Kräfte dafür einsetzen, Menschen zu helfen, den Folgen eines Unfalls oder einer Krankheit zu trotzen und wieder gesund zu werden. In der Innentasche meines Sakkos knistern verheißungsvoll ein paar Visitenkarten. Ich habe durch meine Wortmeldungen in einer Diskussionsrunde immerhin die Aufmerksamkeit von zwei Klinikchefs auf mich gezogen. Wenn ich will, kann ich mich dort bewerben. Mal sehen. Mal sehen, was noch alles kommt, hier in L. A. Kurz höre ich Taylers Stimme in meinem Kopf. »Na, hoffentlich hebst du nicht ab, nur, weil du mal aus dem Tal rauskommst«, hat er mich vorhin aufgezogen. Er hatte angerufen, um zu fragen, wann ich surfen gehe. Tayler hat Humor. Ich weiß nicht einmal, ob ich den Strand überhaupt zu Gesicht bekomme.

Die Welt ist definitiv größer als das Cold Creek Valley, aber mit dieser Erkenntnis habe ich ihn lieber verschont, weil er gerade auf dem Weg zum Kindergarten war und die Zwillinge auf dem Rücksitz *Wir sind gefährliche Eichhörnchen* sangen. Was zugegebenermaßen ziemlich lustig klang.

»Erinnerst du dich an den angeblichen Herzinfarkt?« Patricia tippt mich an die Schulter, und ich vergesse sofort Tayler in seiner verbeulten Karre, die durch den Tiefschnee pflügt.

»Das war ein interessanter Fall!«, fügt sie grinsend hinzu.

Ich nicke und beobachte, wie Rouwen gefesselt an Patricias Lippen hängt, als sie den Fall eines Jugendlichen schildert, der mit heftiger Atemnot und Engegefühl in der Brust in unsere Notaufnahme eingeliefert wurde. Es war aber nicht das Herz. In seinen Bronchien fanden wir Stückchen von Erdnüssen, an denen er sich Tage zuvor heftig verschluckt hatte.

»Verrückt!«, sagt Kim, eine Neurochirurgin aus Dallas. Sie schüttelt den Kopf und sieht von mir zu Patricia. »Ihr seid wohl ein richtig gutes Team!«

Ich erkenne eine Frage in ihren Augen. Das Wort *Team* bekommt plötzlich eine andere Bedeutung.

»Oh ja, definitiv!« Patricias Ton bleibt genau zwischen dem einer nüchternen Feststellung und einer Andeutung.

Eine Reaktion meinerseits bleibt mir erspart, weil sich jetzt einer der Klinikchefs, die mir ihre Visitenkarte gegeben haben, in die Unterhaltung einschaltet und mir eine Frage zu dem damaligen Diagnoseverfahren stellt. Während ich kurz überlege, beginnt das Handy in meiner Hosentasche zu vibrieren. Ich ahne, dass es Chiara ist, die mir eine Gute Nacht wünschen will. Mir wird heiß, ich bin hin- und hergerissen, aber dann gelingt es mir doch, mich auf meine Antwort zu konzentrieren. Mein Gegenüber nickt anerkennend. Das Vibrieren verstummt und ich kämpfe gegen das schlechte Gewissen an, als sich die Unterhaltung fortsetzt. Na ja, versuche ich mich vor mir selbst zu rechtfertigen, ich hätte jetzt sowieso schwer umschalten können. In diesem Moment bin ich ein Teil einer Welt, die mir so schillernd und interessant vorkommt. Vielleicht liegt es nur am Gin Tonic. Mit einem Mal weiß ich nicht mehr so genau, wohin ich mit meiner Karriere will und wer ich sein möchte in dieser irren Vielfalt von Möglichkeiten.

Ein paar Minuten später sehe ich unauffällig auf das Display. Ein verpasster Anruf von Chiara und eine Nachricht, die mit einem Smiley beginnt. *Habe total vergessen, dass wir eine Heizung bekommen. Jedenfalls geht es morgen los. Wohne für eine Weile bei Giovanni. Meine Familie ist gut angekommen. Viel los. Lass uns morgen telefonieren, Kuss Chiara.* Nachdem ich meine Antwort abgeschickt habe, warte ich noch einen Moment. Aber der zweite Haken neben meiner Nachricht erscheint nicht. Chiara schläft wohl schon.

CHIARA

Am Ende haben wir den Weihnachtsbaum dann doch noch abgeschmückt, obwohl sich Charlotte zuerst ein bisschen gesträubt hat. Natürlich wollte sie auf gar keinen Fall zugeben, dass der spontane Impuls von Lo gar nicht so verkehrt gewesen war. Aber dann brauchten wir den Platz für meine Klappliege. Alle halfen mit und es kehrte wieder Harmonie ein. Dazu trug natürlich auch das fantastische Abendessen bei, das Giovanni vorbereitet hatte und das noch auf dem Tisch stand, als ich von Three Oaks zurückkehrte. Völlig klar, dass er in den kommenden Tagen sein bestes Repertoire an Köstlichkeiten auf den Tisch bringen wird. Schließlich muss er unserer Familie beweisen, dass er auch im Cold Creek Valley die Tradition einer *buona cucina* nicht vergessen hat. Es war so wie immer mit meiner Familie. Wir aßen, bis wir nicht mehr konnten, wir redeten, lachten und zankten ein bisschen. Einfach wunderschön. Papà, Mamma und Lo hielten erstaunlich lange durch, bevor sie sich nach oben ins Gästezimmer zurückzogen. Charlotte, Giovanni und ich blieben noch eine Weile am Tisch sitzen, und wir dachten uns ein Programm für unsere Gäste aus.

»Bloß nicht zu viel draußen in der Kälte!«, gab ich zu bedenken. »Sie haben einfach nicht die richtigen Klamotten dazu.«

»Nicht so schlimm.« Giovanni zuckte mit den Schultern.

»Ich hatte nicht erwartet, dass sie auf Schneewanderungen im Gebirge aus sind.«

»Sie sind einfach Stadtmenschen, was, Chiara?« Charlotte grinste mich unverhohlen an und ich grinste zurück. Wir dachten beide an meine Ankunft im Cold Creek Valley. Wie ich mit meinen Absatzstiefelchen durch den Schnee gerutscht war und mir die Beine in den Strumpfhosen vor Kälte kribbelten. Und Charlotte mich sofort zur nächsten Mall schleppte, wo ich mich kältetauglich einkleidete. Es kommt mir vor, als wären seither Lichtjahre vergangen.

»Also, was machen wir?«, unterbricht Giovanni meine Erinnerungen und beantwortet sich seine Frage gleich selbst: »Morgen können sie erst mal die Bäckerei kennenlernen.«

»Wunderbar!«, sage ich und freue mich jetzt schon auf Evans begeistertes Gesicht.

Mein Handywecker reißt mich aus dem Tiefschlaf. Ich schwinge mich mit einem tiefen Seufzer von meiner Klappliege und taste mich im Dunklen vorsichtig zum Lichtschalter. So leise wie möglich hantiere ich mit dem Espressokännchen, setze es auf den Herd und angle mir eine Tasse aus dem Schrank. Ob ich meine Familie wecken soll?, frage ich mich, und nehme, einer Eingebung folgend, gleich noch das zweite Kännchen in Betrieb. Eine gute Idee. Noch bevor der Kaffee kocht, knarrt eine Stufe, und meine Familie kommt im Gänsemarsch die Treppe herunter. Alle drei sind startklar für den Tag – eine Spur übernächtigt, aber immerhin tragen sie ihre Strickjacken.

»Guten Morgen!« Ich strahle sie an. »Kaffee ist gleich fertig!«

»*Perfetto* …«, murmelt Papà ein wenig matt und streicht mir im Vorbeigehen über die Haare.

»Wir sind seit vier Uhr wach, ehrlich gesagt …«, flüstert Mamma.

»Klar, ihr seid um acht ins Bett gegangen!«, sage ich.

»Abgesehen davon habe ich wunderbar geschlafen!«, schwärmt Lo. »Es ist so unglaublich still hier!«

»Stimmt. Wenn nicht gerade eine Waschbärenparty stattfindet.«

»Ich kann es kaum erwarten, die Bäckerei zu sehen!« Los Augen glänzen. »Und wir haben schon besprochen, was wir heute für dich backen.«

»Ihr wollt backen?!« Ich starre in drei lächelnde, nickende Gesichter. Oh. Das hatte ich mir anders vorgestellt. Eher so eine Art geselliges Beisammensein in meiner Obhut hinter der Theke … Mir wird ein bisschen heiß, weil ich mich frage, was Evan dazu sagt. Aber die Begeisterung meiner Familie ist zu überwältigend, und mein Widerstand löst sich auf.

»Okay«, sage ich lächelnd. »Wir schauen mal, ob das funktioniert mit euch und unserem Bäcker Evan. Er ist manchmal ein bisschen … schlecht gelaunt.«

»Ah, kein Problem.« Mamma winkt ab. »Wenn er uns nicht im Weg herumsteht, ist alles gut.«

Himmel. Das wird ein interessanter Tag.

»Und am Mittag holt euch Giovanni ab«, verkünde ich. »Er muss einkaufen, und ihr könnt einen echten amerikanischen Supermarkt kennenlernen.«

Die drei reißen die Augen auf.

»Wunderbar!« Mamma lächelt hingerissen. »Aber wir müssen zusammenbleiben, die sollen ja so riesig sein, die Supermärkte.«

Papà legt ihr beruhigend eine Hand auf den Arm. »Natürlich.«

Giovanni hat vollkommen recht. Eine Schneetour hätte wahrscheinlich nicht halb so viel Vorfreude ausgelöst.

»Sehr rustikal irgendwie.« Der Gesichtsausdruck meiner Schwester wechselt zwischen Entsetzen und Faszination, als wir die Bäckerei betreten.

»Ein richtiges Blockhaus! Das gefällt mir!«, beeilt sich Papà zu sagen.

»Und außerdem ist die Lage idyllisch. Das werdet ihr später sehen, wenn es hell ist.« Ich deute zu den Fenstern. »Man hat Blick auf den Fluss, und im Sommer können wir Tische rausstellen.«

»Davon hast du erzählt.« Mamma lächelt. »Gabriel und du, ihr habt viel Zeit am Fluss verbracht, oder?«

Ich seufze. »Lange her.«

»Ein bisschen mehr Flair wäre hier drinnen aber schon schön!« Lo sieht sich immer noch im Laden um.

Jetzt kommt auch Mary durch die Tür. Sie schnauft schwer.

»Sorry, ich bin spät. Robin hatte keine Lust auf die Kita. Das war ein kleines Drama …«

»Kein Problem. Meine Familie ist hier und … unterstützt uns heute ein bisschen!«

»Oh, großartig!« Mary lächelt.

Ich stelle alle schnell einander vor, und dann stürzt sich Mary auf die Kaffeemaschine, während ich meine Familie in die Backstube führe.

Als wir zu viert hereinkommen, breitet sich in Evans Gesicht blankes Entsetzen aus, das sich noch vertieft, als ich ihm erkläre, was geplant ist. Nicht, dass ich es *wirklich* geplant hätte, aber egal.

»Guten Morgen, wie geht's?«, murmelt er zur Begrüßung – das Mindeste an Höflichkeit, was sich bei neuen Bekanntschaften im Cold Creek Valley gehört.

»Guten Morgen!«, echot Papà, der so gut wie kein Wort Englisch spricht, und Mamma nickt nur mit einem strahlenden Lächeln.

Lo dagegen glaubt, dass jetzt eine gute Gelegenheit ist, ihre Sprachkenntnisse ins Spiel zu bringen.

»Danke, uns geht es gut!«, antwortet sie. »Und wie sieht's mit dir aus?«

»Großartig!« Evan nickt und will sich wieder seinem Brötchenteig widmen.

»Wir haben Probleme mit dem Jetlag. Also in Hamburg ist es jetzt gerade acht Stunden später«, fährt Lo fort, der nicht klar ist, dass die üblichen Begrüßungsfloskeln schon beendet sind. »Acht Stunden! Kannst du dir das vorstellen?«

Evan nickt leicht irritiert, aber ich schalte mich nicht ein, als Lo erneut Luft holt. Meine kleine rabenschwarze Seele grinst in sich hinein.

»Und so kalt wie hier ist es in Hamburg auch nicht!«, fährt Lo fort. Sie wirft mir ein Lächeln zu, das nichts anderes sagt als *Sieh an! Mein Schulenglisch, ist das nicht wunderbar in Form?*

»Tolle Öfen!«, sagt Papà, der sich inzwischen ein bisschen umgesehen hat. »Und so viel Platz!«

»Viel Arbeitsfläche!« Mamma hat sich auf die Zehenspitzen gestellt und inspiziert die Oberschränke. »Und gut aufgeräumt!«

Evan nutzt die Gelegenheit und trägt schnell einen vollen Brötchenkorb nach draußen. Als er zurückkommt, zieht er seine In-Ear-Kopfhörer aus der Hosentasche.

»Ich höre beim Arbeiten Musik!«, sagt er mit einem kleinen Schulterzucken zu Lo und stöpselt die Dinger schnell ein. In Wahrheit tut er das nicht sehr oft. Ich glaube, er kriegt ganz gerne mit, was draußen im Verkaufsraum so läuft.

»Wir hören gerne Radio nebenbei!«, antwortet Lo. »Aber wir unterhalten uns immer so laut, dass man es gar nicht hört.«

Evan sieht sie mit einem leeren Gesichtsausdruck an. Bestimmt wünscht er mich und meine Familie gerade auf den Mond.

»Also gut!« Lo streicht mir lächelnd über den Arm, um mich dann schon mal in Richtung Ausgang zu schieben. »Lass du uns hier arbeiten, wir finden uns schon zurecht!«

Ich verlasse den Raum und habe das Gefühl, dort drinnen eine vor sich hin schmorende Zündschnur zu hinterlassen.

»Kannst du vielleicht Evan ein bisschen unterstützen?«, frage ich Mary.

»Ist da drinnen nicht sowieso schon Gedrängel?«, gibt sie skeptisch zurück.

Ich seufze. »Ich muss gestehen, das war nicht so geplant. Evan ist nicht begeistert. Es wäre schön, wenn du wenigstens ab und zu bei ihm auftauchst. Ich fürchte, sonst flippt er aus.«

»Okay, alles klar!« Mary grinst mich an, und ich gebe innerlich einen Stoßseufzer der Erleichterung von mir.

An diesem Vormittag entstehen hinter meinem Rücken Bleche voller verführerischer Sfogliatelle. Allerdings alles andere als geräuschlos und mit einigem Hin und Her. Weil der Teig für das gefüllte Strudelgebäck normalerweise mit der Nudelmaschine ausgerollt wird, sich eine solche aber – noch – nicht in der Backstube befindet, muss Giovanni extra anrücken und seine eigene bringen.

Als das Gebäck schließlich in die Vitrine gewandert ist, kommt ein Kunde, der immer extra aus Denver anreist, und kauft gleich zehn Stück davon für die Leute in seinem Büro. Papà, Mamma und Lo, die am Stehtisch eine kleine Pause einlegen, platzen fast vor Stolz. Ich verschweige, dass das ein Glücksfall ist. Tatsächlich läuft der Verkauf von meinem Gebäck nicht so fabelhaft, wie ich es mir erhofft habe. Ich versuche, nicht enttäuscht zu sein. Die Leute müssen sich wohl erst an das neue Angebot gewöhnen.

Als Giovanni gegen Mittag wieder erscheint, drängt Mamma ihn gleich, die Sfogliatelle zu probieren, eine Aufforderung, der er nur zu gerne nachkommt.

»Ein Stück süßes Italien im Cold Creek Valley …«, sagt er kauend. »Was für ein Traum!«

Du ahnst nicht, dass es genau das ist, wovon ich träume, Giovanni!

»Auf zum spannenden Wocheneinkauf im Safeway!«, sage ich und scheuche die vier in Richtung Ausgang.

Aber Lo hat noch etwas Wichtiges loszuwerden.

»Dieser Evan«, bemerkt sie mit einem vorwurfsvollen Blick in Richtung Backstube. »Ich finde, er arbeitet schrecklich langsam! Und dann hört er auch noch Musik und kriegt nichts von allem mit, was um ihn herum passiert!«

»Alles klar!«, sage ich und beiße mir auf die Lippen. »Ich weiß deinen Rat immer zu schätzen!«

»Kommen wir morgen wieder?«, erkundigt sich Mamma, als sie schon fast an der Tür sind.

»Oh nein, wir machen eine Tour durchs Gebirge, aber keine Angst, das meiste könnt ihr aus dem kuscheligen Auto heraus bestaunen!«, sagt Giovanni.

Was mit Sicherheit eine gute Alternative ist.

Ich werde Evan jetzt etwas Zeit geben zum Erholen und dann bei ihm reinschauen. Sicher fällt mir bis dahin auch etwas ein, was ich sagen könnte. Etwas Freundliches über diesen sicherlich sehr anstrengenden Vormittag für ihn, das aber keinesfalls so klingt, als würde ich einen Fehler einräumen. Gegenüber Typen wie Evan sollte man das lieber nicht tun, sagt mein Erfahrungsschatz aus der Vergangenheit.

Ein paar Minuten später schiebt Charlotte ihren wunderschönen weiß-rosa getupften Kinderwagen über die Schwelle, als ich gerade das kurze Telefonat mit Gabriel beende. Bei ihm ist Mittagspause und er sitzt mit einem Sandwich in der Sonne.

»Wir dachten, wir schauen mal nach dir.« Charlotte lächelt und blickt sich suchend um. »Und wo steckt Mary?«

»Die ist schon um zwölf gegangen. Dafür bleibt sie morgen bis zum Schluss, und ich kann ein bisschen früher gehen.«

»Praktisch.« Charlotte legt den Kopf schief. »War das eben Gabriel am Handy?«

»Oh ja. Und es scheint so, als wäre er ganz in seinem Element.« Ich zucke seufzend die Achseln. »Aber natürlich ist diese Oberärztin dabei, und ich glaube, sie hält ihn weiterhin auf Trab. Es klang jedenfalls nicht so, als wäre er zur Erholung dort. Eher so, als hetzte er von Veranstaltung zu Veranstaltung.«

»Hm.« Charlotte ist näher getreten und studiert das neue Gebäck in der Vitrine.

»Aber sie bleibt nicht die ganze Woche«, schiebe ich hinterher. »Vielleicht wird's dann etwas entspannter.«

»Auch für dich«, stellt Charlotte trocken fest. Die Szene auf dem Christmas Ball, von der ich ihr erzählt habe, fand sie auch nicht gut.

Ich spähe in den Kinderwagen. Gina ist gerade aufgewacht und schaut mich mit großen Augen an. »Du erholst dich gerade ein bisschen von meiner Familie?«

»Es ist manchmal eine kleine Herausforderung.« Charlotte schüttelt grinsend den Kopf. »Hat Giovanni schon Brot gekauft?«

»Ja, hat er. Aber dich kann ich doch bestimmt zu Milchkaffee und Gebäck einladen?«

»Gerne.« Charlotte grinst. »Wenn ich hier arbeiten würde, wäre ich garantiert die ganze Zeit am Naschen. Und wie läuft's so bei dir? Alles im Griff?«

»Ich glaube schon!«, antworte ich und lasse den Milchkaffee in eine große Tasse laufen.

Die Schwingtür öffnet sich, und Evan kommt aus der Backstube. Er zieht sich den Reißverschluss seiner Jacke zu und nickt kurz in Charlottes Richtung.

»Bis morgen dann, Chiara!«, knurrt er und ist schon durch die Tür, bevor ich auch nur irgendwas Nettes sagen kann.

»Tss«, macht Charlotte. »Ist der schlecht drauf, oder kommt's mir nur so vor?«

»Ersteres!« Ich will jetzt nicht über Evan nachdenken. Es ist schön, dass ich Charlotte ein paar Minuten für mich habe. In den letzten Tagen hatten wir so gut wie keine Gelegenheit, unter vier Augen zu quatschen. Ich stelle den Milchkaffee und einen kleinen Teller mit Gebäck auf die Theke. Charlotte schnuppert an einem Mandelkeks, bevor sie mit geschlossenen Augen hineinbeißt.

»Oh Gott. Das ist herrlich.« Sie hebt die Augen zum Himmel. »Du hast so ein Talent!«

»Danke.« Ich zögere kurz, aber dann sage ich: »Liam hat neulich angedeutet, dass er darüber nachdenkt, sich aus dem Geschäft zurückzuziehen. Also noch völlig vage, aber trotzdem habe ich ihm gesagt, dass ich die Bäckerei dann liebend gerne übernehmen würde.«

Charlotte reißt die Augen auf. »Das wäre ja ideal!«

»Stimmt. Aber behalte das bitte für dich, sonst flippt meine Familie wieder vorauseilend aus, und das ist anstrengend.«

»Ich weiß. Natürlich.« Sie stellt ihren Kaffee ab und wirft einen prüfenden Blick in den Kinderwagen. »Das gute Kind! Schon wieder eingeschlafen!«

»Also mal abgesehen davon, dass ich vorher eine Aufenthaltsgenehmigung brauche und noch ein bisschen mehr Kapital«, fahre ich fort. »Außerdem muss ich Gabriel davon überzeugen, dass er nicht sieben Tage die Woche in der Klinik schuften kann. Weil wir sonst überhaupt keine Zeit mehr miteinander verbringen.«

»Oh-oh!« Charlotte knabbert nachdenklich an ihrem Gebäck.

»Schön, dass mich jemand versteht!« Ich hebe die Augen zum Himmel. »Es würde mir so viel bedeuten, etwas Eigenes auf die Beine zu stellen!«

»Versteht Gabriel das etwa nicht? Er ist doch immer so einfühlsam, da könnte ich ja manchmal glatt neidisch werden!«

»Ich weiß nicht. Ich habe ihm davon erzählt, aber er hat nur aufgezählt, was alles dagegenspricht – als wäre das nötig! Dann haben wir uns gezankt, und seither ist er nicht mehr darauf zurückgekommen.«

»Ach, lass ihn mal in Los Angeles die große weite Welt schnuppern. Und wenn er wieder hier ist, redest du noch mal mit ihm. Bestimmt kann er nachempfinden, wie gerne du mehr sein willst als seine mitgebrachte Freundin, die ein bisschen nebenher arbeitet.« Sie greift über die Theke und streichelt meinen Arm. »Mach dir keine Sorgen. Das wird schon.«

»Danke für deine Unterstützung.«

»Immer gerne.« Sie wirft einen Blick auf ihr Handy und richtet sich auf. »Oh, ich mache mich jetzt mal auf den Weg, das Essen vorbereiten. Wir sehen uns ja dann schon bald wieder!«

»Schön, dass du vorbeigekommen bist!«

Ich gehe voraus und öffne ihr die Tür. Dann sehe ich ihr nach, wie sie den Kinderwagen energisch durch den Schnee auf ihr Auto zuschiebt.

Ich bin so unendlich froh, dass ich Charlotte habe.

Giovanni hat Pizza gebacken, und der Tisch ist schon gedeckt. Auch Dave ist heute gekommen, sorgfältig rasiert und in seinem schönsten Hemd. Ich setze mich neben ihn und beobachte mit einem inneren Grinsen die faszinierten Blicke, mit denen meine Schwester den ersten echten Cowboy ihres Lebens mustert.

»Was hast du heute so getrieben?«, erkundige ich mich bei Dave.

Er zuckt die Schultern. »Nichts Besonderes. Jenny hat sich

kurzfristig einen Platz in einer tierisch teuren Rehaklinik in Denver besorgt. Ich habe sie hingebracht.«

»Na, das klingt nicht gerade begeistert?«

»Sie meint, dann wird sie schneller fit«, antwortet er einsilbig.

»Findest du das blöd?«

»Finde ich das *wie*?«, fragt er ehrlich erstaunt zurück.

»Du klingst so. Enttäuscht. Verärgert.«

»Hm.« Er kratzt sich im Nacken. »Na ja, ich habe den Eindruck, sie will mich loswerden.«

»Wir kommst du denn darauf? Hat sie gesagt, dass du sie nervst?«

Er lacht auf. »Das sagt sie mir jeden Tag, das ist nichts Ungewöhnliches!«

»Kann losgehen!«, ruft Giovanni und hievt das Blech aus dem Ofen.

»Hast du vielleicht morgen Zeit für einen Ausritt?«, fragt Dave leise. »Es wird sonnig, und der Pulverschnee an meinem Hang ist herrlich. Ich weiß, du hast Besuch … aber wir würden nicht so lange bleiben.«

»Das muss ich abklären.« Ich beuge mich vor zu Giovanni. »Bleibt es bei eurer Tour durchs Gebirge? Dave würde morgen ausreiten, und ich könnte mit … für eine Stunde oder so.«

Giovanni nickt. »Ja, wir fahren die Peak-to-Peak-Tour, damit sie ein paar von den richtig hohen Bergen sehen, und auf dem Rückweg kehren wir in Boulder in zwei, drei Cafés ein, um uns zu stärken. Da sind wir ziemlich lange unterwegs. Richte dich einfach gar nicht nach uns.«

»Ja, wir sind schon sehr neugierig!«, sagt Mamma. »Auf die Landschaft und auf die Cafés natürlich!«

Es hat in meiner Familie eine gewisse Tradition, Cafés zu besuchen, so viel Gebäck wie möglich zu essen und nebenbei nicht gerade diskret über dessen Qualität zu diskutieren. Ich bin ganz froh, diese Veranstaltung zu verpassen, weil es mir meistens ein bisschen peinlich ist.

»Gut, wenn ihr sowieso unterwegs seid, kann ich ja ein bisschen in den Schnee«, sage ich. »Und beim Abendessen machen wir es uns wieder alle gemütlich.«

»Ja, mach das«, pflichtet mir Lo bei. »Heute bist du wirklich sehr blass. Vielleicht gibt es in dieser Stadt ja einen Laden, dann kaufe ich dir ein schönes Rouge.«

»Ach, Lo, du bist so lieb, aber das musst du nicht!« Ich schüttle lächelnd den Kopf. »Sobald ich ein bisschen draußen war, sehe ich gleich viel frischer aus.«

»Na, das werden wir ja sehen!«, gibt Lo zurück und blinzelt mich an.

Ich wende mich wieder Dave zu. »Okay, dann reiten wir morgen aus!« Sosehr ich Gabriel um die kalifornische Sonne beneide – ein Ausflug in den Schnee ist für mich mindestens genauso schön.

GABRIEL

»Hey, nimm dir Handschuhe und Neoprenschuhe mit, die sind in der Leihgebühr für den Wetsuit drin!«, sagt der Typ, als ich mit dem Neoprenanzug und einem schicken Board in Türkis an die Theke komme. »Glaub mir, das Wasser ist kalt. Ist schließlich Winter!«

»Schon klar. Winter.« Ich muss grinsen. »Ich bin aus Colorado.«

»Wow. Ihr habt den großartigen Schnee zum Snowboarden.«

»Stimmt.«

Wir fachsimpeln noch ein bisschen über das Snowboarden, dann wünscht er mir viel Spaß und ich marschiere voll freudiger Erwartung zu meinem Wagen zurück. Auf der kurzen Fahrt zum Strand wandern meine Gedanken zurück zu Chiaras Nachricht von vorhin. Schön, dass auch sie heute Zeit für ihr Hobby hat, was viel zu selten vorkommt. Unwillkürlich zieht sich mein Herz zusammen. Obwohl ich in eine faszinierende Welt abgetaucht bin, kann ich es kaum erwarten, bis der Kongress in zwei Tagen vorbei ist. Leider findet am letzten Abend ein geselliges Event statt, den ich nach Patricias Worten besser nicht verpassen sollte. Ich wäre am Samstagmorgen lieber schon im Cold Creek Valley neben Chiara aufgewacht.

Als ich auf den Parkplatz neben dem Manhattan Beach Pier rolle, kann ich es nicht fassen. Genau dieses Bild war es, was ich die ganze Zeit vor Augen hatte: herrlich weißer Strand, ein paar Typen, die Volleyball spielen, und Wellen, die wie riesige Walzen heranrollen, brechen und schäumend den Strand heraufkriechen. Und jede Menge Surfer natürlich.

»Das ist der perfekte Surfspot für dich!«, hat Tayler sich vorhin am Telefon ereifert. »Manhattan Beach hat von allem was – direkt am Pier die richtigen Brecher, und links und rechts wird's ein bisschen entspannter.«

Er hat wirklich gut recherchiert und stirbt fast vor Neid, dass ich hier bin. Die Spätnachmittagssonne sinkt schon dem Horizont entgegen und taucht den Ozean in golden-oranges Licht. Ich zähle ein halbes Dutzend Surfer etwas abseits vom Pier, wo die schönen langen Wellen sind. Da will ich erst mal hin. Aus der Übung bin ich definitiv, und ich sollte es besser langsam angehen lassen.

Ich mache ein paar Warm-up-Übungen und sehe dabei aufs Wasser. Es ist immer gut zu wissen, wie groß die Wellen werden und wie sie brechen. Und dann kann es endlich losgehen. Wenige Minuten später finde ich mich im Line-up wieder. Das Brett schaukelt sanft unter mir, ich paddle ein bisschen und sehe zu, wie sich dort draußen das nächste Wellenset aufbaut. Irgendwie hat mein Körper nichts vergessen. Das Wasser unter mir, das sich weich anfühlt und trotzdem so viel Kraft in sich birgt. Der Ozean atmet, und dann spannen sich ganz automatisch meine Muskeln an und ich lande punktgenau auf dem Brett, als sie da ist – meine Welle. Ich fliege über ihre breite Schulter, als wäre ich erst gestern und nicht vor mehr als zwei Jahren zum letzten Mal surfen gewesen – Glück und Adrenalin fluten gleichzeitig meinen Körper, am liebsten würde ich laut schreien. Was ich aus Rücksicht auf die anderen und den Lifeguard aber tunlichst unterlasse. Kein Zweifel, es war die beste Idee überhaupt gewesen, mir diesen Nachmittag doch noch zu gönnen. Dass ich keine Veranstaltung verpasse, die ich dringend besuchen sollte, hat mir die Sache erleichtert. Außerdem ist Patricia heute Morgen schon abgereist, und ich kann es in den verbleibenden zwei Tagen etwas lockerer angehen, muss ihr nicht beweisen, dass ich die Einladung zu dieser Veranstaltung wert war.

Ich gerate in einen richtigen Rausch. Die Wellen sind genau so, dass ich sie relaxed herunterfahren kann. Nur einmal erwischt es mich und eine Welle bricht zu früh unter mir. Ich höre das verhängnisvolle Gurgeln und Zischen, und schon mache ich einen unfreiwilligen Abgang. Nicht schlimm, ich komme zurecht. Erst als meine Beine vor Erschöpfung zittern, gehe ich aus dem Wasser.

Ich bleibe noch ein paar Minuten im Sand sitzen, um mir den Sonnenuntergang anzusehen. Es kommt mir vor, als wären Ewigkeiten vergangen, seit ich so befreit und entspannt sein konnte.

In den letzten Tagen habe ich viel über meine Karrieremöglichkeiten nachgedacht. Und über Patricia, die gleichzeitig eine Herausforderung ist und – jedenfalls in manchen Augenblicken – tatsächlich eine Versuchung. Wofür ich mich hassen könnte. Es fühlt sich ein bisschen so an, als wollte mich das Leben testen, ob ich wirklich auf dem richtigen Weg bin. Ich kann es vor mir selbst nicht verleugnen, dass mich ihre Intelligenz, ihr Scharfsinn und ihr kompromissloser Einsatz faszinieren. Aber dann höre ich Chiaras weiche Stimme am Telefon, hinter der sich so viel Wärme und Liebe verbirgt. Und sofort weiß ich, dass sie die Frau ist, die mein Herz hält. Vielleicht ist die ganz große Karriere auch gar nichts für mich.

Mein Gedankenkarussell wird jäh gestoppt, und die Außenwelt bricht herein. Draußen bei den grünen Wellen hat es jemanden vom Board gehauen. Ich schaue zwangsläufig auf die Stelle, wo er untergetaucht ist, als ein zweiter Surfer plötzlich laute Hilferufe von sich gibt und mit den Armen genau zu diesem Punkt hin gestikuliert. Mein Puls katapultiert sich in die Höhe, als ich den Lifeguard losspurten sehe. Ich springe auf und hetze ihm hinterher.

Ausgerechnet jetzt werden die Wellen höher. Ich tauche ins Wasser und schwimme gegen die hereindrängende Flut an, während mein Blick suchend umherschweift. Dann entdecke ich den reglosen Körper, der etwas weiter nach rechts wie ein Stück Treibholz Richtung Strand geschleudert wird. Der Lifeguard erreicht ihn zuerst, zieht ihn in den Schleppgriff. Jetzt bin ich auch bei ihm.

»Kannst du das Brett losmachen?«, keucht er. Der Verunglückte ist ein junger Kerl und wesentlich größer als sein Retter. Ich greife zu, und im zweiten Anlauf gelingt es mir, die Leine vom Knöchel des Verunglückten zu lösen. Besser, er verliert sein Board als sein Leben. Und hier geht es um Sekunden.

»Okay … Notruf?«

»Hab ich!« Der Lifeguard schwimmt mit kräftigen Beinschlägen neben mir in Richtung Ufer. Er hustet, weil ihm die Wellen ins Gesicht schwappen. »Verdammt, er ist bewusstlos!«

»Ich kann helfen. Ich bin Arzt!«, rufe ich. In den Augenwinkeln sehe ich den anderen Surfer, der uns folgt. Wir erreichen das flache Wasser und schleppen den Mann auf den Strand. Er blutet heftig aus einer Platzwunde am Kopf.

»Typisch. Hat sein eigenes Board abgekriegt«, murmelt der Lifeguard zwischen den Zähnen.

Aber das höre ich schon fast nicht mehr. Als ich mich zu dem Verletzten herunterbeuge, bestätigt sich mein schlimmer Verdacht. Der Mann ist nicht nur bewusstlos – sein Herz steht still. Ich muss Herzdruckmassage und Atemspende geben. Wie wir es hundertmal geübt haben und ich es bisher nur ein einziges Mal im Ernstfall praktiziert habe. Ich denke nicht mehr. Ich will nur, dass dieser Mensch überlebt. Der andere Surfer steht neben mir. *Dan, bitte, Dan, du schaffst das. Du musst atmen …* Seine flehentlichen Worte hallen in meinen Ohren, aber jetzt nehme ich auch das anschwellende Sirenengeheul wahr. Plötzlich ein Röcheln, der Mann krümmt sich, spuckt, keucht, ringt nach Atem, atmet. Jemand drängt sich neben mich. Es ist der Notarzt.

»Danke, Mann!«, sagt er. Ich stehe auf und stoße fast mit dem anderen Surfer zusammen. »Hey«, sage ich und lege ihm die Hand auf die Schulter. »Ist das dein Kumpel?«

»Mein Bruder«, antwortet er heiser, ohne den Blick vom Boden zu wenden, wo sich der Notarzt um Dan kümmert. Der hat schon die Augen geöffnet und scheint zwischen Röcheln und Husten etwas sagen zu wollen.

»Jetzt nicht«, sagt der Notarzt streng. »Ihr könnt gleich im Rettungswagen noch quatschen.«

Ich brauche ziemlich lange, bis sich mein Puls wieder normalisiert hat. Der Rettungswagen ist längst abgefahren, als ich mich schließlich dazu aufraffe, meine Klamotten in den Surfshop zurückzubringen. Erst als ich wieder im Hotel bin, spüre ich meinen Hunger und meine Erschöpfung. Ich lasse mir etwas von dem Abendbuffet aufs Zimmer bringen. Mir ist nicht danach zumute, mit irgendjemandem zu reden. Außer mit Chiara. Aber Chiara geht nicht ans Handy. Kurz überlege ich, auf Black Dog Lands anzurufen. Ich weiß ja, dass sie zurzeit dort übernachtet. Aber dann verwerfe ich die Idee gleich wieder. Vielleicht ist es ganz gut, dass ich sie nicht erreichen kann. Sicher ist sie glücklich mit ihrer Familie zusammen, und warum sollte ich sie mit dieser Geschichte beunruhigen? Am Ende ist ja alles gut gegangen.

Kurz darauf vibriert mein Handy. Auf dem Display leuchtet eine Nachricht von Dad auf. *Es geht voran*, schreibt er. *Deine Mutter und Gran lassen schön grüßen. Wir trinken gerade Tee, es ist sehr kalt heute.* Er schickt mir außerdem ein paar Bilder vom aktuellen Stand der Heizungsmontage in unserer Wohnung.

Danke, dass ihr euch darum kümmert, antworte ich und hänge ein Bild vom sonnenbeschienenen Ozean an. Mir wird ganz warm ums Herz. Ich kann mir vorstellen, wie sie am Tisch sitzen und draußen die Eiszapfen von der Regenrinne hängen.

Die Antwort dauert genauso lang, wie mein Dad zum Tippen braucht.

Keine Ursache. Und wir freuen uns, wenn ihr beide wieder bei uns seid.

Das tue ich auch, denke ich. Ich gehe früh schlafen und träume die halbe Nacht davon, über die Wellen zu fliegen.

CHIARA

Mein Handy läutet Sturm. Ich schalte den Motor aus und greife in meine Tasche. Zwei Gedanken zucken gleichzeitig durch meinen Kopf: *Warum ruft Liam mich um diese Zeit an?* Und: *Warum brennt in der Bäckerei noch kein Licht?*

»Hallo, Liam!«, melde ich mich und schicke ein Stoßgebet zum Himmel, dass es für beides irgendeine harmlose Erklärung gibt.

»Chiara, was ist mit Evan?«, fragt Liam ohne große Einleitung. Er klingt ernst.

»Was … was soll mit ihm sein? Ich weiß von nichts …«, stottere ich.

»Er hat mir auf die Mailbox gesprochen, dass er krank ist.«

Mein Magen krampft sich zusammen. »Mich hat er nicht angerufen.« Himmel. Die Situation überfordert mich gerade. Evan ist krank, das heißt, ich sollte jetzt schon in der Backstube stehen und im Schnelltempo Brot und Brötchen backen.

»Okay. Das bestätigt meine Annahme.« Liam atmet geräuschvoll aus. »Evan ist niemals krank. Der würde sich auch noch mit zwei gebrochenen Beinen zur Arbeit schleppen. Ich nehme an, ihr hattet Stress miteinander?«

»Ohhhh …« Ich überlege fieberhaft, wie ich den Besuch meiner Familie so schildern könnte, dass es nicht nach dem chaotischen Überfall klingt, der tatsächlich stattgefunden hat.

»Könnte sein, wir …«, erwidere ich matt, aber Liam unterbricht mich. »Egal. Das könnt ihr später miteinander klären. Du kümmerst dich jetzt um Brot und Brötchen, lass dir von Mary helfen – und heute definitiv kein Süßgebäck … wir konzentrieren uns auf das Wesentliche!«

Autsch. Ich zucke unwillkürlich zusammen.

»Heute nur zwei Portionen Muffins – hörst du? Aber nicht weniger. Zwei sind das Minimum. Sonst verdirbst du es mit den Leuten!«

Liam klingt resolut, aber nicht ganz so, als hätte Evan oder sonst wer gepetzt. Ich atme innerlich auf und schwöre mir, ab sofort nie wieder mit den Muffins zu sparen.

»Okay, dann leg mal los. Und viel Glück.«

»Danke«, murmle ich niedergeschlagen und lege auf.

Als Erstes werfe ich einen hoffnungsvollen Blick in die Kühlkammer. Den Brötchenteig hat Evan wie immer vorbereitet, und ich will schon aufatmen. Aber dann kann ich keinen Brotteig entdecken. Mist. Der Star unter Evans Broten ist ein Sauerteigbrot, dessen Teig auf jeden Fall länger reifen muss. Diese Sorte können wir also für heute vergessen. Ich werfe mich mit fieberhafter Eile auf das Formen der Brötchen und horche nebenbei hoffnungsvoll auf Marys Schritte. Während ich das tue, fällt mir siedend heiß ein, dass der Muffinteig auch noch nicht gerichtet ist. Oh, ich hasse Evan für diese miese Aktion. Ich hätte mich doch noch bei ihm entschuldigt! Jedenfalls, irgendwas von der Art. Nicht direkt vor ihm in den Staub gefallen, aber …

»Halloooo?«

»Mary, ich bin hier hinten!«, rufe ich. »Komm schnell, wir haben einen Brotnotfall!«

»Oje!« Die Tür klappt auf, und Mary zerrt schon an ihrem Mantel. »Ist Evan ...?«

»Krank!«

Mary atmet tief ein. »Okay. Ich mache schnell die Kaffeemaschine startklar, dann Brot, dann Muffins. Wir kriegen das hin, Chiara!«

Eine Stunde später klebt mir mein Pulli an der Haut. Ich bin völlig frustriert und den Tränen nahe. Bisher haben wir drei Kunden enttäuscht, die sich auf Muffins gefreut hatten. Nur einer davon hat umgeschwenkt und von meinem Gebäck gekauft. Neil Johnson von der Black Crow Farm war sauer, weil es heute nur zwei Sorten Brötchen gibt, und die Lieblingssorte seiner Ehefrau ist nicht dabei. Und Chelsea, die vorgestern noch die Zimtbrötchen verunglimpft hat, wollte vor zehn Minuten unbedingt welche kaufen. Liam hat die Leute wirklich verwöhnt. Während ich den Service hinter der Theke übernehme, knetet Mary in der Backstube ein Brotrezept zusammen, das sich bei ihr daheim bewährt hat. Evan hat zwar eine Rezeptsammlung für die Brote zusammengeschrieben, aber die können wir in der Hektik nicht finden. Zwischendurch war Dave kurz da und hat die Theke übernommen, während ich die Muffins in den Ofen geschoben habe.

Jetzt klappt die Tür auf und gleichzeitig mein Kiefer nach unten. Als wäre überhaupt nichts passiert, kommt Evan herein. Er schleppt eine unförmige Tüte mit sich.

»Hey, Chiara!«

Ich starre ihn wütend und sprachlos an, als er an mir vorbei in die Backstube marschiert. Dann hefte ich mich ihm an seine Fersen.

»Ach, du bist wieder gesund?«, frage ich, nicht ganz ohne Ironie.

Evan hat die Tüte auf die Arbeitsoberfläche gehievt und nimmt jetzt drei metallene Schüsseln heraus. In aller Seelenruhe öffnet er die Deckel. Sie sind randvoll mit Brotteig.

»Eine Spontanheilung«, bemerkt er über die Schulter.

Mary zieht hinter seinem Rücken die Augenbrauen hoch und nickt besänftigend, als sie meinen wütenden Gesichtsausdruck bemerkt. Aber ich kann das nicht so stehen lassen.

»Was soll das?« Ich verschränke die Arme.

Evan dreht sich zu mir um. Seine Augen funkeln.

»Ich gehe mal … Kunden bedienen!« Mary deutet nach draußen und ist im nächsten Moment verschwunden.

»Weißt du was, Chiara?«, fährt mich Evan an. »Wenn du glaubst, du kannst hierherkommen und alles umschmeißen und mit Traditionen brechen und einfach dein Ding durchziehen, bist du so was von fehl am Platz an diesem Ort.«

Ich schnappe nach Luft. So viel und so wütend hat Evan noch nie mit mir gesprochen. Mein Kopf formuliert eine Antwort, aber Evan ist noch nicht fertig.

»Und bitte halte deine Familie aus der Backstube raus. So kann ich wirklich nicht arbeiten. Mehr habe ich dazu nicht zu sagen.«

»Okay …«, keuche ich. »Okay …« Verdammter Mist. Ich gebe mir innerlich einen Stoß und schlucke meinen gekränkten Stolz hinunter. »Das mit meiner Familie tut mir leid. Ich weiß, dass das sehr anstrengend für dich gewesen sein muss. Und … vielen Dank für deine Meinung, ich werde darüber nachdenken.«

Evan nickt düster, dann wendet er sich seiner Arbeit zu und

ich gehe mit weichen Knien zurück in den Laden. Mein einziger Trost ist, dass das Brot an diesem Tag nur minimal später in die Regale kommen wird als üblich.

Mary ist mit einem Kunden beschäftigt, und ich stöhne innerlich auf, als ich April hereinstolzieren sehe.

»Hallo, April!«, begrüße ich sie matt.

»Oh, hallo, Chiara!« Sie stoppt vor der Theke und studiert kurz das neue Gebäck. »Gib mir mal hiervon! Damit werde ich unsere Ärzte ein bisschen verwöhnen, wenn sie in der Verwaltung vorbeikommen!«

Ich gebe mir Mühe, nicht zu grinsen. Das ganze Cold Creek Valley kennt Aprils neuen Masterplan. Sie hat sich auf die Fahnen geschrieben, die Ehefrau eines Arztes zu werden. Ich wünsche ihr Glück, ehrlich. Aber ich wünschte, sie würde die Ärzte, die bereits vergeben sind, von ihrer Jagd ausnehmen.

»Und Gabriel ist gerade ein *California Boy*?«, erkundigt sie sich scheinheilig, obwohl sie es ganz genau weiß. Am liebsten würde ich die Gebäckzange nach ihr werfen, mit der ich gerade hantiere.

»Ja. Er ist gerade in Kalifornien«, antworte ich lahm.

»Mit Doc Patricia – jedenfalls bis gestern. Angeblich war es«, sie macht eine kleine Kunstpause, »gaaanz super.«

Blöde Kuh. Ich sehe über ihr triumphierendes Lächeln hinweg und zucke die Achseln.

Aber April lässt nicht locker. »Du hast wirklich ein absurdes Vertrauen in deinen Kerl!«

Ich sinne noch über eine Antwort nach, die ihr endgültig den Wind aus den Segeln nehmen wird, aber jetzt kommt Mary, die zwischendurch nach hinten gegangen war, mit einem weiteren Korb Brötchen zurück.

April reckt den Hals. »Ach ja, Chiara, gib mir noch drei Brötchen. Ich belege sie mit Salami, weißt du. Für den Fall, dass jemand nach Kantinenschluss hungrig wird. Manchmal brauchen sie auch etwas Herzhaftes, die Docs!« Sie verdreht die Augen und macht ein Gesicht, als erinnerte sie sich an herzhafte Augenblicke mit jemandem im weißen Kittel.

Aber ihr Schauspiel – nicht, dass ich darauf reingefallen wäre – wird von Becky unterbrochen, die mit Mila und Mikey in den Laden kommt. Sofort begrüßen sich Becky und Mary mit großem Hallo, und die Zwillinge machen Krach für zehn.

Aprils Showtime ist vorbei. Sie zahlt und verschwindet.

»Hallo, Chiara!« Becky legt den Kopf schief und beäugt das Gebäck. »Das sieht fantastisch aus!« Sie stößt einen sehnsuchtsvollen Seufzer aus. »Eines Tages, wenn das Polizeidepartment von Cold Creek meinem Mann endlich die versprochene Gehaltserhöhung gibt, werde ich ein ganzes Kilo davon kaufen.«

Ich muss lachen. »Bis dahin könnt ihr wenigstens mal probieren!« Ich greife drei *Millefoglie* heraus und reiche sie ihr und den Kindern.

»Danke!« Kaum hat sie einen Bissen im Mund, reißt Becky überrascht die Augen auf. »Oh, ver… die sind lecker! Weißt du, ich dachte ja, ich merke nichts vom Schwangersein. Aber jetzt funktioniere ich gerade nur noch auf zwei Weisen – ich futtere oder mir ist schlecht.«

»Oje.« Ich betrachte sie lächelnd. »Aber du siehst richtig gut aus!«

»Danke. Es ist ganz bestimmt deshalb, weil ich mich so freue. Außerdem macht es mich glücklich, dass Mary diesen tollen Job hier gefunden hat.« Sie zupft an einer Locke.

»Und bei dir? Alles in Ordnung?« Eine leise Änderung in

ihrem Tonfall lässt vermuten, dass ich gerade genauso aussehe, wie ich mich fühle – überhaupt nicht in Ordnung.

»Ach, ein bisschen stressig heute!« Ich mache eine wegwerfende Handbewegung.

»Hm, klar. Liam fehlt sicher an allen Ecken und Enden.«

»Ja natürlich.« Wobei ich inständig hoffe, dass es Evans Idee gewesen war, seinen Streik zu beenden, und Liam so wenig Details wie möglich über unseren Zwist erfahren hat.

»Und wie geht es Gabriel? Tayler jammert schon, dass er seinen Freund vermisst. Nach gerade mal drei Tagen!«

Ich muss grinsen bei der Vorstellung, wie Tayler der armen Becky auf die Nerven geht.

»Gabriel geht es gut«, antworte ich. »Er ist am Wochenende wieder da – dann sollten sich die zwei dringend verabreden, sonst kriegst du keine Ruhe.«

»Oh bitte.« Becky seufzt. »Ich kann es kaum erwarten.«

Heute hat Mary die längere Schicht und sie besteht darauf, dass ich rechtzeitig Feierabend mache.

»Bist du dir sicher? Ich meine, es ist ein bisschen was liegen geblieben, weil wir … so chaotisch gestartet sind?«, frage ich zweifelnd.

»Mach dir keine Sorgen, der Sturm ist doch längst abgezogen …!« Mary grinst.

»Okay dann …«, sage ich und mache mich eilig davon, bevor ich mir noch eine zweite Bekräftigung, dass Evan und sie ja praktisch *best buddies* sind, anhören muss.

Dieser Tag war insgesamt eine schmetternde Niederlage. So viel ist klar. Und alles, was ich jetzt will, ist – das Ganze für eine Weile vergessen.

Auf dem Weg zu Daves Ranch fallen immer noch feine Flocken vom Himmel, und die Sonne ist hinter der Wolkendecke nur als heller, fahler Fleck zu erahnen. Als ich auf den Hof fahre, steht Dave zu meiner Überraschung schon mit den Pferden bereit. »Kann sein, dass der Schneefall später heftig wird«, ruft er mir zu. »Dann sollten wir besser schnell aufbrechen.«

»Kein Problem!« Ich greife meine Wildlederchaps, die schon auf der Rückbank bereitliegen, und ziehe sie über meine Stiefel. Dann schnell noch warme Handschuhe, meine Daunenjacke und den Helm.

»Himmel, das ist genau das, was ich jetzt brauche!«, sage ich, als Dave mir die Zügel von Littlefoot in die Hand drückt.

»Ich auch! Und schön, dass du Zeit hast. Ich kann Gesellschaft gerade ganz gut gebrauchen.«

Ein paar Minuten später sind wir schon unterwegs. Als wir auf unseren Pferden in den märchenhaft verschneiten Wald eintauchen, überkommt mich mit einem Mal ein Gefühl, als wären wir soeben aus der Wirklichkeit hinausgeritten. Alle Sorgen bleiben auf der anderen Seite zurück. Der Flockenwirbel verwischt die Konturen und verschluckt die Umgebung, sodass ich Daves Rücken in der dunkelbraunen Jacke und seine Hutkrempe gerade noch erahnen kann. Ich stelle mir vor, wir und unsere Pferde wären die einzigen Wesen in einem Zauberwald. Von irgendwoher höre ich im Vorbeireiten das Zirpen eines Vogels, aber ich kann ihn nicht entdecken. Alles wirkt geheimnisvoll. Dann hebt Dave die Hand, und wir bringen unsere Pferde zum Stehen. Nur wenige Schritte von uns entfernt wechseln zwei Rehe über den Weg. Sie staksen mit ihren dünnen Beinen anmutig und völlig gelassen durch den Schnee, als wären wir überhaupt nicht da. Nachdem sie zwischen den Bäumen verschwunden sind, dreht sich Dave im Sattel um.

»Lass uns umkehren, Chiara. Ich kann den Weg kaum noch erkennen.«

»Schade!« Mein Kinn ist steif vor Kälte und mein Lächeln gerät ein wenig schief. »Es ist so schön!«

»Ja, finde ich auch.« Er wischt sich eine Flocke von der Nase und erwidert mein Lächeln.

Ich lasse Littlefoot beiseitetreten, damit Dave an mir vorbeireiten und sich mit Love Story wieder vor mich setzen kann.

»Schnell nach Hause!«, sagt er und wirft mir einen belustigten Blick zu. »Sonst kommen noch die Einhörner mit der Prinzenkutsche und du wirst entführt!«

»Haha!« Ich werfe einen Eisklumpen nach ihm, den ich aus Littlefoots Mähne gezupft habe.

Manchmal kann er Gedanken lesen. Jedenfalls meine. Bei Jenny scheint es gerade nicht zu funktionieren, vermute ich. Er ist jedenfalls heute auffallend schweigsam.

Wir reiten gemächlich zurück zu Daves Ranch. Gerade als wir mit dem Absatteln fertig sind und die Pferde in den Stall gebracht haben, passiert das, was für diesen Teil der Rockies so typisch ist: Das Wetter schlägt von einer zur anderen Sekunde um. Als wären die Wolken über uns jetzt endlich leer, fallen noch ein paar letzte Flocken, dann ist Schluss. Sekunden später reißt die Wolkendecke auf. Die Sonne tritt golden hervor und lässt den Schnee so hell erstrahlen, dass es blendet.

Dave blickt zum Himmel. »Hey, wollen wir bei diesem Superwetter noch eine ganz kleine Runde Schlitten fahren? Immerhin war unser Ausritt sehr kurz …«

»Okay! Zweimal rauf und runter, dann muss ich wirklich

los …« Ich kann einfach nicht widerstehen. Wenn jemand gerne rodelt, dann definitiv ich.

»Ich meine aber nicht einen Holzschlitten.« Dave sieht mich an und streicht sich über das unrasierte Kinn. »Wir rodeln auf Strohsäcken, okay?«

Die Begeisterung in seinem Blick bringt mich zum Lachen. »Klar, das muss ich unbedingt ausprobieren!«

»Dann komm mit!« Dave geht voraus in die Scheune. Wir stopfen uns jeder einen Kartoffelsack prallvoll mit Stroh und verschließen ihn mit einem Strick.

Skipper schließt sich uns an, als wir den kleinen Hügel hinaufwandern, der gleich neben Daves Ranch liegt.

»Wer zuerst unten ist!«, sage ich mutig, als wir oben stehen.

»Deal.« Daves Blick ist angriffslustig. »Auf drei geht's los! Du zählst!«

»Einszweidrei, jejjjj!!«

Tja. Es geht nicht besonders gut, wir stoßen nämlich nach wenigen Metern zusammen und fallen in den Schnee. Ich kann fast nicht mehr aufhören zu lachen. Erst nach einer ganzen Weile können wir wieder aufsteigen. Die nächsten Anläufe werden schon besser, das Tempo nimmt zu. Ich muss feststellen, dass mein behelfsmäßiger Schlitten doch ziemlich schnell ist. Die Lenkung mit dem Strick lässt allerdings zu wünschen übrig.

Dave rast mit einem Höllentempo an mir vorbei, gefolgt von Skipper, der es ein bisschen schwer hat, weil ihm der Schnee fast bis zur Schulter geht. Ich selbst treffe nur Sekunden später unten am Hügel ein. Dave erwartet mich und tut so, als würde er gelangweilt Zeitung lesen. »Auch schon da?«, fragt er mich und sieht mit einem breiten Grinsen auf.

»Revanche!«, erwidere ich und wandere gleich wieder den Hügel hinauf.

Meine Beine, ach nein, eigentlich mein ganzer Körper ist müde, aber es macht einfach einen solchen Spaß. Oben angekommen warte ich, bis Dave sich neben mir aufgestellt hat.

Dieses Mal nehme ich noch mehr Anlauf und werfe mich mit Schwung auf den Strohsack, der zu schliddern und zu rutschen beginnt wie ein Stück nasse Seife. »Jejjjjjj!«, schreie ich und muss furchtbar lachen, weil es mir von der Geschwindigkeit, mit der ich den Hügel hinunterrase, fast schwindelig wird. Kurz vor dem Ziel lässt eine Unebenheit im Schnee den prallen Sack in die Luft hüpfen, und er gleitet überraschend in eine Linkskurve. Es geht so rasend schnell, dass ich das Hindernis vor mir zu spät sehe. Mein Gefährt knallt gegen einen Baumstumpf, und ich lande mit Schwung im Schnee. Ich liege auf der Seite und huste, den Mund voller Schnee. Nach Sekunden, die mir wie eine Ewigkeit vorkommen, taucht Daves erschrockenes Gesicht über mir auf. Er geht neben mir in die Hocke und legt seine Hand auf meine Schulter.

»Chiara, alles in Ordnung?«

»Ähm …«, keuche ich und möchte ihm eigentlich sagen, dass ich mir nichts gebrochen habe. Aber sobald ich den Mund öffne, passiert etwas grauenhaft Unangenehmes. Ich muss würgen. Und dann übergebe ich mich so heftig wie noch nie in meinem Leben. Ich spucke und spucke. Zwischendrin versuche ich, mich zu entschuldigen, weil es mir so unfassbar peinlich ist.

»Hey, hey, alles gut!«, murmelt Dave und streicht mir über den Rücken. »Spuck's einfach aus. Danach wird's immer besser, glaub mir.«

Irgendwann ist es vorbei, und ich greife mir schnell eine

Handvoll Schnee, um mir das Gesicht abzuwischen, und ein bisschen davon nehme ich in den Mund. Meine Gesichtshaut schmerzt vor Kälte.

Ich setze mich stöhnend auf. »Ich verstehe nicht …«, setze ich an.

»Schau mich an!«, unterbricht mich Dave und berührt meinen Arm.

Ich sehe zu ihm auf und blinzle die Tränen weg, die von der Husterei kommen.

»Okay, Chiara«, murmelt er. »Wichtigste Frage – hast du dir den Kopf angestoßen?«

Ich überlege kurz. »Nein! Ich bin einfach nur auf die Seite gefallen.«

»Ganz sicher?«

»Ganz sicher. Mir ist einfach nur schlecht.«

»Okay.« Dave zieht die Luft ein. »Ich würde dich zur Sicherheit gerne zum Arzt bringen. Setz dich mal auf den Schlitten, ich ziehe dich das letzte kleine Stück nach Hause.«

Hm, ich finde, dass er ganz schön übertreibt. Aber seine finstere Miene lädt nicht gerade zum Diskutieren ein.

Ich rapple mich hoch und setze mich auf den Strohsack.

»Ich will nicht zum Arzt. Ich weiß immer noch nicht, was meine Krankenversicherung bezahlt und was nicht … so ein Mist!«, rufe ich Dave zu, der mit kräftigen Schritten losläuft. Wenn nur Gabriel hier wäre! Ich überlege kurz, ob ich ihn anrufen soll, verwerfe es dann aber gleich wieder. Wozu ihn beunruhigen? Ich bin sicher, dass da nichts ist.

»Hör zu, Chiara. Ich weiß schon, wohin wir gehen! Keine Sorge, sie ist auch meine Ärztin, und das kostet nur ein paar Dollar.«

»Na gut«, seufze ich. Ein ganz klein wenig beunruhigt bin ich ja tatsächlich. Vielleicht habe ich ja einen Infekt oder etwas Ähnliches … Also, warum nicht.

Kurz darauf sind wir auch schon bei Daves Ranch angekommen.

»Wir fahren jetzt zu Pippa … ehm … Dr. McConnell. Ist nicht weit.«

Er deutet auf seinen Pick-up, und ich steige widerwillig ein.

Dave wartet, bis ich mir den Gurt angelegt habe und sich Chipper auf dem Rücksitz hingelegt hat, bevor er den Wagen startet.

»Okay.« Ich ziehe mein Handy raus. »Soll ich dort anrufen und mich anmelden?« Ich sehe missmutig auf die Balkenanzeige meines Handys und füge seufzend hinzu: »Ich meine, sobald wir ein Netz haben?«

Dave zuckt mit den Achseln und biegt auf die Talstraße ein.

»Ist zwecklos. Wir fahren jetzt gleich in die Canyons, da hast du niemals Netz. Außerdem hat sie sowieso kein Telefon.«

Oh-oh. Das klingt nicht gut. Und auch meine Familie wird sich Sorgen machen, wenn ich mich nicht melde.

»Welche Sorte Arzt ist Dr. McConnell denn?« Ich spiele nervös mit meinem Ring und wünschte noch dringender, Gabriel wäre hier.

»Eine normale Ärztin im Ruhestand.«

»Okay …?« Ich sehe Dave fragend von der Seite an. Die Grübchen in seinen Wangen vertiefen sich, bevor er mir einen kurzen Blick zuwirft und grinst. »Sie ist ein bisschen schräg. Aber verlass dich drauf. Sie ist gut. Ich gehe immer zu ihr.

Glaub nicht, ich könnte mir eine teure Krankenversicherung leisten.«

»Das klingt ... beruhigend.« Was natürlich überhaupt nicht zutrifft.

»Dave, was bringt dich hierher?«

Dr. McConnell steht in der Tür ihres winzigen Häuschens, das in irgendeinem der zahllosen Canyons liegt. Mit ihren geflochtenen grauen Haaren sieht sie aus, als wäre sie in der Flower-Power-Zeit stehen geblieben. Sie heißt uns beide mit einem herzlichen Lächeln willkommen. Dabei stelle ich fest, dass ihr mindestens drei Zähne fehlen. Mir ist ein bisschen mulmig, ob wir hier richtig sind mit unserem Anliegen.

»Hi, Pippa, das hier ist Chiara«, Dave wendet sich zu mir und lächelt mich ermutigend an. »Sie ist beim Rodeln gestürzt und hat richtig elend kotzen müssen.«

»Na, das ist ja ein Ding. Hallo, Chiara, ich bin Pippa.«

»Hallo!«, erwidere ich mit einem zaghaften Lächeln.

»Na, das sehen wir uns doch gleich mal an!« Die Ärztin – hoffentlich ist sie wirklich eine – bittet uns einzutreten, und wir folgen ihr durch einen dunklen Flur in ein Zimmer, das wohl das Wohnzimmer sein soll. Vor dem brennenden Kamin schlafen zwei große schwarze Hunde, die nur einmal kurz aufblicken. Zwischen ihnen liegt ein flauschiges Knäuel, das sich bei genauerem Hinschauen als zwei Tigerkatzen entpuppt. Die Regale an den Wänden sind vollgestopft mit Büchern und Langspielplatten. Ich bin in diesem Land zwar noch nicht so ganz zu Hause, aber wie eine vertrauenswürdige Arztpraxis kommt mir das hier definitiv nicht vor.

»Du weichst nicht von meiner Seite«, zische ich Dave zu.

»Auch wenn ich mich ausziehen muss.« Ich sehe ihn kurz an und lächle schwach. »Du hast mich ja sowieso schon unbekleidet gesehen.«

Dave zieht eine Augenbraue hoch und räuspert sich. »Böse Bilder vor meinen Augen!«

»Nicht witzig, Dave!« Ich verdrehe die Augen, muss aber trotzdem lachen. Die Situation ist viel zu bizarr, um ernst zu bleiben. Nur gut, dass ich sicher bin, nicht auf den Kopf gefallen zu sein.

Mittlerweile hat Pippa tatsächlich einen Arztkoffer aus einem Regal herbeigezaubert.

»Dann legen wir mal los!«, sagt sie munter. »Erst mal schaue ich dir in den Hals.« Ich schlucke tapfer und sperre den Mund auf.

»Suuper. Und jetzt noch in die Ohren …« Sie geht so behutsam und routiniert vor, dass mein Herzschlag sich allmählich beruhigt. Anschließend leuchtet sie mir mit einer Taschenlampe in die Augen und lässt mich ein paar Gleichgewichtsübungen machen, die mir tadellos gelingen.

Dave hat sich mittlerweile zu den Hunden-Schrägstrich-Katzen gekauert und verteilt großzügig Streicheleinheiten.

Nachdem auch mein Bauch abgetastet und die Lunge abgehorcht waren, sieht mich Pippa lächelnd an. »Da ist nichts Schlimmes passiert, so viel ist schon mal klar.«

Erleichtert suche ich Daves Blick, und er macht mit einem optimistischen Grinsen den Daumen hoch.

»Ja dann, können wir gehen?«, frage ich hoffnungsvoll und greife nach meinem Mantel, den ich auf einen Stuhl geworfen habe. Wenn wir uns jetzt beeilen, komme ich vielleicht noch rechtzeitig, bevor sich irgendwer Sorgen macht.

»Nein, warte mal.« Pippa öffnet die Schublade ihres kleinen Schreibtischs.

»Ich hatte da doch irgendwo …«, murmelt sie und zieht schließlich mit einem triumphierenden Lächeln zwei kleine Schachteln heraus. »Ich kriege immer wieder mal Muster von irgendwelchen Pharmafirmen zugeschickt, obwohl ich keine Praxis mehr habe«, erklärt sie. »Ich würde noch schnell einen Urintest machen.«

Sie gibt mir einen Pappbecher und zeigt mir, wo das Bad ist. Das Bad ist garantiert noch aus den Sechzigern. Die Fliesen sind ozeanblau und halten sich wahrscheinlich nur wegen der vielen Sticker an den krummen Wänden. Ich pinkle in den Becher, was kein Problem ist, weil ich sowieso musste. In Gedanken formuliere ich bereits, wie ich meiner Familie diese Hippiebude beschreibe. Sie werden umfallen vor Lachen (Charlotte) oder Entsetzen (der Rest).

Beschwingt kehre ich zurück ins Wohnzimmer und sehe ungeduldig zu, wie Pippa drei schmale Teststreifen in den Becher steckt. Ich schlüpfe vorsorglich in meinen Mantel und tippe eine Nachricht an Charlotte, die ich leider noch nicht versenden kann. *Verspäte mich etwas. Esst ohne mich.*

»Okay!« Die Ärztin zieht einen Streifen nach dem anderen aus dem Becher und betrachtet sie stirnrunzelnd. »Keine Nierenentzündung, kein Verdacht auf Diabetes, Kindchen! – aber … das hier erklärt doch alles!« Sie sieht auf und nickt mir bedeutungsschwer zu, als teilten wir beide ein Geheimnis über den Lauf der Welt. »So was von schwanger! Herzlichen Glückwunsch!«

»Bitte?« Ich starre sie an. Plötzlich scheint kein Sauerstoff mehr im Raum zu sein, und mein Herz stolpert, während ich vergeblich nach Worten suche. »Wie …?«, bringe ich schließlich stammelnd heraus.

»Oh, das wusstest du also gar nicht, Kindchen? Ich dachte, ihr jungen Leute seid heute besser auf Zack?« Sie grinst mich vergnügt an. »Ist ja ein dickes Ding.«

Himmel. Kann sich bitte der Boden auftun und mich verschlucken?

»*Holy shit.*« Dave hat sich aufgerichtet und fährt sich mit der Hand über den Nacken, während sein Blick forschend auf mich gerichtet ist.

»Oh, und du – na, Glückwunsch!« Dr. McConnell lässt ihren Blick erfreut von mir zu ihm schweifen.

Dave hebt beide Hände. »*Jesus.* Nein. Damit habe ich nichts zu tun.« Er atmet geräuschvoll aus. Dann tritt er auf mich zu und tut das einzig Vernünftige: Er nimmt mich in den Arm und hält mich fest, weil ich gerade dabei bin umzukippen.

Zehn Minuten später summt mein Kopf immer noch. Wir sitzen längst im Auto, und Dave sieht schweigend auf die beiden Lichtkreise, die von den Scheinwerfern auf die verschneite Straße des Canyons gemalt werden.

»Wie kann das denn nur passieren?«, unterbreche ich die Stille. »Wie kann das nur passieren …«

Dave sieht zu mir rüber. »Äh …«, sagt er grinsend. »Blümchen und Bienen?« Er muss selbst über seinen miesen Scherz lachen. »Sorry … ich bin einfach nur froh, dass es nichts Schlimmeres ist.«

»Na toll, danke.« Ich sehe auf mein Handy, auf dem gerade eine Nachricht von Gabriel aufleuchtet. *Wünschte, ich wäre dabei!* Ich lache laut auf. Nein, das wünschst du nicht!, denke ich. Dabei bezieht er sich natürlich auf mein Selfie mit dem Strohsackschlitten, das ich ihm vorhin geschickt habe. Aber das war in einer anderen Zeit, in einer anderen Welt. Bevor eine Hippie-Ärztin mir erklärt hat, was ich schon längst hätte wissen sollen, wenn ich nicht alle Anzeichen kategorisch ignoriert hätte. Die Kreislaufprobleme, die Bauchschmerzen, meine merkwürdigen Stimmungsschwankungen in letzter Zeit …

Wir sind offenbar gerade aus dem Funkloch aufgetaucht, denn eine weitere Nachricht, diesmal von Charlotte, ploppt auf dem Display meines Handys auf.

Wo steckst du?

Oh Gott. Es fühlt sich gerade so an, als würde sich meine Welt auflösen. In diesem Zustand kann ich meiner Familie nicht unter die Augen treten. Sie würden sofort bemerken, dass etwas nicht stimmt. Und schließlich soll Gabriel der Erste sein, der es erfährt. Aber nicht zwischen Tür und Angel und wenn er weit weg von mir ist.

Ich seufze und sehe zu Dave rüber. »Kann ich heute Nacht bei dir schlafen? Ich muss … das alles erst mal verkraften.«

»Klar.« Dave nickt und starrt weiter in die Dunkelheit vor uns. »Kein Thema. Du kannst in meinem Bett schlafen, und ich schlafe unten auf der Couch.«

»Danke.« Ich starre auf mein Handy. »Und kannst du im Tal langsamer fahren, wenn ich Netz habe?«

»Klar.« Ich bin froh, dass er gerade so wortkarg ist. Die Verwirrung in mir ist so überwältigend, dass meine Kehle wie zugeschnürt ist. Meine Gedanken überschlagen sich. Ich habe keine Ahnung, wie es von hier aus weitergehen soll. Was wird aus meinen Träumen von der Pasticceria, wenn ich ein Baby bekomme? Schaffe ich das alles? Und wie um alles in der Welt soll ich Gabriel meinen bescheuerten Leichtsinn erklären?

Klar haben wir schon mal über Kinder gesprochen und wie schön es wäre, irgendwann welche zu haben. Irgendwann, aber nicht jetzt! Schlechtester Zeitpunkt für uns …

Ich Trottel!

Auf der anderen Seite … ist es nicht verrückt und irgendwie ein Wunder, dass mir nur ein einziger kleiner Pillenfehler unterläuft und ich bin prompt schwanger? Ein einziges Mal habe ich sie zu spät eingenommen. Bonnie hatte mir zwei Blisterpacks von ihrer Pille geschickt, weil ich es mir ersparen wollte, zum Arzt zu gehen. Beim Gynäkologen muss man hier nämlich für die Untersuchung eine Art Papierkleid anziehen. Das hat Charlotte zumindest angedeutet. Und bei der Aussicht darauf, ganz zu schweigen von möglichen Sprachproblemen, war mir so mulmig gewesen, dass ich es gerne noch ein bisschen rauszögern wollte. Bonnies Postsendung kam leider einen Tag zu spät an. Das konnte doch nicht so tragisch sein, redete ich mir ein. Wie ich jetzt feststellen muss, nimmt es mein Körper wohl ziemlich genau, und ich kann ihm noch nicht mal böse dafür sein.

Das habe ich also gründlich vermasselt. Alle werden mich für komplett bescheuert halten, wenn es herauskommt. Ich selbst tue es jetzt schon. Ich werde mich vermutlich in der nächsten Zeit an Papierkleider und Arztbesuche gewöhnen müssen.

Dave fährt langsamer. Wir haben die breite Talstraße erreicht, und die Netzanzeige gibt zwei Balken an.

Soooorrrryyyy! Hab mir wohl den Magen verdorben. Mir ist ganz schlecht. Bleibe bei Dave. Macht euch keine Sorgen und habt einen schönen Abend!! Mein Herz pocht, als ich die Nachricht an Charlotte abschicke. Wie gerne würde ich mich jetzt an ihrer Schulter ein bisschen ausweinen. Sie wüsste bestimmt, was zu tun ist …

Gleich darauf vibriert mein Handy. Lo ruft an.

»Was ist los?« Es rauscht und knackt in der Leitung. »Chiara, hörst du mich?«

»Ich kann dich kaum verstehen, das Netz ist schwach hier. Es ist nichts Schlimmes, mir ist einfach schlecht, nur eine Magenverstimmung. Dave hat mich zum Arzt gebracht, es ist wirklich eine Kleinigkeit. Morgen ist bestimmt schon wieder alles gut«, spule ich hastig herunter, bevor das Gespräch möglicherweise gleich abbricht.

»Na schade … aber ich wollte dir auch noch sagen, dass wir gerne morgen wieder in die Bäckerei kommen und helfen.«

Ein heißer Schreck fährt mir in die Glieder. »Oh nein, nein, das ist so lieb von euch! Aber für Evan ist das ein bisschen zu viel. Wie wäre es stattdessen mit einem Besuch im Quilt-Museum? Das soll sehr schön sein.«

»Oh ja, das ist auch eine gute Idee!«

»Dann sehen wir uns morgen Abend. Und falls ich … richtig … krank sein sollte, melde ich mich früher.«

»Ja, das machst du. Und dann kommen wir und übernehmen die Theke.«

Ich könnte sie abknutschen. Das ist meine Familie. Manchmal rauben sie mir den letzten Nerv, aber sie sind immer für mich da. »Tausend Dank euch«, sage ich mit erstickter Stimme und fühle mich mies und klein und dumm wegen all der Lügen, die ich ihnen auftische. »Grüße an alle, bis morgen!«

Es raschelt in der Leitung, und das Gespräch ist weg.

»Okay, das war's!«, sage ich seufzend, und Dave gibt wieder Gas. Ich stecke das Handy weg und überlasse mich weiter meinen wirbelnden Gedanken.

Endlich sind wir bei Dave daheim. »Komm«, sagt er und winkt mich in die Küche. Mir ist kalt, und zu meiner großen Überraschung habe ich plötzlich Hunger. »Du setzt dich hin und ruhst dich aus.« Dave deutet auf einen Stuhl am Esstisch. »Okay.« Ich seufze ergeben und setze mich. Die Küche ist winzig, wie auch der Rest seines Hauses, aber sehr aufgeräumt, mit Ausnahme des Nähzeugs und eines halben Zaumzeugs, das vor mir auf dem Tisch liegt. Ich sehe Dave zu, wie er Tee aufsetzt, Spiegeleier brät und dicke Scheiben von dem frischen Bauernbrot aus unserer Bäckerei abschneidet, um alles auf dem Tisch aufzubauen. Wir schweigen die meiste Zeit, auch später beim Essen, aber es ist ein gutes Schweigen. Ich weiß, dass Dave weiß, in welchem Schlamassel ich gerade stecke. Ich muss nachdenken. Aber nicht jetzt. Für heute reicht es. Ich bin vollkommen erledigt.

Aber sobald ich im Bett bin, ziehen noch mehr düstere Gedanken auf. Vielleicht ist das alles ein deutliches Zeichen. Ich habe mir zu viel vorgenommen und mich überschätzt. Angefangen damit, dass ich zu wenige Muffins und viel zu viel von meinem aufwändigen Gebäck angeboten habe. Und dann die Sache mit Evan. Seine Worte hallen immer noch schmerzhaft in meinem Kopf nach. *Dann bist du so was von fehl am Platz an diesem Ort*. Vielleicht dachte ich ja nur, ich gehöre hier in diesem Tal schon dazu. Und jetzt stellt sich heraus, wie dumm und naiv ich gewesen war. Im Untergeschoss höre ich das Radio. *Lonely like I am* singt jemand, und er klingt so traurig, dass ich weinen muss. Wegen allem. Weil Gabriel so weit weg ist und mein beruflicher Traum zu platzen droht. Und weil ich meiner Familie schon deshalb nichts von der Schwangerschaft sagen kann, weil mein Heimweh sonst vielleicht die Kontrolle über mich erlangen könnte. Vielleicht würde ich mit den dreien ins Flugzeug steigen und verschwinden. Und ein bisschen weine ich auch wegen Dave, der abends losziehen und Party machen muss, weil er sonst mit sich selbst, dem Radio und Chipper – er hat noch nicht einmal einen Fernseher – in seiner Küche festsitzt. Erst als mir sogar die Energie zum Weinen ausgeht, schlafe ich schließlich ein.

CHIARA

Mit dem Weckerklingeln werde ich unsanft in die Realität zurückbefördert. Als ich mich jetzt in Daves Bett aufsetze, sind alle offenen Fragen wieder da, und ein Mix aus widersprüchlichen Gefühlen gleich dazu: Verwirrung, Scham, Faszination, Angst und Wellen von heftigstem Glück.

Ich schlage die Decken zurück und tappe fröstelnd ins Bad. Unten in der Küche redet Dave mit Chipper. Während ich mich frisch mache – im wörtlichen Sinn, denn das Wasser kommt nur kalt aus der Leitung –, denke ich die ganze Zeit an Gabriel, der von all dem Chaos noch nichts ahnt. Ich stelle mir zum tausendsten Mal vor, wie ich es ihm sage. Erst hatte ich noch ein bisschen geschwankt, aber inzwischen bin ich mir felsenfest sicher, dass ich damit bis zu seiner Rückkehr warten möchte. Wenn ich ihn richtig einschätze, wird auch er geschockt und begeistert zur gleichen Zeit sein. Wenn er nur schon hier wäre!

Ich weiß nicht genau, was ich erwartet hatte, aber das Gesicht, das mir im Spiegel entgegenblickt, sieht überraschenderweise aus wie immer. Vielleicht ein kleines bisschen blasser. In dem warmen Sweatshirt, das mir Dave zusammen mit einer Jogginghose geliehen hat, wirke ich verloren, aber irgendwie sieht es auch lustig aus.

Bevor ich jedoch wieder meine Sachen von gestern anziehe, brauche ich erst mal einen heißen Schluck. Ich eile nach unten, wo schon ein herrliches Feuer im Kamin brennt und der Wasserkessel auf dem Herd vor sich hin summt. Als ich aus dem Fenster sehe, verschwindet Dave gerade in den Stall, und Chipper folgt ihm auf den Fersen. Ich durchforste die Schränke und finde schließlich zwei Tassen für uns. In dem Augenblick als ich das sprudelnde Wasser über den Teebeutel gieße, höre ich die Haustür quietschen und ein eisiger Lufthauch weht herein.

»Guten Morgen! Auch einen Tee?«, frage ich über die Schulter. Und dann bleibt mein Herz fast stehen.

Die Person, die in einem dicken hellblauen Anorak in der Tür steht und kein Wort herausbekommt, ist nicht Dave.

Es ist Sarah.

»Hallo, Sarah!« Ich höre selbst, wie seltsam dünn meine Stimme klingt.

»Chiara«, murmelt sie. Ihr Blick ist verstört, als sie einen halbherzigen Schritt in den Raum macht. »Wo ist Dave?«

Der erscheint im selben Moment hinter ihr in der Tür und zieht kurz die Augenbrauen zusammen. Klar, dass er meine – und unsere – zweideutige Situation sofort erfasst.

»Hey, Sarah, so früh unterwegs?« Er klopft ihr kurz auf die Schulter. »Tee?«

»Danke, nein.« Sarah schüttelt den Kopf. »Ich will nicht lange stören«, fügt sie hinzu und wirft mir dabei einen Blick zu, in dem das Höllenfeuer flackert.

»Du störst doch nie!«, meint Dave, räuspert sich danach aber unbehaglich.

»Hast du es fertig?«, fragt Sarah knapp. Mir ist schmerzlich bewusst, dass mein Outfit keinen Zweifel daran lässt, wo ich die letzte Nacht verbracht habe. Ich kann sie förmlich denken hören: *Wusste ich es doch. Man kann ihr nicht vertrauen. Sie schnappt sich meinen Bruder, bricht ihm das Herz, und schau her – kaum hat er das Tal kurz verlassen, fällt sie zum zweiten Mal auf Dave herein.*

Ich möchte auf sie zugehen, ihre Hand nehmen und sagen: *Es ist nicht das, wonach es aussieht! Vertrau mir. Ich liebe deinen Bruder mehr als alles auf der Welt. Niemals, niemals wäre ich in der Lage …*

»Ja natürlich, ich hab's fertig!«, sagt Dave und sieht sich zerstreut um.

»Ich weiß, ich wollte es erst morgen holen«, fährt Sarah fort. »Aber ich war … zufällig … in der Gegend.«

»Oh, hm, ganz wie ich!«, ergreife ich mutig das Wort. »Mir war nach unserem Ausritt nicht gut, weshalb ich … hierbleiben musste.«

»Ja, das war bedauerlich«, murmelt Dave und nimmt ein Zaumzeug von dem Haken an der Wand.

»Ah … so.« Sarah wechselt ungeduldig von einem Bein aufs andere.

»Die Schnalle ist neu, und ein paar Nähte habe ich ausgebessert«, erklärt Dave und gibt ihr das Zaumzeug.

»Super.« Sarah wirft nur einen flüchtigen Blick darauf. Sie zieht ihren Geldbeutel heraus und reicht Dave einen Schein. Während er das Wechselgeld aus der Blechdose im Regal nimmt, herrscht eisiges Schweigen im Raum. Ich lehne matt am Küchenschrank, nippe an meinem Tee und fühle mich einfach nur noch schrecklich. In Sarahs Augen liegt mittlerweile pure Verachtung, und es gibt nichts, was ich jetzt noch sagen oder erklären könnte. Nichts würde helfen. Sie hält mich für eine miese Schlampe, die ihren Bruder nicht verdient hat. Daran besteht nicht der geringste Zweifel.

Ich bin ganz sicher, nur einen Schritt von dem Punkt entfernt zu sein, an dem ich die Kontrolle über mein Leben vollkommen verliere.

Immer noch innerlich bebend fahre ich zur Bäckerei. Mein Pulsschlag beschleunigt sich, als ich auf den Parkplatz einbiege, und beruhigt sich spontan, als ich die erleuchteten Fenster sehe. Evan ist da.

Und ich werde heute den Ball flach halten. Ich will einfach nur das tun, was Liam von mir erwartet. Ehrgeizige Pläne und Ziele müssen für den Moment warten.

Kurz bevor ich die Ladentür erreicht habe, vibriert mein Handy. Lo ruft an, mit dem Rest der Familie im Hintergrund.

»Wie geht es dir heute Morgen?«, fragt sie besorgt.

»Gut! Ich fühle mich wieder ganz normal«, schwindle ich im Brustton der Überzeugung. »Macht euch keine Sorgen!«

Papà und Mamma geben mit Ausrufen der Erleichterung zu verstehen, dass sie alles mithören.

»Ich bin auf dem Sprung, aber sag schnell, wie war euer Ausflug?«

»Einfach nur wunderschön!«, antwortet Lo.

»Das erzählen wir dir alles heute Abend!«, schaltet sich Papà ein. »Jetzt geh mal schön in deine Bäckerei.«

Was ich sofort tue, und dann hole ich einmal tief Luft, bevor ich durch die Schwingtür gehe.

»Hallo, Evan, wie geht's?«

Evan klappt die Ofentür zu und sieht leicht überrumpelt zu mir herüber. »Oh danke, mir geht's gut, und dir?«

»Großartig.«

Ich bleibe einen Moment unschlüssig stehen.

»Die Brötchen hier können schon nach vorne!« Er deutet mit dem Kinn auf einen vollen Korb.

»Ja, schon klar.«

Zum ersten Mal seit einer Ewigkeit sehe ich, wie sich ein Grinsen über sein Gesicht stiehlt. »Willst du meine Meinung hören zu den Muffins für heute?«

»Wenn es sein muss?« Meine Nerven sind heute Morgen so jenseits von jeder Normalität, dass ich sogar meinen Groll auf Evan vergesse. Ich verschränke die Arme und lächle ihn an.

»Sechs Weihnachtsmuffins – so langsam lassen wir die Weihnachtssaison auslaufen – und sechs Blaubeermuffins. Dann noch sechsunddreißig von denen mit dunkler Schokolade.«

»Sechsunddreißig?« Ich schüttle den Kopf. »Wie kommst du denn auf so was?«

Evan zieht eine Braue hoch. Jetzt scheint er richtig Spaß zu haben. »Heute hat der Boss von unserer Brauerei in Cold Creek Geburtstag. Er bestellt nie vor. Aber ich wette einen Zwanziger mit dir, dass in zwei Stunden jemand aufkreuzt und mindestens fünfundzwanzig Muffins für die leitenden Angestellten kauft.« Er streift sich die Backhandschuhe über. »Und, überzeugt?«

»Ah«, mache ich. »Wusste ich nicht.«

»Woher auch.« Evan wendet sich wieder zum Ofen. »Aber wozu bin ich denn da?« Falls er sich gerade ins Fäustchen lacht, ist ihm nichts anzumerken.

Wozu bin ich denn da? Noch gestern hätte ich geantwortet: *um die Stimmung zu verpesten.* Aber diese Nacht … ich bin nicht mehr dieselbe.

»Ja klar«, sage ich freundlich und trage endlich die Brötchen nach vorne.

An diesem Morgen gibt es keine einzige Panne. Erfreulicherweise gehen dreißig Schokomuffins und drei Tüten von den *Baci* und *Fioretti* über die Theke. Trotz allem bin ich in Gedanken die meiste Zeit abwesend. Was, wenn die Teststäbchen von Hippie-Pippa das MHD seit Jahren überschritten hatten und das Ergebnis am Ende gar nicht stimmt? Dieser Gedanke dreht sich in einer Endlosschleife in meinem Kopf, und als der erste Ansturm vorüber ist, vertraue ich Mary unter einem fadenscheinigen Vorwand für eine Weile die Theke an und fahre zur Crossroads Mall. Ich besorge mir zwei Schwangerschaftstests in der Apotheke. Die Angestellte lächelt mich an, als sie mir die Tüte überreicht, und ich erwidere ihr Lächeln und versuche glücklich und zuversichtlich auszusehen. In Wahrheit ist mir schrecklich flau. Am liebsten würde ich Bonnie anrufen. Oder Charlotte. Die haben beide Erfahrungen mit solchen Tests, und ich weiß nicht, wie ich diese Spannung allein aushalten soll. Aber dann kneife ich nicht. Ich suche die Kundentoilette und schließe mich dort ein. Es ist ein erbärmlicher Ort für einen schicksalhaften Augenblick.

Als ich im Halbdunkel der Kabine stehe und auf das Ergebnis warte, merke ich, dass ich gar nicht so richtig weiß, auf was ich eigentlich gerade hoffe: dass Pippa McConnells Test ein falsches Ergebnis angezeigt hat, oder … Es ist ohnehin gleichgültig, denn jetzt fällt mein Blick auf die Teststreifen und das Ergebnis ist glasklar und eindeutig: zweimal positiv.

»Das hast du dir ganz allein eingebrockt!«, erzähle ich meinem Spiegelbild. Szenen aus Werbespots flimmern durch mein erschöpftes Gehirn … glücksstrahlende Paare, im Hintergrund eine Wohnung, in der es garantiert eine funktionierende Heizung und ein bereits komplett eingerichtetes Babyzimmer gibt.

Dieser Moment sollte schön sein! Glanzvoll und aufregend! Mein Herz hämmert wie verrückt, und ich sehe meinem Spiegelbild zu, wie es sich auf die Lippen beißt, versucht, die zuckenden Mundwinkel zu kontrollieren und tränennasse Augen kriegt. Ich bin fassungslos. Vor Schreck, Erstaunen und Freude. Ich freue mich. Ich freue mich. Trotzdem. Trotzdem und wahnsinnig. Obwohl ich nicht im Mindesten das Gefühl habe, die Lage zu überblicken. Ich brauche Gabriel, seine Ruhe und Besonnenheit und Wärme. Er hat vor einer halben Stunde versucht, mich anzurufen. Vielleicht sollte ich doch … Gerade will ich mir überlegen, ob ich ihn trotz meiner gegenteiligen Absichten in L. A. aufstöbern sollte, als mir mein Magen eine eilige Botschaft sendet. Heißhunger. Ich verlasse schnellstens die Waschräume, um auf direktem Weg das kilometerlange Süßigkeitenregal aufzusuchen. Dort besorge ich mir Schokoladenkekse. Dann brauche ich noch ganz dringend den Geschmack von Trauben. Rote Trauben aus Kalifornien. Sobald ich wieder im Auto sitzend, esse ich ungebremst los, bis nichts mehr da ist. Dann wähle ich Bonnies Nummer.

»Hi, Chiara!«, brüllt sie in den Hörer, kaum hat es einmal geläutet. Im Hintergrund ist der üblich schrille Geräuschpegel einer Kita zu hören. »Klasse, dass du anrufst!«

»Kannst du gerade reden?«, erkundige ich mich.

»Ja, meine Gruppe hat eben das Bällebad gekriegt. Alle Kinder sind drin und keiner heult. Wie geht's dir?«

»Gute Frage, ich weiß es gerade gar nicht!«, platzt es aus mir heraus.

»Hä?«, macht Bonnie und lacht. »Was ist denn mit dir los?«

»Huh, ja, also …« Ich hole tief Luft. »Bonnie, ich bin schwanger«, stoße ich hervor. »Und das war nicht der Plan.«

»Ups.« Einen Moment herrscht Stille in der Leitung. »Hast du denn nicht die Pille genommen … *meine* Pille?«, erkundigt sich Bonnie zartfühlend wie immer. »Ich hatte sie dir doch extra geschickt?!«

»Doch, habe ich. Aber die Post kam ein bisschen zu spät an, und jetzt ist es eben passiert.«

»Hurra!« Bonnie schnalzt mit der Zunge.

»Ja, so ungefähr. Ich finde es ja …«, ich stocke, und für einen Moment weiß ich nicht, ob ich lachen oder weinen soll, entscheide mich aber dann für keins von beidem. »Stell dir vor. Ich! Schwanger! Einfach so – schnipp!« Jetzt bricht sich dann doch ein Kichern den Weg, und ich verschlucke mich gleichzeitig.

»Beruhige dich, das sind die Hormone«, sagt Bonnie. »Und was sagt Gabriel dazu?«

»Er weiß es noch nicht«, antworte ich, mit einem Mal ernüchtert.

Bonnie seufzt. »Du solltest es ihm so schnell wie möglich sagen, es hilft ja nichts. Er ist doch der Vater?«

»Haha. Nicht lustig, wirklich nicht.«

»Sei nicht so empfindlich!«, gibt sie lachend zurück.

»Na ja, das kommt wahrscheinlich von meinem Zustand!«, gebe ich etwas friedlicher zurück. »Ich bin schon die ganze Zeit so gereizt.«

»Na gut. Aber sag es ihm so bald wie möglich.«

»Ich muss warten, bis er von diesem dämlichen Kongress zurück ist.«

»Wieso das denn? Ferdinand, lass das!« Ich höre ein Poltern und Bonnies gedämpfte Stimme. Wahrscheinlich hat sie die Hand auf den Hörer gelegt. Dann ist sie wieder dran: »Sorry … Also, warum willst du warten?«

»Ich weiß nicht. Wir telefonieren ja fast jeden Tag, und er hat gerade so einen richtigen Höhenflug – was er dort lernt und all die megainteressanten Leute und welcher Klinikchef ihm seine Visitenkarte gegeben hat … Das würde gerade so überhaupt nicht passen.«

»Glaubst du etwa, der freut sich nicht?«

»Doch. Glaube schon. Sicher«, stottere ich. »Es ist nur gerade der falsche Zeitpunkt, es ihm zu sagen.«

»Hm. Wie du meinst.« Sie klingt ein bisschen unzufrieden mit mir. Bonnie will am liebsten immer alles gleich auf der Stelle klären. »Also ich freue mich für dich und ich drück dich von hier aus und halte mich auf dem Laufenden! Ich muss jetzt auflegen, hier heulen schon wieder zwei. Kinder sind etwas Herrliches, vergiss das nicht! Freu dich!«

Kurz darauf ruft Margie an und lädt uns alle spontan zum Abendessen auf die Three Oaks Farm ein.

»Was für eine schöne Idee!«, sage ich, obwohl ich hin- und hergerissen bin zwischen Freude und dem Wunsch, mir heute Abend doch lieber die Decke über den Kopf zu ziehen. Außerdem wüsste ich gerne, ob Sarah kommt, um mich innerlich zu wappnen. Aber es käme etwas seltsam rüber, wenn ich ausgerechnet nach Sarah frage. Jeder in der Familie weiß, dass wir nicht so dicke miteinander sind. »Keine große Sache, ganz informell«, betont Margie. »Macht euch keine Umstände.«

Margie kann es natürlich nicht wissen. »Keine Umstände« – so etwas funktioniert mit meiner Familie ganz bestimmt nicht.

Wegen der Gastgeschenke – eine halbe Wagenladung *Dolci* und Gebäck – ist es ein bisschen eng im Auto. Alle haben sich in

Schale geworfen, sogar Charlotte. Sie meinte, das tue ihr nach dem ganzen Herumsumpfen daheim irgendwie gut. Ich dagegen hatte keine Lust auf etwas anderes als Jeans und Pulli. Lo ist ein bisschen stressig drauf. Sie hat versucht, Màmma und Papà noch schnell ein paar nützliche Vokabeln beizubringen. Als sie Charlotte vorhin drängte, Gina den allerschönsten Strampelanzug anzuziehen, war die Stimmung dann für eine Weile am Siedepunkt.

Aller Stress verfliegt aber, als wir von Margie, John und Gran, die alle so entspannt sind wie immer, empfangen werden. Es dauert eine Weile, bis alle einander vorgestellt sind und die Geschenke an die völlig überrumpelten Gastgeber übergeben wurden. Natürlich wird dann auch noch Gina, die im Tragetuch an Giovannis Brust schläft, eingehend bewundert.

»Die Heizung ist schon fast fertig eingebaut«, sagt John, als ich Anstalten mache, den Mantel auszuziehen. »Willst du mal nachschauen? Wir brauchen sowieso noch ein paar Minuten mit dem Essen.«

Letztendlich will meine ganze Familie mitkommen, Baustelle hin oder her, um unsere Wohnung zu besichtigen. Alle ziehen ihre Mäntel wieder an, und auch Giovanni kommt mit, der nur einmal kurz nach unserem Einzug hier war.

Tatsächlich hat John nicht zu viel versprochen. Die Handwerker waren wirklich schnell. Alle Räume mit Ausnahme des Badezimmers sind fertig. Es sieht schon wieder richtig wohnlich aus.

Dass wir noch auf die Küche sparen, versteht meine Familie. Als ich schließlich zum Schluss der Führung die Tür zu dem Zimmer öffne, in dem nur ein einsames Schlafsofa und etliche Umzugskisten stehen, hat Lo ihre eigenen Vorstellungen.

»Und das wird dann das Kinderzimmer! Das solltet ihr nur mal aufräumen!«

»Hm, ja.« Ich senke den Blick und spüre, wie mir das Blut ins Gesicht steigt. »Es gibt einfach zu viel zu tun.«

»Gott, das Aufräumen kann doch warten! Ist ja nicht so, als ginge es demnächst los!«, platzt Charlotte heraus, die meine Verlegenheit vollkommen falsch interpretiert.

»Die Wohnung ist wirklich sehr schön«, meldet sich Papà zu Wort, noch bevor der nächste Streit zwischen Charlotte und Lo aufflammt. Ich schenke ihm ein dankbares Lächeln.

»Ja, ihr habt es wirklich schön hier!« Mamma berührt mich am Arm. »Und wenn es mit der Küche so weit ist, bekommt ihr von uns eine Nudelmaschine!«

»Sarah kann leider nicht kommen!«, sagt Margie nebenbei zu mir, als wir gemeinsam die Schüsseln auftragen. »Wirklich schade.«

»Ja, schade«, gebe ich zur Antwort, während mein Herz einen erleichterten Hüpfer macht.

Immer noch werden meine Knie weich, wenn ich an unsere Begegnung am Morgen denke. So, wie ich Sarah einschätze, wird sie ihre Beobachtung nicht in die Welt hinausposaunen. Und ich glaube auch nicht, dass sie so weit geht, Gabriel auf dem Kongress zu kontaktieren und mit ihrer skandalösen Entdeckung zu überraschen. Aber bei nächster Gelegenheit wird sie es ihm gegenüber erwähnen – und dem muss ich zuvorkommen. Ich zähle jetzt schon die Stunden herunter, bis er wieder hier ist. Aus vielen Gründen.

»Das sieht gut aus!«, kommentiert Lo, als die Platten mit Gemüse, gebackenen Kartoffeln und Steaks auf dem Tisch stehen.

Als John herumgeht und die Weingläser füllt, decke ich mein Glas ab. »Danke, ich bleibe heute bei Wasser«, sage ich mit einem Lächeln.

»Aber du stillst doch nicht!«, flüstert Charlotte neben mir und pufft mich in die Seite. »Ich würde nicht freiwillig auf diesen leckeren Tropfen verzichten!«

»Heute mal nicht, meinem Magen ging es gestern wirklich übel.«

»Ach so ... stimmt. Gut, dass sich das so schnell verflüchtigt hat. War aber sicher besser, gleich bei Dave zu bleiben.«

»Jaja. Ich wollte euch lieber nichts anschleppen, und nachher sind alle krank«, antworte ich. Ich lehne mich zu Gran hinüber. »Kann ich für Charlotte etwas von unserem Johannisbeersaft holen?«

»Natürlich, tu das!«, sagt Gran und wendet sich mit einem entschuldigenden Lächeln an Charlotte. »Darauf hätten wir ja auch selbst kommen können. Wie geht es dir denn mit dem Baby? Wie sehen die Nächte aus?«

»Urg«, macht Charlotte und lacht, und ich springe auf, um den Saft zu holen, von dem ich mich dann auch gleich ganz zufällig bedienen werde. Ablenkungsmanöver geglückt. Vorerst.

Wir verbringen einen wunderschönen Abend zusammen. Trotz der Sprachbarriere kommt die – zugegebenermaßen etwas chaotische – Unterhaltung nicht ins Stocken. Meine ursprünglichen Befürchtungen, dass sich Gabriels eher zurückhaltende Familie durch das Übermaß an Temperament von Lo und Mamma überwältigt fühlen könnte, verwandeln sich nach und nach in Erleichterung und Dankbarkeit für dieses gelungene Kennenlernen. Als wir schließlich über die einsame Talstraße nach Black Dog Lands zurückfahren, sind sich meine Eltern und Lo einig, dass es in diesem Land tatsächlich ein paar Menschen gibt, die richtig gut kochen können.

»Und der Weinkeller erst!«, erwähnt Giovanni immer wieder begeistert, bis ihm Charlotte, die das Fahren übernommen hat, irgendwann sagt, er solle erst wieder davon sprechen, wenn sie nicht mehr stillt.

Während alle weiterplaudern, sehe ich aus dem Seitenfenster in den sternenklaren Himmel, vor dem sich die dunklen Umrisse der Berge abzeichnen. Mir ist ein bisschen wehmütig ums Herz, weil sich der Abschied nun schon wieder nähert, kaum, dass die drei gekommen sind. Auch wenn Lo auf die Dauer etwas anstrengend sein kann, wünschte ich, sie würden nicht schon übermorgen wieder abreisen. Mein einziger Trost ist, dass Gabriel dann wieder hier ist. Ich stelle mir vor, wie er mich in den Arm nimmt und ich ihm in die Augen sehe. Dann werde ich es ihm sagen. Die genauen Worte muss ich mir noch zurechtlegen. Es wird ein besonderer Moment sein, und unser Leben wird danach nicht mehr so sein wie vorher.

Gina beginnt neben mir leise zu weinen, und Giovanni lugt vorsichtig ins Tragetuch.

»Windel muss gewechselt werden!«, murmelt er und grinst mich von der Seite an. »Hast du ein Glück, dass du durchschlafen kannst!«

»Ja«, antworte ich. »So ein Glück aber auch.«

GABRIEL

Ich trete mit meinem Rollkoffer durch die Glastür und schaue mich suchend um. Mein Blick scannt die Menge nach Dad, aber dann ist es zu meiner Überraschung Sarah, die mir zuwinkt.

Mit Lilly an der Hand arbeitet sie sich durch das Gewimmel in meine Richtung vor. Kurz bevor wir aufeinandertreffen, reißt sich Lilly los. Sie legt einen kleinen Sprint hin und wirft sich in ihrem flauschigen roten Mantel lachend gegen meine Beine. Ich packe ihren schmalen Körper und hebe sie in die Luft. Lilly quietscht entzückt, als ich sie ein bisschen hin- und herschwenke und sie dann zwischen Sarah und mir wieder absetze.

»Hey, Bruder!« Sarah gibt mir über Lilly hinweg einen Knuff. »Willkommen zurück im Gefrierschrank Colorado!« In ihrer hellblauen Daunenjacke und der weißen Mütze sieht sie aus, als könnte die Kälte ihr nichts anhaben.

»Das ist ja eine schöne Idee von euch, mich abzuholen!« Ich nehme meinen Koffer wieder auf, und wir bewegen uns in Richtung Parkhaus.

Sarah zuckt lächelnd die Schultern. »Ich habe Dad angeboten, dass ich fahren kann. Ich hatte einfach Zeit. Und Lilly findet den Flughafen sehr spannend, oder, *honeypie?*«

Lilly nickt. »Wir kaufen auch noch Brötchen bei Chiara!«

»Oh, das finde ich ja großartig! Da wird sie aber ganz schön überrascht sein!« Ich zupfe an Lillys Bommelmütze.

»Liegt ja auf dem Weg«, bemerkt Sarah, ohne die Miene zu verziehen. Meine Schwester ist kein großer Fan von Chiara, und sie gibt sich auch keine große Mühe, diese Tatsache zu verbergen. Das ist eben Sarah – gnadenlos offen und unverblümt. Davon abgesehen ist sie *mein* allergrößter Fan, und darin liegt vermutlich das Problem. Sarah ist schlicht und einfach ein bisschen eifersüchtig auf Chiara, die mein Herz und auch die Herzen meiner restlichen Familie im Sturm erobert hat.

Die Unterhaltung auf dem ersten Teil der Fahrt bestreitet Lilly damit, von ihren geliebten Hühnern zu erzählen. Sie besitzt jetzt also auch auf der Silver Ranch ein eigenes Huhn namens Peach. Sarah und Manuel hatten gehofft, dass Lilly zukünftig darauf verzichten würde, ihr Lieblingshuhn auf Three Oaks namens Cherry von einer Farm zur anderen hin- und herzuschleppen. Dabei herausgekommen ist, dass jetzt zwei Hühner pendeln. Lilly ist eine starke Persönlichkeit, ganz wie ihre Mutter. Manchmal habe ich fast schon Mitleid mit Manuel.

Aber ich komme nicht dazu, weiter über Manuel nachzudenken. Lilly konzentriert sich inzwischen darauf, vorbeifahrenden Autofahrern die Zunge herauszustrecken, und im nächsten Moment erzählt mir Sarah, wie super es mit ihr und Manuel läuft. Das freut mich immer zu hören. Manuel ist der erste Kerl, mit dem sich meine Schwester zusammentut, der kein notorischer Loser ist. Nachdem die beiden jetzt über ein Jahr zusammen sind, fängt die Familie so allmählich an, dem Frieden zu trauen.

»Und mit dir und Chiara läuft's auch gut?«, fragt sie wie nebenbei und schaltet die Scheibenwischer ein, weil gerade ein paar Flocken vom Himmel kommen.

»Ja, alles gut«, sage ich und bin gleichzeitig leicht beunruhigt. Irgendwas in ihrem Ton war auf seltsame Weise mitfühlend. Ja, es klang eigentlich so, als führten Chiara und ich eine stressgebeutelte Beziehung, die hin und wieder auch mal gute Tage erlebt.

»Ist bestimmt nicht so einfach ...«, setzt sie jetzt mit einem ermunternden Lächeln hinterher. Als wäre sie seit Neuestem meine Therapeutin.

»Klar, wir leben gerade in sehr verschiedenen Welten«, räume ich ein. »Aber«, setze ich gleich dazu, »bei dir und Manuel ist das ja auch nicht anders.« Ich habe wirklich keine Lust, mit Sarah über meine Beziehung zu reden.

»Wir sind aber auch beide nicht so ehrgeizig wie ihr zwei«, fährt Sarah hartnäckig fort und wirft mir dabei einen langen Blick zu.

Kurz bin ich versucht, ihr zu widersprechen. Manuel ist durchaus ehrgeizig. Wie sonst könnte er gleichzeitig einen Vollzeitjob in der Klinik haben und die Silver Ranch gemeinsam mit seinem Vater führen? Sarah hingegen könnte für meinen Geschmack ruhig etwas ehrgeiziger sein. Aber dann haben wir die Bäckerei auch schon erreicht. Thema durch. Außer Chiara ist überhaupt nichts mehr wichtig.

Im Laden herrscht Hochbetrieb. Eine kleine Schlange hat sich vor der Theke gebildet, und Chiara nimmt gerade die Bestellung einer Kundin entgegen. Sie ist viel zu beschäftigt, um uns drei sofort zu bemerken, und Lilly legt verschwörerisch einen Finger auf ihre Lippen und bedeutet mir, dass wir uns lautlos anschleichen sollen. Sie liebt es, Leute zu überraschen.

Auch Dave ist hier. Er lehnt mit einer Brötchentüte in der Hand lässig an einem der Tische und quatscht mit Randy Zamora, einem Farmer aus Cold Creek. Als er mich sieht, hebt er kurz die Hand und grinst. Jetzt schaut Chiara endlich hoch, und ihr Gesicht leuchtet auf wie eine Wunderkerze. »Bin gleich bei dir!«, formt sie mit den Lippen, bevor sie sich wieder darauf konzentriert, Brötchen in eine Tüte zu packen. Mein Herz schlägt wild in meiner Brust, als ich mich mit Sarah in die Schlange einreihe. Lilly hat sich schon hinter die Theke geschlichen und springt Chiara mit einem lauten BUH! an die Schürze. Chiara lacht und drückt Lilly kurz, bevor sie die Kreditkarte der Kundin entgegennimmt und mit dieser noch ein paar Worte wechselt.

Randy verlässt grüßend den Laden, und Dave kommt zu uns herübergeschlendert.

»Brauchst du auch noch Brot?«, fragt Sarah ein bisschen spitz, als fürchtete sie, Dave wollte sich vordrängeln.

»Nein.« Dave fährt sich durch die Haare und wendet sich mir zu. »Wie war Los Angeles? Wichtige Sache, oder?«

»Ja, schon. Es war echt cool. Sag, wie geht es Jenny?«

»Hm.« Er wiegt den Kopf. »Sie ist in einer privaten Rehaklinik in Denver. Macht ganz gute Fortschritte, wie ich höre.«

Ich stutze. »Du warst noch nicht dort?«

»Nein.« Die Antwort kommt schnell. »Jenny braucht jetzt ihre Ruhe.«

Ich ziehe die Luft ein, weil mir sofort klar ist, dass das nur die halbe Wahrheit ist. »Ah, okay.«

»Ich mache mich dann mal auf den Weg.« Dave setzt sich in Bewegung. »Man sieht sich.«

Endlich sind alle Kunden vor uns bedient und der Laden ist, bis auf uns, gerade für einen Moment leer.

»Komm einfach hinter die Theke und nimm, was du brauchst!«, fordert Chiara meine Schwester auf. »Und Lilly hilft!«, fügt sie mit einem Lächeln in Lillys Richtung hinzu. Dann umkurvt sie die Theke und fliegt mir förmlich in die Arme. Der steif gebügelte Stoff ihrer Schürze raschelt an meiner Daunenjacke, als ich sie an mich ziehe. Sie ist so warm, und ihre Haare riechen süß nach Zimt und Brötchenteig.

»Endlich!«, sagt sie seufzend. Aber dann schiebt sie mich schon wieder von sich weg, weil erneut die Ladenglocke geht. »Weiter geht's!« Sie zuckt mit einem bedauernden Lächeln die Schultern und sieht mich mit glänzenden Augen an, während sie ein Haarklämmerchen festklippt, das sich bei unserer Umarmung gelöst hat.

Mist. Wir hatten noch nicht einmal Zeit für einen einzigen Kuss, und jetzt huscht sie schnell hinter die Theke.

Sie winkt noch einmal kurz, und dann wendet sie sich schon dem neuen Kunden zu.

»Der arme Dave«, bemerke ich eine Weile später, als wir unsere Fahrt nach Three Oaks fortsetzen.

»Wieso?« Sarah hält an der Ampel, der einzigen in Cold Creek, an. Sie wirft mir einen fragenden Blick zu, den Finger am Schalter für die Sitzheizung. »Sag mal, frierst du?«

»Ja, schon«, gebe ich unwillig zu. »Der Temperaturunterschied zu Kalifornien ist heftig.«

Sarah grinst und stellt den Regler auf die höchste Stufe.

»Um auf Dave zurückzukommen …«, sie gibt vorsichtig wieder Gas, »ich glaube, wenn er es mit Jenny wieder verzockt, geht das wirklich auf seine Kappe. Der Kerl ändert sich einfach nie.«

Ich werfe ihr einen überraschten Seitenblick zu. »Wie kommst du denn darauf? Ich hatte den Eindruck, dass er es dieses Mal wirklich ernst meint!«

Sarah hüstelt spöttisch. »Frag doch mal Chiara.«

»Chiara? Was hat die denn damit zu tun?« Ich verändere meine Sitzposition, um meine Schwester besser ansehen zu können. Die meidet meinen Blick aber und sieht stur vor sich auf die Straße.

»Tja, Chiara und Dave, das ist so eine Sache.« Sarah zuckt die Achseln und zieht routiniert an einem Pferdetransporter vorbei, der vor uns auf der Talstraße dahinschleicht.

»Was?« Mir ist plötzlich mulmig.

»Oh!«, ruft Sarah mit einem Mal etwas zu enthusiastisch und deutet auf den Wagen. »Da fährt unser neues Pferd! Wir kriegen nämlich eine junge Stute auf der Silver Ranch. Wir brauchen ganz dringend noch ein paar Pferde, die Nachfrage nach Reitunterricht ist riesig!«

»Aha.« Ich bin nicht bereit, auf ihr Ablenkungsmanöver hereinzufallen. »Also, was ist mit Dave und Chiara?« Inzwischen bin ich leicht irritiert und genervt von Sarahs Verhalten. Irgendwas stimmt nicht mit ihr.

»Ach, ich weiß nicht, keine Ahnung. Die sind ja sehr vertraut miteinander.«

»Mummy, wie sieht das neue Pferd aus?«, fragt Lilly von der Rückbank dazwischen.

»Weiß mit kleinen braunen Punkten«, erklärt Sarah.

»Das ist meine Lieblingsfarbe«, murmelt Lilly zufrieden.

Die beiden unterhalten sich über die neue Stute, aber ich bin in Gedanken ganz woanders. Ist es möglich, dass zwischen Dave und Chiara etwas vorgefallen ist, von dem Sarah weiß? Mein Kopf beginnt zu schwirren. Bisher bin ich nicht im Traum auf den Gedanken gekommen, dass sich die beiden noch einmal näherkommen könnten. Vielleicht bin ich aber auch einfach mal wieder der Trottel, der nichts merkt. Was ja nicht wirklich neu wäre. In meiner vorherigen Beziehung ist mir schließlich auch entgangen, dass ich längst durch einen anderen Mann ersetzt worden war.

Als Lilly eine Redepause einlegt, bin ich drauf und dran, nachzuhaken, was ich dann aber letztlich bleiben lasse. Chiaras Freude, ihr liebevoller Blick, ihre sehnsuchtsvolle Stimme am Telefon … nein, ganz bestimmt nicht. Soll meine Schwester doch meinetwegen irgendwelche Gespenster sehen. Für mich gibt es nicht den geringsten Anlass, an Chiaras Loyalität und ihrer Liebe zu zweifeln.

CHIARA

Später als erwartet und ziemlich abgehetzt treffe ich auf der Three Oaks Farm ein. Wir schließen zwar am Samstag schon um drei, aber mir ist ein kleiner Planungsfehler unterlaufen. Sehr ärgerlich, dass es mir zu spät aufgefallen ist – das Mehl war viel schneller zur Neige gegangen als vermutet, und ich musste noch mal losziehen, um Nachschub zu besorgen. Jetzt ist es bereits früher Abend und ich will einfach nur noch Wochenende haben – und Gabriel. Aber die ersehnte Entspannung scheint mir noch nicht vergönnt, denn kaum biege ich um die Kurve, entdecke ich Sarahs Auto auf dem Hof. Die hat mir wirklich gerade noch gefehlt!

Als ich das Esszimmer betrete, hat sich die ganze Familie schon um den Tisch versammelt. Mir wird spontan etwas leichter zumute, als ich sehe, dass auch Manuel gekommen ist. In seiner Gegenwart wird sich Sarah bestimmt mit bissigen Anspielungen zurückhalten.

»Chiara, endlich, setz dich!«, sagt Margie und zwinkert mir zu. »Leute, fangt an!«, fügt sie an die Runde gewandt hinzu.

»Sorry, ich bin spät! Es war noch so viel zu erledigen!« Ich beeile mich, neben Gabriel Platz zu nehmen.

»Hey!« Seine dunklen Augen glänzen im gedämpften Licht, als er seinen Arm um meine Schultern legt und mich kurz an sich zieht. Dabei streift er mir einen Kuss auf die Wange, und im selben Moment fällt die Anspannung von mir ab. Alles wird gut, denke ich mit großer Zuversicht. Ich wäre jetzt so unheimlich gerne allein mit ihm. Und es gäbe so viel zu sagen …

Gabriel nimmt seinen Arm von meinen Schultern und gibt so etwas wie ein Seufzen von sich, während seine Augenbrauen kurz nach oben wandern. Ich wette, wir denken gerade dasselbe.

Mein Eintreffen hat offensichtlich ein intensives Gespräch zwischen Manuel und Gabriel unterbrochen, das Manuel jetzt wiederaufnimmt. Er scheint sich geradezu brennend für jeden einzelnen Vortrag zu interessieren, den sich Gabriel angehört hat.

»Mann, geh doch einfach selber mal auf einen Kongress!«, mischt sich Sarah plötzlich ein, charmant und diplomatisch wie immer.

Manuel lacht. »Hast du eine Ahnung, wie schwierig es ist, auf so eine Megaveranstaltung eingeladen zu werden?«

»Ach so, verstehe.« Sarah grinst ihren Bruder über den Tisch bewundernd an. »Es ist also, weil du ein Überflieger bist, Gabriel?«

»Natürlich nicht.« Gabriel schüttelt den Kopf. »Meine Oberärztin hat mich da irgendwie reingeboxt. Sie hielt es für eine gute Idee.«

Hahaha. Sie hielt es für eine gute Idee. Weil …?

Mir wäre es lieber gewesen, er hätte Sarahs Lorbeeren einfach kassiert, anstatt dieses Thema anzuschneiden. Sofort habe ich einen Flashback von der unangenehmen Begegnung auf dem Christmas Ball. Und ich ahne, dass Gabriel all die aufregenden Vorträge mit ihr geteilt hat und dass sie bestimmt genauso leidenschaftlich darüber diskutieren, wie Manuel und er es gerade tun … Mir wird – tatsächlich! – ein bisschen übel. Und das hat irgendwie andere Gründe als die Schwangerschaft.

Kaum hat sich mein Magen wieder beruhigt, überkommt mich eine lähmende Müdigkeit. Die Woche hatte es wirklich in sich, und ich bin vor lauter Erschöpfung kaum in der Lage, dem Gespräch am Tisch zu folgen.

Als wir endlich mit Buddy aus dem warmen Haus in die Kälte hinaustreten und über den Hof zur Scheune gehen, kommen wir genau drei Schritte weit, bevor wir uns in die Arme stürzen. Wir küssen uns lange und innig und es ist genauso wunderschön, wie ich es mir vorgestellt habe. Winzige Flöckchen segeln auf uns herab und die dunkle Schneelandschaft um uns herum ist still und ein bisschen verzaubert.

Gabriel streicht mir eine Strähne aus dem Gesicht. »Du hast mir so gefehlt.«

»Du mir auch!«, antworte ich und spüre, wie mein Herz schneller schlägt.

»Komm! Wir gehen ins Warme!« Er nimmt meine Hand und wir laufen schnell über den Hof. Der mutige Teil meiner selbst hat in meinem Kopf eine Diskussion mit dem ängstlichen Teil begonnen, ob heute Abend wirklich der perfekte Moment für meine Neuigkeiten ist. Ich bin mir seiner Begeisterung plötzlich nicht mehr so sicher. Gerade eben hat er dermaßen leidenschaftlich über seinen Beruf geredet, und über die tausend Möglichkeiten, die sich in Los Angeles eröffnet haben …

Nicht heute Abend.

Ich bin todmüde nach dieser Woche.

Und so glücklich, dass er hier ist.

Die Tür fällt hinter uns zu, und schon zieht mich Gabriel in seine Arme.

Morgen, denke ich, und dann küsst er mich so leidenschaftlich, dass ich überhaupt nichts mehr denken will.

Ich blinzle schläfrig auf den großen Frühstückstisch. Wir sind gerade erst vor einer knappen Viertelstunde wach geworden, als Margie bei uns an der Wohnungstür klingelte und fragte, ob wir das Sonntagsfrühstück lieber ausfallen lassen möchten.

Wollten wir nicht.

Ich greife nach einem Brötchen und säble es auf. Ich bin hungrig wie ein Grizzly.

»Was hältst du davon, wenn wir heute Schlitten fahren?« Gabriel lächelt mich erwartungsvoll von der Seite an.

Meine Hand mit dem Messer stockt mitten in der Bewegung, und bevor ich darüber nachdenke, schüttle ich schon energisch den Kopf. »Nach Schlittenfahren ist mir nicht so zumute, glaube ich.«

Dio. Schlitten fahren. Das hätte mir gerade noch gefehlt.

Gabriel blinzelt irritiert. Mir fällt ein, dass ich mehr als einmal am Telefon erwähnt hatte, wie sehr ich mich auf eine Rodelparty freue, wenn er wieder da ist.

»Wie wäre es mit einer Schneeschuhwanderung?«, schlage ich hastig vor. »Ich … würde gerne ein bisschen trainieren.« Gott. Was für einen Schwachsinn rede ich denn da! Trainieren. Dass ich nicht lache. Aber Schneeschuhwandern ist super. Frische Luft und keine Erschütterungen, die meinen Bauch vielleicht wieder in Unordnung bringen könnten.

»Auch gut!« Gabriel nickt zufrieden und steht auf, um die Pfanne mit den Spiegeleiern zu holen.

Ich beobachte ihn, wie er am Herd hantiert, und ein schmerzhafter Gedanke drängt sich plötzlich in mein Bewusstsein. Ich frage mich, ob es sein kann, dass man sich innerhalb von nur einer Woche ein kleines bisschen fremd wird. Ich fühle eine winzige Distanz zwischen uns, die vorher nicht da war und die ich einfach nicht überwinden kann. Wir tun alles wie immer – reden, lachen, uns küssen, uns lieben –, aber immer kommt es mir vor, als wäre Gabriel nicht richtig da, als behielte er einen Teil von sich zurück.

Das Brötchen, an dem ich gerade kaue, bleibt mir fast im Hals stecken, als sich vor meinem inneren Auge ein Horrorszenario entfaltet: Vielleicht hat er auf dem Kongress eine andere Frau getroffen, die ihn mehr fasziniert als ich. Immerhin habe ich keinen blassen Schimmer von seinem Job, und er brennt nun einmal für die Chirurgie. Oder es ist doch zwischen ihm und Patricia etwas geschehen. Wäre es da ein Wunder … Ich beginne zu frösteln.

Nein, ich kann jetzt unmöglich mit meinen Neuigkeiten ankommen. Wir müssen uns erst wieder besser zusammenfinden.

»Chiara?« Johns Stimme kommt von weit her. Ich schrecke hoch und sehe direkt in das warme Lächeln von Gabriels Dad, der neben mir steht und eine Kanne hochhält. »Möchtest du Orangensaft?«

»Gerne«, stottere ich. »Danke.«

Ich muss dringend mit Bonnie und Charlotte reden. Und bis dahin ist es wohl das Beste, wenn ich den Ball flach halte und erst mal abwarte, ob sich das vertraute Gefühl zwischen Gabriel und mir wieder einstellt.

Unser Ziel ist der Lost Lake, an dem wir schon im Sommer einige Male gewesen sind. Von dort starten mehrere schöne Rundwege. Damals herrschte flirrende Hitze. Jetzt spiegelt die gefrorene Oberfläche des Sees das kalte Licht der Wintersonne. Vor meinem inneren Auge tauchen Bilder aus der unbeschwerten Anfangszeit auf. Es war einer der ersten Tage nach unserer Ankunft gewesen und so heiß, dass wir uns nach unserer Tour einfach bis auf die Unterwäsche auszogen und in den See sprangen. Danach legten wir uns auf die Wiese voller Wildblumen in den schönsten Farben und Formen und ließen uns von der Sonne trocknen. Wir aßen unseren restlichen Proviant und waren so unfassbar glücklich, hier zu sein. Ich glaube, ich habe in diesen ersten Tagen Tausende von Fotos gemacht, so fasziniert war ich von den Rockies, die ich ja bisher nur im Schnee kannte. Es waren nur zwei Wochen, in denen wir durch die Wälder streiften und Gipfel bestiegen, bevor Gabriel seinen Job in der Klinik antrat. Trotzdem fühlt es sich im Rückblick an wie ein endloser, fantastischer Sommer.

Gabriel hält mir seine Hand hin. »Hey. Gehen wir?«

»Klar.« Ich ergreife seine Hand, und wir laufen los. Der Anblick der Winterlandschaft, die wildromantisch und unberührt vor uns liegt, lässt meine Sorgen und Ängste in den Hintergrund treten. Das gleichmäßige Knirschen unserer Schritte im Schnee ist das einzige Geräusch, und ich kann spüren, wie sich die Ruhe auch auf mich überträgt.

»Worüber denkst du nach?«, fragt mich Gabriel plötzlich und sieht mich fragend von der Seite an.

»Worüber denkst du denn nach?«, stelle ich die Gegenfrage.

»Du zuerst.« Er drückt einmal kurz meine Hand. »Du kommst mir so abwesend vor.«

Na, denke ich, damit hast du doch angefangen, Gabriel! Mein Bauch flimmert. Ich bringe das dringendste aller dringenden Themen einfach nicht über die Lippen.

»Ich denke über die letzte Woche in der Bäckerei nach. Du weißt ja, dieser Streit mit Evan …« Ich suche Gabriels Blick. »Ich zweifle gerade an mir selbst. Eigentlich dachte ich, schon viel mehr hier angekommen zu sein. Und jetzt merke ich, dass ich mich irgendwie immer noch im Praktikantenmodus befinde.«

»Verstehe.« Gabriel nickt.

»Ich bin so enttäuscht. Immerhin möchte ich Liams Bäckerei übernehmen, wenn es so weit ist«, füge ich niedergeschlagen hinzu.

Gabriel verlangsamt seinen Schritt. »Dann lass es doch einfach langsamer angehen. Ich meine, selbst wenn Liam seinen Laden in Kürze aufgibt und du die Chance verpasst wegen all der bürokratischen und sonstigen Hindernisse.« Er räuspert sich. »Wir beide … ich habe das Gefühl, es können sich noch so viele andere Chancen auftun. Es kann sich noch so viel verändern.«

Ich spüre, wie mein Gesicht mit einem Mal warm wird und meine Haut unangenehm prickelt. Ich lasse spontan seine Hand los und wir bleiben beide stehen. »Was heißt denn *verändern*?« Meine Stimme zittert. Himmel. Jetzt. Nein, bitte nicht. Bitte keine andere Frau.

»Tja, ich meine … zum Beispiel, dass ich eine Stelle irgendwo anders angeboten kriege. Ich habe ein paar interessante Kontakte geknüpft und …«

»Ha …« Atmen, Chiara. Wunderbar, es ist nur seine blöde Karriere, kein Grund, sich aufzuregen. »Jeden Tag erzählst du mir, wie *happy happy happy* du bist, wieder im Cold Creek Valley zu sein.« Ich kann aus unerfindlichen Gründen nicht stoppen. Ich explodiere wie ein vergessener Silvesterböller, der eben noch scheinheilig im Rinnstein vor sich hin geglimmt hat. »Und jetzt sagst du, du gehst vielleicht wieder weg? Und ich soll mit? Vergiss es, Gabriel! Geh meinetwegen weg, aber ich wette, du bist in drei Monaten wieder da!«

Wow.

Gabriel starrt mich ungläubig an, aber in seinem Blick liegt noch etwas anderes: eine erschreckende Kühle und Distanz. Ich könnte Eiswürfel heulen, so trostlos und einsam fühle ich mich plötzlich. Erstaunlicherweise bleiben meine Augen aber trocken.

Einen Moment herrscht quälende Stille. Dann fragt er: »Ist irgendwas nicht in Ordnung mit dir?«

Ich sehe immer noch rot. »Du hast mich vorhin gefragt, worüber ich nachdenke, und ich habe es dir gesagt. Jetzt bist du dran.« Was natürlich nicht viel mehr ist als ein gutes Ablenkungsmanöver. Aber ich muss mich erst mal wieder beruhigen.

»Hm.« Gabriel wechselt unbehaglich das Standbein. »Mir gehen gerade viele Sachen durch den Kopf, aber ich will das erst mal mit mir selbst ausmachen. Okay?«

»Aha. Okay.« Mein Magen knüllt sich für einen Moment zusammen. Als er mich kurz ansieht, liegen Sorge und Nervosität in seinem Blick.

Wir setzen uns wieder in Bewegung, und nach wenigen Schritten greife ich nach seiner Hand.

»Weißt du noch, im Sommer? Da oben waren wir«, sagt er und deutet auf einen der schneebedeckten Berge. Seine Stimme klingt mit einem Mal ganz weich.

Jetzt.

Die Worte drängen sich auf meine Zunge. Was für eine romantische, zauberhafte Umgebung für eine solche Botschaft.

Aber ich schaffe es nicht. In meinem Kopf ist ein ängstliches, alarmiertes Summen. Ich bin mir einfach nicht sicher, ob er sich wirklich freuen wird. Ob die Gedanken, die er gerade mit sich selbst ausmachen will, mit einem ungeplanten Baby zu vereinbaren sind. Vielleicht wird er mit seiner nüchternen Art nur die Probleme sehen. Ich könnte es nicht ertragen, so verwundbar, wie ich mich gerade fühle. Hat er nicht damals, als wir bei Tayler waren, betont, dass wir in unserem aktuellen Leben niemals Arbeit und Kinder unter einen Hut kriegen würden?

Ich schlucke und der Moment vergeht, ohne dass ich etwas sage.

Von dem Lärm in der Küche könnte man taub werden. Trotzdem kriege ich mit, dass Gabriel am Handy mit Patricia über den Dienstplan der nächsten Woche redet. Am Sonntagabend!

Ich rühre in der Tomatensoße, die auf dem Herd köchelt, und versuche, seinen Gesichtsausdruck zu deuten. Zu meiner Erleichterung wirkt er jedenfalls nicht gerade hochbeglückt.

»Gib mir mal den Pfannenheber!«, wendet sich John an Margie.

»Schhhh!«, macht Gran. Sie steht neben dem extra laut gestellten Küchenradio und trocknet sich seit gefühlt fünf Minuten die Hände an ihrer Schürze ab.

Es läuft gerade ein Beitrag über die National Western Stock Show in Denver. Terrys Sohn stellt dort seine Kühe aus, und morgen wollen Gran und Terry die Viehausstellung besuchen. Wirklich eine große Sache.

Wer es – wie Gabriel vorhin – wagt, den Ausflug ein *Date* zu nennen, kassiert einen strafenden Blick.

Es erwartet uns ein aufregender Tag, Leute! Am Morgen der

Wettbewerb der Schäferhunde, die ihr Bestes geben, wenn sie ihre flauschigen Freunde zusammentreiben …

Ich muss grinsen. Wegen der *flauschigen Freunde* ist Giovanni morgen den ganzen Tag dort, und Charlotte hat mich gefragt, ob ich nach der Arbeit zu ihr komme. Perfekter könnte es gar nicht sein, um endlich mal unter vier Augen zu reden. Ohne Charlottes Rat komme ich hier gerade nicht weiter. Je länger die seltsame Stimmung zwischen Gabriel und mir andauert, desto mehr verlässt mich der Mut, diejenige zu sein, die eine längst fällige Aussprache ins Rollen bringt.

… das Bullenreiten. Ein Nervenkitzel, wenn die Favoriten Cameron Zimmerman und Dave Hanson an den Start gehen!

Ich hebe überrascht den Kopf. »Wow, ich wusste gar nicht, dass Dave morgen ein so wichtiges Rodeo hat!«

Gran und ich wechseln einen schnellen Blick. »Das schaue ich mir ganz bestimmt an!«, sagt sie mit einem begeisterten Glitzern in den Augen. »Schade, dass du arbeiten musst, Liebes!«

»Oh schade, ich würde Dave auch gerne in Aktion sehen!«, antworte ich mit einem enttäuschten Seufzen.

Gabriel, der sein Telefonat gerade beendet hat, sieht mich plötzlich mit schmalen Augen an und öffnet den Mund, als wollte er mir etwas sagen. Aber dann tut er es nicht und senkt den Blick auf sein Handy.

Etwas stimmt nicht. Definitiv.

CHIARA

Der nächste Tag zieht hinter einer dichten Wolkenbank an mir vorbei. Es scheint mir völlig unmöglich zu sein, auch nur einen einzigen klaren Gedanken zu fassen. Ich treibe wie ein steuerloses Schiff auf einem Ozean von Wut und Traurigkeit, und bei der Erinnerung an gestern Abend verkrampft sich mein Magen jedes Mal aufs Neue. Was war das nur für ein schlimmer, schlimmer Streit, der scheinbar ohne Vorwarnung ausgebrochen war! Dabei wollten wir eigentlich schon schlafen. Es fing damit an, dass Gabriel den Wecker noch früher als gewöhnlich stellen wollte. Auf einmal war ich sauer, denn er wollte das natürlich nur deshalb, weil Patricia – die großartige Patricia, die es wohl gar nicht abwarten kann, bis ihr Liebling Gabriel endlich wieder da ist! – ihn für eine frühe Besprechung einbestellt hat. Ich habe ihn im Streit *Schleppenträger* genannt, und das hat ihn richtig hochgebracht. Danach ging es hin und her. Es war grauenhaft. Am Ende zog Gabriel aufs Sofa, und ich lag weinend in unserem großen Bett, das mit einem Mal so unendlich leer war.

Heute Morgen wachte ich auf, als die Tür hinter Gabriel zuklappte und Buddy anklagend vor der Schlafzimmertür winselte. Es gibt wohl kaum eine schlechtere Art, eine Arbeitswoche zu beginnen.

Ein paar Kaffeebohnen kullern auf den Boden, bevor ich registriere, dass ich den Behälter der Maschine ein bisschen zu vollgestopft habe. Mein selbstmitleidiges Ich rollt die Augen und murmelt stumm: *Siehst du, heute läuft aber auch alles schief.*

Ich zucke zusammen, als Mary mich mit dem Ellbogen anstupst. »Schau, es wird langsam!«, sagt sie mit einem zufriedenen Grinsen und deutet mit dem Kinn zur Tür. Gerade ist eine Kundin hinausgegangen, mit einer großen Gebäckschachtel unter dem Arm. »Die *Cannoli* mit Schokoladencremefüllung sind hiermit ausverkauft.«

»Wirklich?« Ich starre ungläubig auf das leere Tablett. Es war ein Akt von Frust und Verzweiflung gewesen, dass ich mich heute Morgen – noch bevor Evan mit den Brötchen loslegte – mit dem Backen der *Cannoli* ablenkte. Vielleicht lag es auch zum Teil an meinem plötzlichen Heißhunger auf Schokoladencreme.

»Ich dachte, auf denen bleiben wir sitzen«, bemerke ich kopfschüttelnd. »Das Kaufverhalten der Leute hier ist mir ein Rätsel!«

Auf Marys Gesicht ist ein merkwürdiges Lächeln erschienen. Ich kneife die Augen zusammen. »Sag nicht, dass wieder mal irgendwo ein Fest oder ein Geburtstag stattfindet, von dem ich wissen sollte?«, erkundige ich mich argwöhnisch.

Mary sieht zur Decke und wieder zurück zu mir. »Hm. Das hier war Janet.«

»Klar, das war Janet. Und weiter?«

»Janet leitet den Quilt-Club. Also im Wesentlichen ein paar Frauen, die sich treffen und Quilts fabrizieren. Das Treffen ist immer montags. Also heute. Und immer bringt eines der Mitglieder etwas zu essen mit. Offensichtlich hast du Janet für dein

Gebäck begeistert, weshalb sie ihre Neuentdeckung mit ihren Handarbeitsfreundinnen teilen möchte …«

Sie runzelt die Stirn. »Ich würde mir an deiner Stelle notieren, dass möglicherweise am nächsten Montag ein anderes Clubmitglied hereinschneit und größere Mengen Gebäck kauft.«

»Und wie viele Clubs gibt es hier in der Gegend?« Das alles kommt mir sehr unübersichtlich vor.

»Gar nicht so viele. Frag Evan, der weiß das ganz genau. Außerdem, an welchen Tagen das Geschäft flau ist, wann die Leute ihr Geld festhalten – zum Beispiel nach Weihnachten, also … jetzt gerade … wann Feste und wichtige Geburtstage anstehen. Und du musst viel, ganz viel mit den Kunden ins Gespräch kommen. Die sind gar nicht so schweigsam, wenn sie mal Zutrauen zu dir gefasst haben.« Sie legt mir kurz die Hand auf den Arm. »Sorry, ich wollte dich nicht zutexten, aber vielleicht ist es interessant für dich …«

»Nein, alles gut und danke für die Tipps! Ich werde mich also überwinden und die Leute noch öfter mit meinem holprigen Englisch beglücken.«

»Oh, Chiara!« Mary lacht auf und streicht mir über den Arm. »Du machst das so gut! Wenn ich mir vorstelle, jemand würde mich in eine italienische Bäckerei verfrachten und erwarten, dass ich den Chef vertrete … Oh. Mein. Gott. Das wäre eine Katastrophe. Entspann dich und gib dir Zeit!«

»Ja, sollte ich wohl machen.« Ich nicke und nehme meine ganze Beherrschung zusammen, um nicht vor lauter Dankbarkeit über ihre ermutigenden Worte in Tränen auszubrechen.

Der Winter macht eine kurze Pause und es taut schon den ganzen Tag. Als ich nach Arbeitsschluss zu Charlotte fahre, ist der Vorplatz vor ihrem Haus ein einziger Schmelzwassersee. Charlotte, die mich oben an der Treppe erwartet, hält Massimo vorsorglich am Halsband fest.

»Der Hund darf jetzt gerade mal nicht raus. Er ist frisch gebadet.« Sie strahlt mich an. »Komm rein, komm rein! Ich habe etwas zu feiern!«

In der Küche bullert der Kamin. Gina liegt im Stubenwagen, die kleinen Hände zu Fäusten geballt, und sie scheint das Muster der Vorhänge zu bestaunen.

»Du bist so süß!«, sage ich, und mein Puls beginnt zu hüpfen.

»Oh ja, sie ist süß. Und sie lässt mich tatsächlich ein bisschen arbeiten!«

Charlotte geht schnurstracks zum Kühlschrank und holt eine Flasche heraus, die sie mit fragendem Gesichtsausdruck in die Luft hält. »Trinkst du einen alkoholfreien Prosecco mit mir?«

»Sehr gerne! Was gibt es zu feiern?« Ich gehe zum Schrank und hole Gläser heraus.

»Ich habe heute einen Auftrag angenommen, der ein bisschen Geld ins Haus bringt!«

»Glückwunsch!«

»Danke. War auch höchste Zeit, wir sind ganz schön klamm.« Sie füllt die Gläser und reicht mir eins davon.

Wir stoßen an und nehmen den ersten Schluck.

»Und was gibt's bei dir Neues?« Charlotte lehnt sich mit dem Rücken gegen den Kühlschrank und legt den Kopf schief.

»Hm.« Ich sehe auf ihre Hände. »Du stellst besser dieses Glas ab.«

Charlottes Augenlider zucken. »Was??« Aber sie tut, was ich gesagt habe. »O-kay?«, sagt sie gedehnt, während ihr Blick zwischen Belustigung und Besorgnis schwankt.

Achtung. Fertig. Los. »Ich bin schwanger.« Es ist heraus und schlägt ein wie eine Granate.

»Oh. Mein. Gott!« Charlotte gibt einen kleinen Entzückensschrei von sich, und dann versinke ich schon in ihrer Umarmung. Aber nicht lange. Sie packt mich bei den Schultern und schiebt mich ein Stück von sich weg, um mir besser ins Gesicht sehen zu können.

»Sag schon. Wann, wie, warum?« In ihren Augen stehen Tränen, und gleichzeitig lacht sie.

»Ich weiß nicht«, gebe ich zaghaft zurück. Ich gehe zur Eckbank, lasse mich auf das verschlissene Polster fallen, und dann erzähle ich ihr die ganze lange Geschichte. Zum Schluss, als ich bei dem Streit von gestern Abend angekommen bin, laufen mir die Tränen herunter. »Tut mir leid«, schluchze ich. »Ich weiß auch nicht, warum ich es schaffe, so ein Chaos anzurichten!«

Charlotte geht zur Spüle und bringt mir eine Rolle Küchenpapier. Dann schiebt sie sich neben mich auf die Eckbank und legt mir den Arm um die Schultern.

»Lass mal. Es fühlt sich gerade nur so an. Aber eigentlich ist doch alles gar nicht so dramatisch.«

»Aber was ist mit Gabriel los?« Ich richte mich auf und sehe sie durch den Schleier meiner Tränen an. »Manchmal möchte ich hingehen und ihn schütteln und fragen, was eigentlich passiert ist!«

Charlotte runzelt die Stirn. »Und du glaubst nicht, dass Sarah da irgendein Gerücht in die Welt gesetzt hat?«

»Kann ich mir kaum vorstellen. Angenommen, sie hätte es getan, dann wäre Gabriel doch sofort zu mir gekommen und hätte gefragt, was zwischen mir und Dave vorgefallen ist! In dieser Familie kommt immer alles zur Sprache. Eigentlich.«

Charlotte nickt gedankenverloren. »Wahrscheinlich gibt es eine ganz einfache Erklärung für sein Verhalten. Es hilft nichts. Ihr müsst beide die Karten auf den Tisch legen, aber einer von euch muss anfangen.«

»Du meinst also, ich soll ihm einfach sagen: »Hey, übrigens, ich bin schwanger?«

»Warum nicht?«

»Du bist ja lustig.« Ich seufze. »Ich wollte es ihm in einem ganz besonders schönen Moment sagen. Nicht gerade, wenn es stressig ist zwischen uns. Und außerdem in einer schönen Umgebung, mit Kerzenlicht oder so.«

Charlotte lächelt. »Tja, das Leben ist aber nicht Hollywood.«

»Wie hast du es Giovanni denn gesagt?«

»Hier in der Küche.« Sie sieht sich im Raum um. »Nachdem ich im Bad den Test gemacht hatte. Es war kein besonderer Moment. Vermutlich stand schmutziges Geschirr auf dem Tisch, der Hund hat gestunken und der Wasserhahn hat getropft, wie immer.« Ihre Augen nehmen einen verklärten Ausdruck an. »Aber es war trotzdem ein bewegender Augenblick. Ich meine – schwanger zu sein, das ist schon etwas Sensationelles.«

»Ja.« Ich schlucke. »Ich kann es noch gar nicht richtig glauben. Es fühlt sich noch so unwirklich an.«

Sie stupst mich von der Seite an. »Hey, ich freu mich so für dich!«

In diesem Moment springt Massimo auf und bellt freudig, und dann kommt auch schon mein Bruder hereingeplatzt.

An seinem Gesichtsausdruck kann man gleich erkennen, dass die Show in Denver genau nach seinem Geschmack war.

»Störe ich?«, erkundigt er sich, als er meine verweinten Augen sieht.

Ich schüttle den Kopf.

»Nein, alles gut.«

Giovanni seufzt ein bisschen unbehaglich und wuschelt mir im Vorbeigehen über den Kopf. »Wird schon wieder!«

Die Show muss wirklich *absolut großartig* gewesen sein. Normalerweise hätte sich mein Bruder jetzt einen Stuhl rangezogen und mich so lange mit Fragen gelöchert, bis ich die Wahrheit ausgespuckt hätte.

Stattdessen sieht er Charlotte fragend an. »Sollen wir was kochen? Ich bin den halben Tag herumgelaufen und habe nichts gegessen ...«

Charlotte steht auf. »Ja, gute Idee. Besteht eine Chance, dass unser Freund Dave heute Abend zum Essen kommt?«

Giovanni schüttelt den Kopf und grinst. »Ihr habt es wohl noch nicht gehört ... Dave hat den Pokal geholt. Und ich schätze, er investiert einen Teil des Preisgeldes in ein Date mit Jenny. Die war nämlich auch da.«

»Unglaublich!«, meint Charlotte. »Dave, dieses *Tier!* Ich hätte gerne gesehen, wie er das macht.«

»Ich auch.« Dave hat es wirklich verdient, denke ich. Seine ruhige und selbstverständliche Unterstützung an diesem schicksalshaften Abend wird ihm für alle Zeiten einen besonderen Platz in meinem Herzen sichern.

Endlich reicht mein Mut, das Handy aus der Hosentasche zu ziehen. Aber meine Hoffnung wird sogleich zunichtegemacht. Keine Nachricht von Gabriel – und das schon den ganzen Tag.

Jetzt nur nicht aufgeben. Gabriel sollte eigentlich schon Feierabend haben und daheim sein. Also wähle ich sein Handy an. Das Handy ist ausgeschaltet. Seltsam.

Ich knabbere an meiner Unterlippe und höre mit halbem Ohr zu, wie Charlotte und Giovanni darüber diskutieren, welches Gemüse heute Abend in den Topf soll. Dann gebe ich mir einen Stoß und rufe die Festnetznummer in Three Oaks an.

Es klingelt eine Weile und ich will schon aufgeben, als es in der Leitung knackt und Gran sich meldet.

»Hallo, hier ist Chiara.«

»Oh, Mädchen, wo steckst du denn?«

»Ich bin bei meinem Bruder. Ist Gabriel schon daheim?«

Gran seufzt. »Nein. Leider nicht. Es hat einen Unfall beim Rodeo gegeben. Nichts Schlimmes. Aber er ist im OP und lässt dir ausrichten, dass du nicht auf ihn warten sollst. Er übernachtet in der Klinik, für heute Nacht ist ein Schneesturm angesagt.«

»Oh. Okay«, antworte ich mutlos.

»Vielleicht bleibst du auch besser dort, wo du bist. Das ganze Tauwasser friert an, ich bin gerade noch rechtzeitig nach Hause gekommen.«

»Da hast du recht. Ich bleibe besser hier«, entscheide ich.

»Ist alles gut bei dir?«, erkundigt sich Gran.

»Ja, schon. Hattest du einen schönen Tag bei der Show?«

»Oh, Chiara, es war wunderbar! Wir haben Terrys Sohn geholfen, seine Kühe zu frisieren. Du wirst es nicht glauben, ich habe eine Kuh geföhnt!« Grans Lachen ist so ansteckend, dass ich kichern muss.

»Hast du Daves Ritt auf dem Bullen gesehen?«

Gran seufzt. »Oh ja, und ich habe so gezittert!«

»Dann hattest du ja wirklich ein aufregendes …« – fast hätte ich *Date* gesagt, aber ich kriege gerade noch die Kurve – »Erlebnis mit Terry.«

»Das kann man wohl sagen. Also, Chiara, bleib lieber, wo du bist, und schlaf gut, mein Mädchen.«

»Danke, Gran, du auch. Bis morgen.«

Nachdem ich aufgelegt habe, schreibe ich eine Nachricht an Gabriel.

Ruf mich an, wenn du aus dem OP bist. Tut mir leid wegen gestern Abend … Kuss, Chiara

Später schlafe ich mit dem Handy neben dem Kopfkissen ein. Ohne dass Gabriel angerufen hätte.

GABRIEL

Ich starre einen Moment auf die Badtür. Chiara hat sie so heftig hinter sich zugeschlagen, dass Buddy mir einen anklagenden Blick vom Fußende des Bettes zuwirft.

»Keine Ahnung, was in sie gefahren ist«, murmle ich aufgewühlt. Die heftigen Worte, die sie mir eben an den Kopf geworfen hat, haben mich empfindlich getroffen.

Mein Blick fällt auf Chiaras Handy. Das Display leuchtet noch, und eine neu eingetroffene Nachricht blinkt mir einladend entgegen.

Ich greife zu, noch bevor mein Gewissen die Chance hat, sich mir in den Weg zu werfen.

Die Nachricht ist von Bonnie. *Rede mit ihm!!!!!*

Meine Gedanken rasen los. Gleichzeitig durchzuckt mich ein heißer Schmerz und mein Herz möchte aussetzen. Ich habe keinen Zweifel, dass es hier um mich geht. Aber worum geht es? Hat Sarah am Ende doch recht gehabt?

Ich halte einen Moment inne. Das Rauschen der Dusche setzt ein. Wenn Chiara sauer ist, duscht sie heiß und nicht zu kurz. Das weiß ich mittlerweile. Ich tippe auf das Display und klicke mich hastig zum Chatverlauf.

Bonnies Nachricht ist die Antwort auf Chiaras *Ich schaffe es einfach nicht. Er ist so anders, seit er zurück ist. Ich kann es ihm nicht sagen.*

Anders?, schießt es mir durch den Kopf, und ich unterdrücke ein zorniges Lachen. Sie war doch selbst irgendwie … distanzierter und so abwesend. Eine merkwürdige Kälte breitet sich in meiner Brust aus, und ich klicke mich im rasenden Tempo rückwärts durch den Chat. Sofort wird mir klar, dass Bonnie und Chiara selten chatten, aber öfter telefonieren. Jedenfalls lese ich nichts, was irgendwie von Bedeutung wäre, und dann bin ich auch schon im August angekommen und sehe die Fotos von uns beiden auf den Sommerwiesen. Aber nachdem ich begonnen habe, kann ich nicht aufhören. Meine Panik übersteuert jegliche Vorbehalte, und schon habe ich auf den Chat mit Charlotte gewechselt. In diesem Chat geht es hauptsächlich um Gina, um das Stillen und um Chiaras Stress mit Evan. Aber dann stoße ich auf einen Dialog, der vor ein paar Tagen stattgefunden hat, als ich mitten in meiner Konferenz steckte:

Charlotte: Wo steckst du?

Chiara: *Soooorrrryyyy! Hab mir wohl den Magen verdorben. Mir ist ganz schlecht. Bleibe bei Dave. Macht euch keine Sorgen und habt einen schönen Abend!!*

Verdammt. Also doch. Dave. Ein scharfer Schmerz beginnt hinter meinen Schläfen zu pochen und genau in diesem Moment verstummt das Rauschen des Wassers im Bad. Ich lasse das Handy impulsiv aufs Bett fallen. Als ich mein Bettzeug zusammenraffe, ist aus dem scharfen Schmerz bereits ein brutales Dröhnen in meinem Kopf geworden. Ich kann Chiara jetzt nicht in die Augen sehen. Ich muss allein sein.

Nachdenken. Bevor ich einen Fehler begehe, den ich nicht wiedergutmachen kann. Buddy folgt mir, als ich ins Wohnzimmer stolpere und die Tür hinter mir schließe. Ich richte mich so gemütlich wie es geht auf dem Sofa ein und lösche das Licht. Auch drüben kehrt kurz darauf Stille ein. Ich liege da und starre ins Dunkel.

Chiara und Dave. Sie war bei ihm. War es das, was Sarah mir sagen wollte? Aber wie könnte sie davon wissen?

Magenverstimmung. Ich möchte es glauben. Sehr, sehr bitter möchte ich genau das glauben. Aber mein Gehirn hakt sich beharrlich an der Frage fest, warum Chiara es nicht erwähnt hat. Wenn nicht mehr dahinterstecken würde, hätte sie es garantiert getan. Nichts ergibt mehr einen Sinn.

Gleich zu Dienstbeginn muss ich bei einer komplizierten Hüftoperation assistieren. Ich funktioniere, obwohl ich gefühlt kein Auge zugetan habe in dieser Nacht. Immer noch sitzt dieser eisige Klumpen in meiner Brust. Ich weiß einfach nicht mehr, was ich denken soll. Als Patricia nach der Operation ein paar lobende Worte findet, muss ich mich richtig anstrengen zu lächeln. Sie hat sich im Übrigen wieder in die überehrgeizige und gnadenlos perfektionistische Chefin zurückverwandelt, mit der ich trotz allem besser zurechtkomme.

Weil nach der OP nichts Dringendes ansteht, ziehe ich mich in mein Büro zurück, erledige Papierkram und schreibe Anordnungen. Während ich Papiere aus meiner Ablage in die zugehörigen Ordner einsortiere, kreisen meine Gedanken wieder um den gestrigen Abend, unseren Streit und meine Schnüffelei auf Chiaras Handy. Das waren nicht gerade die glanzvollsten Momente meines Lebens, und als ich jetzt daran zurückdenke, steigt mir die Hitze ins Gesicht.

Eines steht auf jeden Fall fest: Ich brauche Taylers Rat. Dringend. Mein Handy beginnt zu klingeln. Es ist Sarah.

»Hey, Bruder! Hast du Lust, in der Mittagspause zur Show mitzukommen? Wir haben Karten, und Manuel will sich dort ein paar Pferde anschauen.«

»Ja, warum eigentlich nicht?«, antworte ich und gebe mir Mühe, gut gelaunt und aufgeschlossen zu klingen. In Wahrheit wird mir gerade klar, dass sich hiermit die ideale Gelegenheit bietet, meiner Schwester nun doch etwas näher auf den Zahn zu fühlen. Egal, was sie über Chiara und Dave weiß – ich bin bereit, es zu hören. »Eineinhalb Stunden Mittagspause könnte ich rausschinden. Zwölf Uhr am Eingang?«, schlage ich vor.

»Perfekt! Ruf mich an, wenn du da bist!«

Die Hallen voller herausgeputzter Pferde, Lämmer, Schafe und Kühe versetzen mich gleich in eine bessere Laune. Während ich neben Sarah durch die Gänge schlendere, gebe ich mich zur Ablenkung von meinen Sorgen einfach der Illusion hin, wie unkompliziert das Leben sein könnte, wenn ich Farmer wäre. Aber ich weiß es natürlich besser. Und bezahlte Überstunden … das Wort habe ich von meinen Eltern oder Gran noch nie gehört. Also dann doch lieber Chirurgie.

»Manuel kommt erst später.« Sarah macht mir ein Zeichen, ihr zu folgen. »Ich zeige dir schon mal das Pferd, das er auf jeden Fall kaufen will.«

Gleich darauf stehen wir vor der Box, in der eine fuchsfarbene Stute steht. Neugierig schaut sie durch die Gitterstäbe heraus.

Wonderland lese ich auf ihrer Namenstafel.

»Diese hier soll es sein. Ist sie nicht wunderschön?« Sie lächelt hingerissen.

»Auf jeden Fall.«

Sarah legt den Kopf schief, und dann trifft mich ihr legendärer Röntgenblick wieder einmal so unvorbereitet wie ein Blitz. »Geht's dir eigentlich gut?«, fragt sie. »Du wirkst ziemlich gestresst auf mich.«

»Hm.« Ich zucke die Achseln und lehne mich mit der Schulter geben die Pferdebox. »Ich weiß nicht …« Mein Gehirn arbeitet fieberhaft, und ich spüre förmlich, wie das Adrenalin meinen Körper durchflutet. Die Gelegenheit war schneller da als erwartet, und bevor ich es mir anders überlege, ergreife ich die Chance.

»Du hast neulich eine Andeutung gemacht … wegen Chiara und …« Die Worte stecken in meinem Hals fest. Es fühlt sich so falsch an, so komplett falsch.

»Dave?« Sarahs Miene schwankt zwischen Wut und Betroffenheit.

»Genau. Ich frage mich, was du mir damals eigentlich sagen wolltest.«

Sarah keucht leise und tritt von einem Fuß auf den anderen. »Ich weiß nicht, ob ich dir das wirklich erzählen soll …«

Mein Magen verkrampft sich und mir wird heiß. »Komm schon«, dränge ich. »Mir geht es sowieso nicht mehr aus dem Kopf.«

Sarah beißt sich auf die Unterlippe und tritt etwas näher zu mir heran. »Okay, also …« Sie wendet ihren Blick von mir ab und betrachtet die Spitzen ihrer Cowboystiefel. Kein gutes Zeichen. »Ich bin letzte Woche bei Dave vorbeigefahren, gleich morgens, um ein Zaumzeug abzuholen, das er für Manuel repariert hat.« Sie schluckt und ihr Blick ist fast hilfesuchend, als sie jetzt zu mir aufblickt. »Und dann stand da Chiara in der

Küche und hat sich einen Tee gemacht. Sie hatte Klamotten von Dave an.«

»Nein, das kann nicht sein.« Ich habe es nur gemurmelt, obwohl ich schreien möchte.

»Es tut mir so leid.« Sarah legt mir die Hand auf die Schulter. »Vielleicht ist ja alles ganz anders, als es schien! Dass sie in Schlafklamotten morgens bei einem Mann in der Küche steht, heißt noch nicht, dass sie wirklich …« Sie räuspert sich. »Na ja, dass da wirklich was ist.«

»Danke, dass du es mir gesagt hast.« Meine Kehle fühlt sich staubtrocken an, und das Sprechen bereitet mir Mühe. »Daher weht der Wind also. Was auch immer passiert ist.«

Sarah stößt einen tiefen Seufzer aus. »Ich wünsche dir so viel Glück.« Sie streift mit ihrer Hand über meinen Unterarm. »Alles wird gut!«

»Jaja.«

In diesem Moment ruft jemand meinen Namen, und als ich den Kopf hebe, beginnt mein Puls zu dröhnen wie ein Schlagbohrer.

Durch die Menge schiebt sich Dave auf mich zu. Er sieht ziemlich mitgenommen aus. Sein Gesicht ist schweißnass, und auch auf seinem hellblauen Hemd zeichnet sich der Schweiß in dunklen Flecken ab.

»Hey, Doc, was treibt dich hierher?«, fragt er, als er vor mir steht. Er wischt sich mit dem Handrücken über die Oberlippe und mustert mich freundlich.

Ruhig bleiben, mahnt meine innere Stimme, aber gleichzeitig versteift sich in mir alles. Meine Hände ballen sich wie von selbst zu Fäusten. »Dave, gibt es irgendwas, das ich wissen sollte?«, bringe ich heiser hervor.

Dave sieht mich für den Bruchteil einer Sekunde irritiert an. Dann bricht er in ein lautes und unbekümmertes Lachen aus. »Hm … ich weiß nicht, vielleicht, dass ich den Cup im Bullriding geholt habe?« Er klopft mir so hart auf die Schulter, als wollte er meine Organe herausschütteln. Meine Fäuste entspannen sich reflexartig. *Besser nichts überstürzen!*, mahnt der Teil meines Gehirns, der die Lage noch halbwegs überblickt. »Genug Geld, um über drei kalte Winter zu kommen!«, fügt Dave hinzu, ein zufriedenes Grinsen auf dem Gesicht.

»Aha. Na dann – Glückwunsch!« Wann ist dieser Kerl zu einem Schauspieler geworden, oder was geht hier gerade vor sich?

»Ja, von mir auch!«, meldet sich Sarah, bevor sie sich räuspert und eilig hinterherschiebt: »Ich lasse euch beide mal allein!« Und dann verschwindet sie so schnell, dass ich es kaum mitkriege.

Dave sieht ihr verblüfft hinterher, und dann sieht er mich plötzlich an wie jemand, bei dem der Groschen gefallen ist.

»Tjaaa«, sagt er gedehnt und klopft ein bisschen Staub von seiner Hose.

Okay. Wir nähern uns einem kritischen Punkt. Mein Kopf arbeitet fieberhaft.

Sarah hat neulich Chiara bei dir angetroffen, am frühen Morgen … Erklär mir das mal …

Vergiss es, das klingt bescheuert.

Dann kommt mir Dave zuvor. »Hey, zu deiner Frage eben … Ich hab ja keine Ahnung, was Chiara dir erzählt hat, aber … bevor es komisch wird …« Er räuspert sich und ist mit einem Mal todernst. »Also. Hat Chiara schon von dieser Sache beim Rodeln erzählt …?« Er lässt den Satz in der Luft hängen und kratzt sich ausgiebig im Genick, während er mich mit einem unruhigen Blick mustert.

»Wovon redest du?« Meine Stimme klingt, als wäre mein Hals voller Asche. »Du willst mir doch nicht sagen, dass Chiara und du ein Geheimnis habt, oder?«

»Oh …« Dave hebt beide Hände. »Gabriel. Ich schwöre dir, ich hab Chiara nicht angefasst. Okay, also schon angefasst, aber nicht so, du weißt schon.« Sein Blick checkt kurz in meinem Gesicht, ob ich die Botschaft gekriegt habe. Habe ich. Aber ich verstehe immer noch nichts. »Sie hat dir wirklich überhaupt nichts erzählt?«, fügt er hinzu, sein Gesicht fassungsloses Erstaunen.

Ich schüttle vehement den Kopf und lasse ihn nicht aus den Augen.

»Okay.« Dave seufzt. »Dann sollte ich es dir besser sagen, weil du mich gerade ansiehst, als wolltest du mir eine reinhauen. Ich hoffe, Chiara verzeiht mir das. Also pass auf. Chiara und ich sind gerodelt. Strohsackrodeln. Chiara ist vom Schlitten gefallen und danach war ihr ziemlich übel. Gekotzt hat sie wie ein Weltmeister. Ich hab sie also zur Ärztin gebracht.«

»Wie bitte?« Mein Herz rast. »Gott. Ich kann's nicht fassen. Wieso erfahre ich erst jetzt davon?«

»Na, du warst ja nicht hier«, bemerkt Dave trocken.

»Ach so, und der reitende Bote ist noch unterwegs?«, gebe ich sarkastisch zurück.

Dave zuckt die Achseln. »Sie wollte dich nicht beunruhigen, schätze ich. War ja dann auch keine große Sache …«

»Und zu welcher Ärztin seid ihr gegangen?«, falle ich ihm ins Wort.

Dave grinst. »Pippa McConnell. Beste Ärztin – *ever*.«

»Das ist jetzt nicht dein Ernst!« Ich muss wider Willen lachen.

»Ist sie. Und kostet nicht viel.« Dave verschränkt genervt die Arme.

»Großartig. Und was hat sie gemacht? Chiara einen Joint angeboten?«

»Na ja, sie hat jedenfalls festgestellt, dass Chiara sich bei dem Sturz nichts getan hat.« Er wendet den Blick ab und studiert Wonderland, die ihn von der anderen Seite der Gitterstäbe aufmerksam ansieht.

»Na, meine Süße!«, ruft er ihr mit leise lockender Stimme zu, um mich dann nervös anzusehen. »Tolles Pferd, will das jemand von euch kaufen, bevor ich es mache?«

»Verdammt! Lenk nicht ab, Hanson. Also – weiter mit der Story.«

»Nichts weiter. Jedenfalls nichts, was mich betrifft. Wir sind zu mir gefahren, und Chiara hat bei mir gepennt, weil es schon so spät war. Ende der Geschichte. Und wenn es dir nichts ausmacht, zieh ich mal weiter, ich hab nachher noch einen Ritt.« Er scheint etwas außer Atem. »Rede mal mit ihr!«, sagt er mit einem ehrlich besorgten Gesicht, bevor er sich umdreht und verschwindet.

Ich stehe für ein paar Minuten einfach nur da und starre Löcher in die Luft. Die Sache geht irgendwie nicht in meinen Kopf. Wenn nichts weiter dahintersteckt als ein kleiner Sturz vom Schlitten und eine harmlose Übernachtung bei Dave, warum um alles in der Welt hat mir Chiara nichts davon erzählt? Ich muss gestehen, dass diese Frage mich wirklich beunruhigt. Wer weiß, was sie mir noch alles nicht erzählt, und vielleicht ist tatsächlich auch etwas Wichtiges dabei. Da wäre ja noch dieser

Chat zwischen Bonnie und Chiara. Und außerdem erklärt das alles noch nicht ihr seltsames Verhalten, seit ich wieder zurück bin. Wie betäubt bahne ich mir den Weg durch den Besucherstrom und verlasse fluchtartig das Gebäude.

Erst als ich im Auto sitze, merke ich, dass mein Handy fehlt. Im selben Moment fällt mir siedend heiß ein, dass ich es vorhin Sarah geborgt habe. Verdammt. Wahrscheinlich sind schon zwanzig Anrufe von der Klinik aufgelaufen und – hoffentlich – ein paar Nachrichten oder Anrufe von Chiara. Aber es bleibt mir keine Zeit, noch einmal zurückzugehen und das Gelände nach meiner Schwester abzusuchen.

Ich merke es bereits auf der Rückfahrt in die Klinik, als ich beim Bremsen leicht wegrutsche. Eine heranrückende Kaltfront hat den Norden von Denver erreicht und die Straßen spiegelglatt werden lassen. Im Radio melden sie zahlreiche Unfälle und mir wird klar, dass das heute wieder ein langer Tag wird.

Natürlich lag ich mit meiner Vermutung richtig. Als ich in der Klinik eintreffe, bleibt gerade noch Zeit, einen Kaffee hinunterzustürzen, bevor ich in den OP eile. Der Patient hat sich beim Aufprall auf das Lenkrad eine Lungenverletzung zugezogen. Sein Zustand ist kritisch. Wie immer lasse ich alles andere hinter mir, sobald die Operation startet. Ich liebe die Arbeit im Team. Dieses Mal arbeite ich mit Dr. Philips zusammen, unserem Chefarzt. Er verschwendet grundsätzlich nicht viele Worte und lobt selten. Daher löst es eine richtige Glückswelle in mir aus, als er mir hinterher auf die Schulter klopft und »Gute Arbeit, Dr. Anthony!« sagt.

Ich nutze die kurze Pause bis zur nächsten Operation und gebe auf Three Oaks Bescheid, dass ich in der Klinik übernachten werde. Leider ist Chiara noch bei Charlotte, und bevor ich sie auf ihrem Handy anrufen kann, werde ich schon wieder in den OP gerufen. Dieses Mal kämpfen wir vier Stunden um das Leben eines Schwerverletzten und gewinnen am Ende den Kampf mit knapper Not. Ich bin froh, aber vollkommen fertig. Hoffnungsvoll höre ich den Anrufbeantworter in meinem Büro ab. Keine Nachricht von Chiara. Nun, morgen werden wir alles klären. Vorerst kann ich nichts anderes tun, als ins Bett zu fallen und alle weiteren Fragen aufzuschieben.

CHIARA

Ein leises Klopfen an der Tür des Gästezimmers lässt mich aus dem Schlaf schrecken.

»Guten Morgen!« Charlotte streckt ihren Kopf herein und lächelt mich an. »Ausgeschlafen?«

Für einen Moment bin ich verwirrt. »Moment mal. Wie spät ist es?« Ich taste vergeblich nach meinem Handy, das irgendwo zwischen den zerwühlten Decken liegen muss. Charlotte kommt vollends ins Zimmer und schließt die Tür hinter sich.

»Es ist sechs Uhr, aber …«

»Wie bitte?« Ich springe wie ein Bumerang aus dem Bett. Was in meinem Zustand allerdings keine gute Idee ist. Mir wird sofort flau im Magen, und ich setze mich wieder hin.

Charlotte hebt die Hand. »Mach langsam! Ehrlich gesagt … ich habe einen Vorschlag …«

»Hm?« Ich blinzle sie an. Der Stress der letzten Tage rächt sich. Mein Körper fühlt sich an wie aus heißem Pudding und ich möchte einfach nur schlafen …

Charlotte runzelt die Stirn. »Du solltest dich krankmelden. Und dann fahren wir nachher zu meiner Frauenärztin nach Denver, die heute offene Sprechstunde hat. Ich will ja keine Panik verbreiten, aber du hast gesagt, du weißt noch nicht mal genau, wie weit die Schwangerschaft schon ist. Du brauchst eine anständige Untersuchung und eine Diagnose.«

»Aber sie brauchen mich in der Bäckerei!«, stöhne ich auf.

Charlotte ignoriert meinen Einwand. »Ruf Mary an. Oder Evan. Je früher, je besser. Und wenn Dr. Green sagt, dass alles gut ist, kannst du anschließend ja immer noch arbeiten gehen.«

Ich seufze ergeben und fische mein Handy aus dem Bett. Als ich hektisch darauf tippe, bleibt das Display schwarz.

»Super. Jetzt verstehe ich, warum der Wecker nicht geklingelt hat. Mein Akku ist leer.« Ich greife zu meiner Jeans, die über einem Stuhl hängt.

»Hier, nimm meins«, sagt Charlotte und reicht mir ihr Handy.

Während ich in den Hörer lausche, stelle ich mir vor, wie das Festnetztelefon der Bakery neben der Kaffeemaschine Sturm läutet. Nach dem zehnten Klingeln geht Evan dran.

»Hi, Evan, hier ist Chiara. Ich muss heute Morgen dringend zum Arzt, etwas … abklären. Mir geht's gerade nicht gut.«

»Okay. Alles klar, Chiara. Mach dir keinen Kopf, wir kriegen das hin.«

»Sicher?«

Evan lacht auf. »Ja, Miss Unersetzlich. Wir kriegen das hin, und … gute Besserung.«

Noch bevor ich etwas erwidern kann, ertönt das Freizeichen.

»Sie kommen ohne mich klar, sagt er …«, murmle ich.

»Na, das ist doch ideal!« Charlotte grinst mich ermunternd an. »Dann lass uns frühstücken und losfahren.«

»Sind die Straßen denn frei?« Himmel, ich will nicht. Nicht heute.

»Das Wetter ist gut. Die Straßen sind geräumt.« Sie tritt neben mich und legt mir die Hand auf die Schulter. »Ich bin doch dabei!«, sagt sie besänftigend.

Ich erhebe mich seufzend und werfe einen letzten hoffnungsvollen Blick aus dem Fenster. Aber dort präsentiert sich nichts anderes als die pure Magie des Winters. Glitzernder Schnee, so weit das Auge reicht, und ein klarer, fast unwirklich blauer Himmel. Alles sieht so herrlich friedlich aus.

Sogar die Zufahrtsstraße zur Farm ist geräumt.

Ich seufze. »Okay. Dann fahren wir also nach Denver.«

Obwohl Charlotte vor Energie und Herzlichkeit übersprudelt und ich auf der Rückbank neben Gina sitze, die unendlich süß aus ihrem wattierten Overall heraus mit dunklen Augen mein Gesicht studiert, ist meine Stimmung äußerst gedämpft. Mein Handy hat mir auch nach dem kurzen Aufladen keine Nachricht von Gabriel präsentiert. So was ist noch nie passiert. Nie hat er mich angeschwiegen. Um das Ganze noch schlimmer zu machen, graust es mir vor meinem ersten Besuch einer Frauenärztin in den USA.

»Mach dir keine Sorgen. Das wird ganz entspannt, und dann weißt du, dass alles gut ist«, sagt Charlotte und sieht mich kurz im Rückspiegel an.

»Ja, wahrscheinlich … aber bestimmt ist es anders als in Deutschland …«, druckse ich herum.

»Ach was, alles ganz locker!« Charlotte schenkt mir ein strahlendes Lächeln, aber ich traue ihr nicht so recht.

Die Praxis von Dr. Green macht einen sehr freundlichen Eindruck auf mich. Mein Magen entknotet sich ein bisschen, als ich die Dankeskarten mit Babyfotos betrachte, die an die Wand hinter der Rezeption gepinnt sind. Trotzdem bin ich heilfroh, dass ich nicht allein herkommen musste. Charlotte macht laut und fröhlich Smalltalk mit der Arzthelferin, während ich ein

Formular ausfüllen muss. Nebenbei hilft sie mir über ein paar Verständnisprobleme hinweg, die meistens dann auftreten, wenn ich aufgeregt bin. Es ist zum Ausflippen – was mein Gegenüber sagt, rauscht dann mit einem Mal in einem einzigen Strom unverständlicher Silben über mich hinweg.

Im Wartezimmer verbringe ich die längste Viertelstunde meines Lebens, und als ich schließlich an der Reihe bin, scheint mein Herz gleich die Rippen zu durchbrechen.

In den ersten Minuten muss ich der Assistentin einen ganzen Katalog von Fragen beantworten. Das kriege ich tatsächlich ganz gut hin, auch ohne Wörterbuch. Und dann bekomme ich dieses Papierkleid überreicht, das vorne geschlossen und auf der Rückseite geöffnet ist. Verglichen mit allem, was gerade um mich herum passiert, ist es mit einem Mal eine vollkommen unbedeutende Nebensächlichkeit. Die Ärztin ist bei der Untersuchung sehr freundlich und kommentiert alles, was sie tut. Trotzdem trifft es mich unvorbereitet, als sich beim Ultraschall mit einem Mal ein kleiner dunkler Kreis mit einer helleren Mitte deutlich von dem ganzen grauen Wirrwarr abhebt.

»Fruchthöhle und Embryo.« Sie lächelt in meine Richtung.

Ich halte die Luft an und versuche, mehr zu erkennen.

»Sehen Sie dieses Pulsieren hier? Das ist der Herzschlag.« Sie nickt zufrieden. »Sechste Woche.«

Ich beginne sofort zu weinen. Weil die Vorstellung, dass dieser kleine pulsierende Kreis zu einem Baby werden soll, so unwahrscheinlich verrückt und großartig ist.

Die Ärztin reicht mir kommentarlos ein Kleenex, und kurz darauf stehe ich schon wieder vor der Tür in der strahlenden Wintersonne, zusammen mit Charlotte, die Gina mit dem Tragetuch unter ihrem Mantel trägt und auch ein bisschen gerührt ist.

»Weißt du, was ich gerade denke?« Ich balle die Fäuste, um mir selbst Mut zu machen. »Wir sind doch gerade eben an Gabriels Klinik vorbeigefahren, oder?«

Charlotte nickt, und ihr Gesicht hellt sich auf. »Ja, die liegt praktisch um die Ecke. Wir könnten buchstäblich vorbeischneien, was meinst du?«

»Zumindest den Versuch ist es wert!« Ich bin in diesem Moment so voller Glück, dass ich mich stark und mutig fühle. Probleme kann man lösen. Was sind ein paar Unstimmigkeiten schon gegen dieses Wunder? Winter. Frühling. Sommer, und dann kommt der Herbst und mein Baby. Jetzt fühlt es sich mit einem Mal so viel greifbarer an.

Kaum haben wir die Eingangshalle betreten, kommen mir schon die ersten Zweifel, ob meine Idee wirklich so brillant war. Es ist der Moment, in dem ich April hinter dem Rezeptionsschalter erblicke. Sie hat uns ebenfalls entdeckt und winkt uns enthusiastisch heran. Zu spät, um zu kneifen.

»Naaa, bist du auf der Suche nach deinem Süßen?«, ruft sie, als wir näher kommen. Charlotte neben mir atmet deutlich hörbar aus.

Ich nicke. »Ich wollte ihn kurz sprechen.«

»Er ist gerade in die Kantine gegangen … haha, BINGO!« April sieht an mir vorbei, und ich folge ihrem Blick.

Gabriel steht da und hält gerade die Glastür für eine weitere Person im weißen Kittel auf. Leider ist diese Person niemand anders als Patricia. Ich stöhne innerlich auf. Aber ganz bestimmt war es eine bescheuerte Idee hierherzukommen!

Dr. Anthony an die Rezeption, bitte!

Ich zucke zusammen. Keiner von uns hat gesehen, wie April zum Mikrofon gegriffen hat. Ihre Ansage ist so laut und so vollkommen überflüssig, dass Charlotte laut herausprustet und neben mir fast zusammenbricht. Jedes andere Baby würde vermutlich erschrecken und losweinen. Gina dagegen scheint sich schon an das laute Gelächter ihrer Mutter gewöhnt zu haben.

Gabriel hebt den Kopf und sieht zur Rezeption herüber. Jetzt hat er uns entdeckt, und seine Miene ist eine Mischung aus Freude und Besorgnis. Ich beobachte, wie Patricia noch irgendwas zu ihm sagt und dann in eine andere Richtung abbiegt.

Charlotte und ich gehen ihm entgegen, nicht nur, um so viel Distanz wie möglich zwischen uns und April zu legen.

»Hey! Was treibt euch denn hierher?« Gabriel bleibt vor uns stehen. In seiner Wange zuckt ein Muskel, wie so oft, wenn er angespannt ist.

»Wir waren in der Gegend«, antworte ich ganz wahrheitsgemäß.

»Können wir uns kurz unter vier Augen unterhalten?«

Gabriels Augen werden größer. »Ja … klar, sicher. Komm mit in mein Büro.«

»Ich warte dort hinten.« Charlotte nickt zu der Sitzgruppe in der Ecke hinüber. »Und macht euch keine Sorgen, April passt auf mich auf!«

»Sorry, du hast wahrscheinlich versucht, mich zu erreichen.« Gabriel wirft mir einen entschuldigenden Blick zu, als er mich zwei Treppen hinauf und durch ein Labyrinth von Gängen führt.

Ich nicke und versuche, meine weichen Knie zu ignorieren.

»Das war wirklich zu dumm. Ich hatte Sarah mein Handy gegeben, als wir gestern auf der Show waren. Und dann vergessen, es wieder an mich zu nehmen. Sie kommt nachher vorbei und bringt es mir.«

»Ach so.« Ein elefantenschweres Gewicht rutscht mir vom Herzen. »Ich hatte mir schon Sorgen gemacht, weil du keine meiner Nachrichten beantwortest.«

»Das tut mir wirklich leid. Ausgerechnet.« Er wirft mir einen Blick zu und ich weiß, was er meint. Unser Streit ist auch ihm nachgegangen. Er bleibt stehen, öffnet eine Tür und winkt mich herein. »Das hier ist mein Büro, jetzt bekommst du es endlich zu sehen!« Die Spannung ist aus seinen Zügen gewichen, und er lächelt mich warm an. Aber der verflixte Kloß in meinem Hals wird von Sekunde zu Sekunde dicker.

Das Telefon auf Gabriels Schreibtisch beginnt zu läuten. Während er telefoniert, schaue ich mich ein bisschen im Raum um. Es gibt ein Regal voller Bücher, ein kleines Sofa und den Schreibtisch. Der Blick aus dem Fenster geht auf eine kleine Grünanlage hinaus. »Ich bin in fünf Minuten da«, sagt Gabriel und beendet das Gespräch.

Ein Stromstoß jagt durch meinen Körper. Himmel. Wenn wir nur fünf Minuten Zeit haben, sollte ich keine Sekunde verlieren.

»Es tut mir leid, dass wir uns gestritten haben«, sprudelt es aus mir heraus, und ich gehe einen Schritt auf ihn zu.

»Mir auch.« Gabriel ist hinter dem Schreibtisch hervorgetreten. »Was für ein unnötiger, bescheuerter Streit.« Er schlingt seine kräftigen Arme um mich und zieht mich zu sich heran. Ich presse mein Gesicht gegen seine harte Brust und überlege kurz, ob meine Wimperntusche hoffentlich keine Flecken auf seinem weißen Kittel hinterlässt. Vor allem, falls ich weinen muss.

Aber auch zum Weinen ist keine Zeit.

»Bist du extra deshalb vorbeigekommen?«, fragt er.

Ich nicke und mache mich los.

»Und da ist noch was.«

Er lächelt, und dieses Lächeln ist irgendwie … traurig.

»Was ist?«, frage ich beunruhigt.

Er presst seine vollen Lippen zusammen und scheint einen Moment zu überlegen. »Ich … es ist nur so, dass ich dich gerade nicht zu verstehen scheine. Aber rede weiter …«

»Gut.« Ich sehe zu ihm auf. Sein Blick ist weich und verharrt auf meinem Gesicht, während ich mit den Worten ringe, die ich schon viel zu lange zurückgehalten habe. »Gabriel«, sage ich mit kratziger Stimme. »Ich bin schwanger.«

Ich halte seinem Blick stand. Als seine Augen aufleuchten, durchzuckt mich ein jähes, wildes Glücksgefühl.

»Chiara!«, murmelt er, wie jemand, der im Traum spricht.

»Es war nicht der Plan.« Jetzt ist kein Halten mehr. »Und ich weiß es erst seit ein paar Tagen … Ich war mit Dave rodeln. Und dann bin ich gestürzt. Wir sind zu dieser verrückten Ärztin, und dabei hat sich herausgestellt, dass ich schwanger bin.«

»Jesus. So war das also!« Gabriel rauft sich die Haare.

Ich nicke. »Ja. Und ich war danach völlig durcheinander und wollte nicht, dass meine Familie es merkt. Sie sollten es ja schließlich nicht früher als du erfahren! Deshalb habe ich bei Dave übernachtet.«

»Okay.« Er nickt. »Und dann hat dich Sarah am Morgen dort gesehen.«

Ich spüre, wie mir die Hitze ins Gesicht kriecht. »Sie hat es dir also gesagt?«

Gabriel nickt. »Ja. Und ich konnte mir einfach nicht erklären, was das alles bedeutet. Und der Vollständigkeit halber: Dave hat mich gestern auf der Show angesprochen und mir … den ersten Teil erzählt. Nicht von der Schwangerschaft. Das wollte er wohl dir überlassen.«

Seine Miene drückt Verwirrung und Glück zugleich aus.

»Hättest du mir das nur gleich gesagt, Chiara!«, sagt er kopfschüttelnd.

»Wollte ich ja«, entgegne ich. »Aber nicht, solange du in L. A. bist. Und dann, ja, dann … es war plötzlich alles so kompliziert zwischen uns.«

»Okay … jetzt verstehe ich, was los war.« Und dann beginnt er zu lächeln, dieses besondere Gabriel-Lächeln, in das ich mich auf den ersten Blick verliebt habe. Er beugt sich herab, um mich zu küssen. Als sich unsere Lippen berühren, kullert mir schon die erste Träne die Wange hinunter. Ich bin so erleichtert und so unendlich glücklich.

Aber jetzt läutet das blöde Telefon schon wieder. Er macht sich seufzend los und geht dran. »Bin unterwegs!«

»Ich muss los«, sagt er und nimmt meine Hand.

Gemeinsam eilen wir über den Gang, und immer wieder drückt Gabriel schnell meine Hand und sagt mit einem verwirrt-glücklichen Gesicht: »Ich fasse es nicht!«

Dann trennen sich unsere Wege. »Findest du allein raus?«, fragt er und legt mir noch einmal kurz die Hand an die Wange.

»Klar!«, behaupte ich mutig.

»Gott. Es ist irgendwie verrückt. Aber wahnsinnig schön!« Er stellt den Fuß in den Aufzug, der ihn zum OP bringen soll.

»Wir zwei … ein Baby!« Der Aufzug gibt einen Warnton von sich, und Gabriel steigt schnell ein. »Ich liebe dich!« Die Türen schließen sich.

Ich schüttle mich und wische mir die Tränen ab. Natürlich verirre ich mich auf dem Rückweg zum Haupteingang zweimal. Aber dann habe ich endlich ins Foyer zurückgefunden.

Charlotte sieht mich kommen und steht auf. Sie mustert mich und nickt zufrieden. »Man kann nicht immer auf Kerzenlicht und Sternschnuppen warten«, sagt sie und schubst das Tragetuch mit Gina vor ihrer Brust zurecht. »Lass uns fahren.«

GABRIEL

Eigentlich hatte ich Tayler heute Morgen zum Krisengespräch in die Kantine eingeladen, weil er ohnehin in der Gegend unterwegs ist. Aber jetzt hat sich die Welt gedreht … seit knapp zwei Stunden weiß ich, dass ich Vater werde. Ich habe es ihm gleich geschrieben, damit er Bescheid weiß – keine Krise, sondern großes, großes Glück. Genau das ist es, was ich gerade fühle: Glück und Erleichterung. Auch darüber, dass ich Dave Hanson keine reingehauen habe. Plötzlich habe ich die Erklärung für Chiaras Verhalten in der letzten Zeit, und alle Puzzleteile fallen an ihren Platz.

Als ich die Eingangshalle durchquere, kommt Tayler in seiner dunkelblauen Uniform gerade herein. Er nickt April im Vorbeigehen zu.

»Hi, Tayler!«, ruft sie und schaut ihm raubtiergleich hinterher. Wahrscheinlich träumt sie von seinen Handschellen.

Ich bleibe instinktiv stehen, um außerhalb von Aprils Hörweite zu bleiben.

»Hey! Herzlichen Glückwunsch noch mal!« Wir begrüßen uns mit Handschlag, und Tayler kann überhaupt nicht mehr aufhören zu grinsen.

»Komm mit«, sage ich und winke ihn in Richtung Kantine.

»Du hast mir überhaupt nicht gesagt, dass ihr es drauf anlegt, Mann!«, bemerkt er, als wir den Raum betreten.

»War auch eine Panne«, antworte ich mit gedämpfter Stimme, weil um uns herum gerade ein paar Kollegen ebenfalls den Menüplan studieren.

Tayler lacht und schlägt mir auf die Schulter. »Das gefällt mir.«

»Mir auch.« Ich nicke Patricia halbherzig zu, die in diesem Moment an uns vorbeiläuft, und warte, bis sie sich weit genug entfernt hat. »Mit voller Absicht … das hätten wir uns nicht getraut, ausgerechnet jetzt …«

»Eben.« Tayler nickt. »Das geht uns ja nicht anders.«

Wir stellen uns in die Schlange bei der Essensausgabe und unterbrechen die Unterhaltung, bis wir unsere Plätze am Tisch eingenommen haben.

Bevor ich zum Besteck greife, nehme ich den Umschlag aus der Brusttasche meines Kittels und schiebe ihn Tayler über den Tisch. Er enthält die erste Rate für Mikeys Zahnspange, die Tayler gerade nicht aufbringen kann.

»Hey, danke«, murmelt er und steckt den Umschlag schnell ein. »Ich zahl's dir zurück, sobald es irgendwie geht.«

»Mach dir keinen Stress.«

»Immer geht es um das verdammte Geld.« Tayler schüttelt den Kopf, während er ein krosses Stück Kartoffel aufspießt.

»Stimmt.« Ich atme tief ein. »Wir haben auch gerade keins, jedenfalls nicht für die geplante Küche. Aber jetzt müssen wir unsere Prioritäten sowieso neu ordnen.«

Tayler zieht die Brauen hoch und trinkt einen Schluck Wasser. »Das wird natürlich nicht ganz einfach, wenn das Kind da ist und ihr beide so hart arbeitet, wie ihr es jetzt tut«, gibt er zu bedenken. »Kannst du nicht kürzertreten und ein paar Stunden reduzieren?«

Tayler hat natürlich recht. Obwohl er noch nicht einmal etwas von Chiaras Träumen von einer eigenen Pasticceria weiß. An denen sie, wie ich sie kenne, festhalten wird.

»Nein, eine Reduzierung würde niemals genehmigt. Ich habe doch erst gerade ein paar Stunden aufgestockt!«

»Zu dumm.« Tayler atmet tief aus und sieht kurz zu dem Tisch hinüber, an dem Patricia sitzt. »Und wie läuft es mit … ihr? Ist sie immer noch dein größter Fan?«

Ich zucke mit den Schultern. »Ich bilde mir ein, dass sie seit L. A. ein bisschen distanzierter ist. Vielleicht hat sie sich erhofft, dass wir uns dort näherkommen.«

Tayler wischt sich über die Stirn. »Verstehe. Vielleicht solltest du doch an einen Jobwechsel denken.«

»Ich weiß nicht. Jetzt, wo wir eine Familie gründen, muss ich mir das alles gut überlegen.«

»Schau dir doch erst mal an, was in den anderen Kliniken so geboten wird!«

Sein Handy klingelt. »Ah, das ist Becky«, sagt Tayler lächelnd. Er nimmt den Anruf an und erzählt ihr ohne Umschweife, dass es mit der Zahnspange endlich losgehen kann. Gleich darauf reicht er mir das Handy herüber.

»Vielen Dank, Gabriel, du bist einfach der Allerbeste! Kann ich dir irgendetwas Gutes tun?«, erkundigt sie sich.

Ich schneide Tayler eine triumphierende Grimasse. »Kannst du am Samstagmorgen auf deinen Mann verzichten? Ich würde gerne mit ihm zum Snowboarden gehen. Nicht zu lang – gegen drei, wenn Chiara Feierabend hat, sind wir garantiert wieder da.«

»Klar!« Becky lacht. »Nimm ihn mit! Er ist sowieso die ganze Zeit schon unerträglich.«

An diesem Abend bin ich so glücklich wie schon lange nicht mehr. Wir weihen meine Eltern und Gran gleich beim Abendessen ein. Und was soll ich sagen? Die Freude ist natürlich überwältigend. Danach machen wir beide es uns auf dem Sofa in unserer wunderbar beheizten Wohnung gemütlich und reden erst mal über die letzten Wochen und unsere Gefühle und dunklen Gedanken. Es tut unendlich gut, dass endlich alle Karten offen auf dem Tisch liegen. Von Chiaras Ängsten, was Patricia betrifft, hätte ich zum Beispiel nicht die Hälfte geahnt.

»Und du glaubst allen Ernstes, ich flüchte bei den ersten Problemen nach Hamburg?« Chiara lehnt sich vor und küsst mich. »*Stupido*. Ich komme aus einer Familie von Kämpfern.«

Und ein wenig später, aber nicht viel, berühren wir das heiße Eisen.

»Jetzt, wo wir bald eine Familie werden, könnten wir …«, setze ich an. Aber schon hat sich Chiara wieder vorgebeugt und legt mir den Finger auf den Mund. »Nicht weitersprechen!«, sagt sie und lacht. Als ich es trotzdem versuche, wirft sie sich auf mich und verschließt mir den Mund mit einem Kuss.

CHIARA

Die Kaffeemaschine ist bereit für den Tag. Mary hilft Evan in der Backstube, und wenn ich Glück habe, dauert es noch ein paar Minuten, bis der erste Kunde kommt. Ich stöpsle schnell meine In-Ear-Kopfhörer ein und tippe auf Los Nummer. Während es am anderen Ende eine Ewigkeit klingelt, verteile ich Milchkännchen und Zuckerstreuer auf die Stehtische.

»Ach, du schon wieder!«, meldet sich Lo endlich, und ihre Stimme wird ein wenig schrill, als sie weiterredet. »Sag schnell, warum du anrufst! Ich hab nicht viel Zeit, ich muss eine Hochzeitstorte fertig machen!«

»Hm, einfach so … ich dachte, ich will mal wieder deine liebliche Stimme hören …!«

»Mach dich nicht lustig über mich, Chiara.« Lo seufzt. »Weißt du, dass du eine sehr anstrengende Schwester bist?« Ich höre lautes Klacken im Hintergrund. Lo hackt mit ihrer freien Hand die kalte Butter in Stücke. »Immer machst du verrückte Sachen. Und dann wirst du auch noch schwanger und verschweigst es so lange …«

Ich beiße mir auf die Lippen. »Wirst du mir jemals verzeihen?«

Meine Familie hat die Neuigkeiten einen Tag später erfahren als Gabriel. Seither ist eine knappe Woche vergangen, aber die Aufregung hat sich noch nicht gelegt.

»Das kommt ganz darauf an, was du als Nächstes anstellst!«, grollt meine Schwester. »Und wie läuft es mit deinem Gebäck?«

»Viel besser. Ich habe das mit Mary besprochen, und sie hat mir ein paar gute Tipps gegeben.« Ich lächle Mary zu, die in diesem Augenblick ihren Kopf durch die Tür steckt und mir einen Korb Muffins überreicht. Sie blinzelt mich an und verschwindet gleich wieder durch die Schwingtür. »Zum Beispiel, dass ich besser erst mal bei einer kleinen Auswahl von zwei, drei Sorten bleibe.«

»Wozu soll das denn gut sein?«, fragt Lo argwöhnisch.

»Tja. Mir war gar nicht aufgefallen, dass die meisten Kunden am frühen Morgen kommen, auf dem Weg zur Arbeit. Die haben dann natürlich keine Zeit, minutenlang meine Theke zu studieren. Wenn ich zu viel Neues auf einmal anbiete, sind sie überwältigt und kaufen am Ende überhaupt nichts. Und weil mein Gebäck vielleicht den halben Tag herumgeschleppt wird, habe ich stabilere Schachteln besorgt, in denen nichts zerdrückt werden kann. Trick drei – mein »Nimm sieben, bezahle fünf«-Angebot. Auf die Idee bin ich selbst gekommen, als ich im Supermarkt war und all diese Schnäppchenangebote gesehen habe. Die Kunden scheinen es zu lieben!«

»Oh … na gut, wenn es funktioniert! Man muss sich auf seine Kundschaft einstellen!« Meine Schwester klingt ausgesprochen friedlich. Seit ihrem Besuch im Cold Creek Valley ist sie nicht mehr ganz so schlecht auf meine neue Heimat zu sprechen. Eigentlich würden wir jetzt zu unserem zweiten Lieblingsthema wechseln, und Lo würde mir jede Menge Tipps für meine Schwangerschaft geben. Aber in diesem Moment öffnet sich die Ladentür.

»Ich muss Schluss machen!«, sage ich hastig. Plötzlich hämmert mein Puls wie verrückt.

»Jaja, bis zum nächsten Mal!«, ruft Lo, und ich lege schnell auf.

»Guten Morgen, liebe Chiara!«, sagt Liam mit einem breiten Grinsen im Gesicht.

Ich schlucke. »Liam! Schön, dich zu sehen … ich dachte, du kommst erst morgen!«

»Das war auch der Plan!« Liam zieht sich schon im Gehen den Mantel aus, als könnte er nicht schnell genug die Ärmel aufkrempeln. »Aber sie haben übles Reisewetter für heute vorausgesagt, also sind wir gestern schon gefahren.«

»Ah …«, antworte ich verwirrt.

Jetzt wird unser Gespräch unterbrochen, weil Randy Liu in den Laden kommt. »Liam! Wie geht es dir? Du siehst gut aus!«

Die beiden tauschen einen Handschlag.

»Ich hab deiner Chiara schon gesagt, sie soll sich bloß nicht einfallen lassen, hier alles auf Schickimicki-Gebäck zu machen, während du weg bist!« Randy wischt sich mit dem Ärmel seiner zotteligen Fleecejacke über die Augenbrauen und zwinkert mir zu. »Hier im Tal wird noch ehrlich gearbeitet, und ehrliche Arbeit macht ehrlich hungrig!«

Ich nicke, würde ihm aber am liebsten den Hals umdrehen.

In den nächsten Stunden geht es mir ungefähr so wie einem prächtig aufgegangenen Biskuitteig, wenn jemand die Backofentür aufreißt. Liam ist zurück, und ich bin wieder Chiara-die-Aushilfe. Es fällt mir schwer, mich nicht gedemütigt zu fühlen.

»Sei doch froh! Jetzt machst du erst mal ganz gemütlich weiter wie vorher«, sagt Bonnie, als ich sie in der Mittagspause anrufe und einfach nur jammern will. »Wer weiß, was die Zukunft noch alles bringt! Du würdest das doch sowieso nicht so schnell hinkriegen, wenn er jetzt und sofort seinen Laden abgeben wollte. Außerdem bist du schwanger. Mach mal langsam!«

»Gott. Sei nicht so furchtbar vernünftig!«, antworte ich enttäuscht, aber dann müssen wir beide lachen.

»Okay, du hast recht!«, räume ich widerwillig ein. »Es ist nur ein bisschen bitter. Gerade habe ich mich mit Evan einigermaßen zusammengerauft und ein paar Geistesblitze gehabt, wie die Leute hier so funktionieren – und schon ist wieder alles so, als wäre nichts gewesen.«

Was dann doch nicht so ganz stimmt. Am Nachmittag ergibt sich ein Moment für ein paar mehr Worte zwischen Liam und mir.

»Chiara, du hast das alles großartig gemacht!«, sagt er und lehnt sich an die Theke. »Ich habe mir die Umsatzzahlen schon angeschaut und das Einkaufsbuch … großartig.«

»Na ja, es ist nicht alles glattgelaufen, aber ich bin zufrieden!«, antworte ich lächelnd.

»Klar. Das war nicht anders zu erwarten. Bei so einer spontanen Aktion, da geht auch mal was schief. Jetzt bin ich auf jeden Fall für eine ganze lange Weile hier, bevor Rosie und ich entscheiden, wie es weitergeht.« Er mustert mich nachdenklich. »Und … dir geht es so weit gut?«

Ich nicke. »Ja, alles gut.« Nachdem ich letzte Woche bei der Ärztin und bei Gabriel in der Klinik gewesen war, bin ich zur Arbeit gefahren und habe Mary und Evan ebenfalls eingeweiht, bevor ich dann auch noch eine Nachricht an Liam schrieb.

Liam steht auf und klopft mir auf die Schulter. »Ich denke, es ist nicht zu schlecht, wenn du die Leute hier im Tal besser kennenlernst, bevor du dich in weitere Wagnisse stürzt.«

»Natürlich«, antworte ich und denke genervt: *Ja, reibt es mir doch alle unter die Nase!* Geduld war einfach noch nie meine Stärke, und so langsam habe ich die Botschaft *durchaus* verstanden!

Ich grolle heimlich vor mich hin, bis mit einem Mal Jenny und Dave erscheinen. Jenny ist auf Krücken gestützt, und Dave kriegt seine Mundwinkel anscheinend überhaupt nicht mehr nach unten.

»Das war aber eine ziemlich kurze Reha?«, erkundige ich mich bei Jenny, nachdem wir uns begrüßt haben.

»Dave hat mich überredet zu türmen. Und irgendwie …« Jennys Lächeln wird breiter, und ihre dunklen Augen glänzen. »Es funktioniert.«

»Aha!« Ich bin noch nicht so ganz sicher, was sie damit meint.

»Kaffee für euch?« Ich greife hinter mich ins Regal und nehme zwei Tassen heraus.

»Klar.«

»Wir nehmen auch noch zehn Brötchen«, sagt Jenny. »Und dann noch … *Cantuccini* und … dieses Mandelgebäck hier … eine Schachtel. Und bitte eine gerade Anzahl!« Sie wirft Dave ein vielsagendes Grinsen zu.

»Weißt du, dass Dave drei Preise abgesahnt hat beim Rodeo in Denver?«, erkundigt sie sich.

»Nein.« Ich werfe Dave einen Blick voller Bewunderung zu, bevor ich mich auf das sorgfältige Verpacken des Gebäcks konzentriere. »Ich wusste nur von einem.«

»Du warst wirklich nicht schlecht«, fügt Jenny an Dave gewandt hinzu.

Dave grinst. »Sie ist extra aus der Klinik gekommen, um mich zu sehen.«

»Blödsinn«, gibt Jenny zurück. »Nicht deinetwegen. Ich hatte Sehnsucht nach den Pferden und nach Rodeo.« Sie zieht die Augen finster zusammen, aber ihr Mund lächelt.

»Danke«, sagt Dave und streicht ihr eine Strähne aus dem Gesicht. »Ich mag dich auch nicht.«

***

Gabriel kommt aus dem Badezimmer und bleibt einen Moment unschlüssig vor dem Bett stehen. »Kann ich dich was fragen?«

»Klar!« Ich lege mein Buch beiseite und schaue zu ihm auf.

»Du bist ja mit mir hierhergekommen, weil ich damals schon den Job in Denver angenommen hatte. Das war der Grund, richtig?«

»Ich konnte dich unmöglich allein gehen lassen!«, ergänze ich. Er erwidert mein Lächeln, aber eher zerstreut, als hätte ich beinahe einen wichtigen Gedanken aus seinem Kopf gescheucht.

»Angenommen, ich schaue mich wirklich nach einem neuen Job um …«

Ich setze mich auf. »Du willst das wirklich tun?«

Wir haben schon ein paarmal über die Möglichkeit gesprochen, aber Gabriel wirkt plötzlich sehr entschlossen.

»Ja. Heute war mal wieder so ein Tag, an dem mir klar wurde, dass das auf Dauer nicht gut geht. Ich zerreiße mich und werde niemandem gerecht, vor allem nicht dir und meiner Familie. Der neue Dienstplan ist kaum zu schaffen, wenn ich nebenher noch irgendwie … leben will. Und ich will ja auch nicht ein ständig abwesender Vater sein …« Er lächelt ratlos.

Mir wird ganz warm. Für mich ist es immer noch ein Wunder, dass wir bald Eltern sein werden.

»Wir müssten dann aber möglicherweise mit etwas weniger Geld auskommen«, fährt er fort, »und wahrscheinlich werde ich auch meine Facharztprüfung nicht so schnell machen können wie geplant.«

»Das wäre alles okay für mich.« Ich rutsche ihm ein Stück entgegen und nehme seine Hand.

»Bist du sicher?«

»Klar! Das Wichtigste ist doch, dass wir glücklich sind!«

»An der Rosemond-Klinik ist gerade eine Stelle frei, da könnte ich mich bewerben«, sagt er.

»Wirklich?« Ich schlinge meine Arme um seinen Hals. »Aber das wäre doch perfekt!«

Gabriel macht sich ein bisschen steif, und ich lasse von ihm ab.

»Oder etwa nicht?«

»Du bist jetzt seit etwas mehr als einem halben Jahr hier auf Three Oaks«, sagt er nachdenklich. »Das ist zwar noch nicht lang, aber ich denke, du hast inzwischen eine Vorstellung davon, was das Leben hier bedeutet. Und wenn du das Gefühl hast, du möchtest doch lieber wieder nach Hamburg zurück, dann wäre jetzt der richtige Zeitpunkt, dass wir darüber reden.«

Ich schaue ihn überrascht an. »Oh, ich … über diese Möglichkeit habe ich noch nie nachgedacht!«

»Weil Liam seinen Laden scheinbar doch nicht so schnell abgeben will, verbaust du dir jedenfalls hier keine Chance …«, fügt Gabriel hinzu und nimmt meine Hand.

Seine Worte versetzen mir einen leisen Stich. Es war so schön gewesen, von meinem eigenen Laden zu träumen, aber nun merke ich, wie fern dieser Traum weggerückt ist.

Er atmet tief ein. »Ich würde mich dann eben in Hamburg bewerben. Vielleicht sogar an meiner ehemaligen Klinik.«

Ich sehe in seine dunklen Augen und weiß, was dieses Angebot bedeutet. Mir wird ein bisschen schwindelig. In meinem Kopf ist Google Earth, und ich zoome mich abwechselnd nach Hamburg, und dann wieder zurück ins Cold Creek Valley.

»Ich weiß nicht …«, murmle ich und betrachte seine Hand in meiner. Ich mag seine Hände. Sie sind kräftig und trotzdem schmal. Ich stelle mir oft vor, wie er damit jeden Tag komplizierte Handgriffe mit chirurgischen Geräten macht.

Eine Weile lang schweigen wir beide. Dann unterbricht Gabriel die Stille. »Du kannst es mir wirklich sagen. Wenn dir das hier alles zu viel ist. Die Schneestürme und die Einsamkeit oder die Elche …«, er lacht. »Du entscheidest.«

Ich sehe die schmale Kopfsteinpflasterstraße in Eppendorf vor mir, die Zuckerbäckerfassade unseres Hauses und das Schaufenster der Pasticceria im Erdgeschoss. Darüber die Wohnung meiner Eltern und ein Stockwerk höher das Apartment von Lo und ihrer Familie.

Meine Augen beginnen zu brennen. »Du würdest die Abwesenheit deiner Familie, die hektische Großstadt und das Schmuddelwetter auf dich nehmen …?«

Gabriel nickt. »Das würde ich. Ich käme schon klar damit.«

Das Bild in meinem Kopf verpufft. »Ich bin hier glücklich. Sehr sogar.« Ein Lächeln breitet sich auf meinem Gesicht aus, Wärme durchflutet mich und mit einem Mal sprudelt es aus mir heraus. »Ich mag dieses Tal und die Leute, wenn sie auch manchmal etwas schräg sind, und den Schnee, die Three Oaks Farm, diese unglaublichen Berge um uns herum und wie der Creek Tag und Nacht dort unten rauscht und … natürlich deine Familie und natürlich am allermeisten dich. Du gehörst einfach hierher und ich mittlerweile auch, finde ich. Auch wenn ich an den Feinheiten noch übe.« Ich schnappe nach Luft, bevor ich etwas bedächtiger hinzufüge: »Und ich bin mir sicher, dass es noch Dutzende von Dingen und Personen gibt, die ich eigentlich aufzählen wollte.«

Während ich geredet habe, ist die konzentrierte Steilfalte über seiner Nasenwurzel verschwunden, und jetzt lächelt er.

»Okay, okay … dann suche ich also … hier.« Er beugt sich vor, nimmt mein Gesicht in beide Hände und küsst mich.

»Das wird gut!«, flüstert er.

»Das ist jetzt schon richtig gut!«, antworte ich.

CHIARA

Es ist Samstagmittag und wir schließen in fünf Minuten. Liam hat schon damit begonnen, den Fußboden zu fegen, und ich räume die Theke auf.

»Nimm die übrigen Zimtbrötchen mit!«, ruft er mir über die Schulter zu. »Rosie sagt, sie hat nach all den Jahren endgültig genug davon.«

Ich muss grinsen. Rosie ist auf Krawall gebürstet. Seit die beiden vor mittlerweile zwei Wochen aus Montana zurückgekommen sind, scheint der Haussegen schief zu hängen. Liam hat es angedeutet, und ab und zu kriege ich ein paar Fetzen mit, wenn sie tagsüber anruft oder im Laden vorbeikommt.

Rosie findet, dass Liam endlich und ernsthaft kürzertreten sollte. Und Rosie will außerdem zu ihrer Tochter und den Enkelkindern. Für immer. Und sie hat – wie viele Frauen hier im Tal – eine starke Meinung.

Weshalb ich die Hoffnung noch nicht endgültig aufgegeben habe, eines Tages Liams Nachfolgerin zu werden.

»Möchtest du vielleicht den Rest von den *Fioretti di Neve* mit nach Hause nehmen?«, biete ich Liam jetzt an.

Er grinst. »Ja, gerne! Die haben sich diese Woche ja gut verkauft!«

Passend zu der dicken Schneedecke, die sich nach ein paar milden Tagen wieder über das Cold Creek Valley gebreitet hat, sind unsere Kunden in dieser Woche zu plötzlichen Fans meines Schneeblütengebäcks geworden.

Ich bücke mich und hole eine leere Schachtel für Liam aus dem Schrank. Beim Auftauchen fällt mein Blick auf das Handy und die Nachricht, die Gabriel mir vor ein paar Minuten geschickt hat. Bis zu dieser Sekunde war ich fest davon ausgegangen, dass nun endlich unser gemeinsames Wochenende beginnen würde. Aber jetzt lese ich zu meiner Überraschung, dass Tayler ihn, nachdem sie zusammen snowboarden waren, für irgendeine dringende Reparatur im Haus braucht. Ich mag Tayler wirklich sehr gerne. Aber natürlich hatte ich mir den Nachmittag anders vorgestellt, als ihn allein zu verbringen.

Dauert vielleicht etwas länger … Ich mach's wieder gut! Love, Gabriel

Tja, es hilft ja nichts, denke ich, und tippe ein *Okay* ein.

Kaum habe ich meine Antwort abgeschickt, öffnet sich die Ladentür. Es ist Dave, der sich die Schneeflocken von seiner Jacke klopft und irgendwie … sehr fröhlich aussieht.

»Ah, für heute Schluss?« Er macht einen Schritt in den Laden, wird aber von Liam gestoppt, der mit einer missbilligenden Geste auf Daves Stiefel deutet.

»Du tropfst, Dave!«

»Sorry!« Dave beißt sich schuldbewusst auf die Lippen. Er sieht mich an. »Hey, Chiara, hast du Lust auf eine Pferdeschlittenfahrt?«

»Oh … ich weiß nicht? Eigentlich sollte ich daheim Wäsche machen …« Ich binde meine Schürze ab und gehe zu Dave an die Tür. Frische kalte Winterluft dringt herein, und wie ich Dave so stehen sehe in seiner dicken Jacke und hinter ihm die verlockende Bergkulisse, kriege ich plötzlich sehr große Lust, draußen im Schnee zu sein.

»Ich habe einen Schlitten geliehen, und Lana braucht ein bisschen Auslauf«, sagt Dave schnell. Die Grübchen neben seinen Mundwinkeln vertiefen sich, als er hinzufügt: »Wir könnten in deinen Zauberwald fahren! Klingt das nicht nach einem guten Plan?«

»Wie es der Zufall so will, hat Gabriel heute eigene Pläne. Sehr gerne also!« Ich strahle ihn an und spüre neue Energie in mir aufsteigen. »Gib mir zwei Minuten, dann bin ich hier fertig!«

Die Kufen gleiten lautlos über die dicke Schneedecke, und nur das dumpfe Geräusch von Lanas Hufen ist zu hören. Ab und zu schnaubt sie und stößt ein Wölkchen in die kalte Winterluft. Ich sitze neben Dave auf dem Kutschbock, eingekuschelt in eine dicke Wolldecke.

Die Sonne ist hinter einem Wolkenschleier verschwunden und es schneit feine Flocken, was den Wald noch verzauberter und geheimnisvoller erscheinen lässt.

Ich gerate bei dem Anblick ins Träumen. Was nicht unbemerkt an Dave vorbeizugehen scheint.

»Na, das ist doch sehr romantisch, oder?« Er wirft mir einen Seitenblick zu, und seine Mundwinkel zucken verräterisch.

»Jaja, mach dich nur über mich lustig!«

»Hoo.« Lana hält an und gibt erneut ein Schnauben von sich.

»Schau mal!« Dave deutet voraus.

»Was?« Ich kneife die Augen zusammen, weil ich zuerst an eine optische Täuschung glaube. Aber dann sehe ich es ganz deutlich: Dort, zwischen den Bäumen, hängt eine kleine Laterne, in der eine Kerze brennt.

»Ich glaube, ab hier geht es nur noch zu Fuß weiter. Wir sind im …« Dave hustet, aber sein Husten klingt verdächtig wie ein Lachen, »… Elfenland.«

Ich kann mir nicht helfen und pruste los. »Dave, was soll das? Was wird das hier?«

Anstelle einer Antwort zieht mir Dave mit einem kräftigen Ruck die Decke weg.

»Das wird eine Überraschung«, sagt er dann so ernst und bedächtig, als bemühte er sich, nicht zu viel zu verraten. »Du siehst ja, dass der Weg hier um die Ecke geht. Du läufst ungefähr hundert Meter, dann kommst du auf eine Lichtung.«

Ich zögere und werfe ihm einen kritischen Blick zu. »Und weiter?«

»Wirst du sehen.« Ein heiteres Lächeln liegt auf seinem Gesicht.

Ich bin mittlerweile aufgestanden und packe ihn kräftig am Arm. »Ich vertraue dir, Cowboy! Es wird dir schlecht ergehen, wenn das hier keine schöne Überraschung wird!«

»Du wirst es lieben. Versprochen.«

Dio. Dave lacht wieder mal so selbstgefällig, dass ich ihn am liebsten mit diesem wunderbaren Neuschnee einseifen würde. Aber ich muss zugeben, dass meine Neugier geweckt ist.

Ich steige vom Schlitten und schiebe meine Stiefel durch den tiefen Schnee. Zweimal drehe ich mich zu Dave um, der mit verschränkten Armen dasitzt und mich mit einem breiten Grinsen auf dem Gesicht beobachtet.

»Geh nur, husch!«, ruft er jedes Mal und macht eine Handbewegung, als wäre ich eins von Lillys Hühnern.

Kaum macht der Weg die Biegung, entdecke ich ein halbes Dutzend weiterer Laternen vor mir. Sie hängen in den Bäumen oder stehen einfach nur im Schnee und verbreiten ihr heimeliges Licht. Wer immer das war – seine Fußspuren sind unter dem Neuschnee nur noch zu erahnen.

Wer will mich überraschen? Mitten im Wald? Wer, wenn nicht Gabriel? Aber der ist doch bei Tayler …?

Ich umkurve eine dicke Tanne. Dann sehe ich die Lichtung und mein Herz stolpert bei dem Anblick, der sich vor mir auftut.

Im Schnee ist ein kleiner Pfad freigeschaufelt. Er führt in die Mitte der Lichtung, und dort steht ein großes weißes, perfektes Rund – ein Iglu. Es strahlt von innen wie von hundert Kerzen und taucht den umliegenden Schnee in ein warmes Licht. Ich blinzle überrascht, als eine vertraute Gestalt im blauen Parka heraustritt und mir zuwinkt.

»Gabriel!«

»Hey, Chiara!« Er schüttelt die Kapuze ab und kommt mir mit großen Schritten entgegen. Seine Augen glänzen, als er vor mir stoppt.

»Du bist … nicht bei Tayler?«, stelle ich das Offensichtliche fest.

»Wie du siehst?« Gabriel legt seine Hände auf meine Schultern und küsst mich. Ein flüchtiger, nervöser Kuss.

»Himmel, das hier ist … verrückt … und so schön …« Ich deute auf das strahlende Iglu.

»Cool, oder?« Er wuschelt sich durch die Haare. Die Art, wie seine Locken in alle Richtungen stehen, lässt vermuten, dass er diese Geste in den letzten Minuten einige Male gemacht hat.

»Das hast du doch nicht etwa selbst gebaut?«

»Tayler und Dave haben mir geholfen. Aber das erzähle ich dir alles noch!«, sagt er. »Lass mich kurz Dave Bescheid sagen, dass er nach Hause fahren kann.« Er zieht seinen rechten Handschuh aus, steckt zwei Finger in den Mund und gibt einen gellenden Pfiff von sich. Kurz darauf kommt aus der Richtung, in der Dave angehalten hat, ein Pfiff zurück.

Gabriel lächelt zufrieden. »Siehst du, es geht auch noch ohne Handy.«

»Und wie kommen wir hier wieder weg?«

Er deutet hinter sich, zum Wald hin. »Ich parke nicht weit von hier, am Forstweg.«

In meinem Kopf sind noch viel mehr Fragen. Aber jetzt nimmt Gabriel meine Hand. »Komm, du musst dir das ansehen!« Wir gehen gemeinsam die letzten Schritte zum Iglu. Am Eingang bleibt er stehen und gibt mir den Vortritt. Ich muss mich nur ein klein wenig bücken.

»Gabriel, das ist unglaublich!« Vor mir öffnet sich ein Raum, dessen Boden mit einer rot gemusterten Decke ausgelegt ist. Gegenüber an der Wand stehen zwei Campingstühle, eingerahmt von dicken Scheiben eines Baumstamms, auf dem sich zahllose Teelichter drängen.

»Setz dich«, sagt Gabriel atemlos und ich bilde mir ein, dass es nicht nur davon kommt, dass er wegen der niedrigen Deckenhöhe Kopf und Schultern beugen muss. Als ich mich hinsetze, bemerke ich auch die Thermoskanne und zwei Tassen, die neben meinem Stuhl auf dem Boden stehen.

»Okay, hier wären wir.«

Immer noch vollkommen betäubt sehe ich zu, wie Gabriel vor mir in die Hocke geht. »Gib mir deine Hände«, sagt er und lächelt. Sein wunderbares, offenes Lächeln. Ich streife schnell meine Handschuhe ab.

»Chiara«, sagt er leise und nimmt meine Hände. »Ich wollte,

dass du hierherkommst, weil ich dich was fragen wollte.« Er sieht mich unter seinen dunklen Wimpern hervor an und hält meinen Blick fest. Ein Schwarm Schmetterlinge flattert wild in meinem Bauch umher.

»Okay?« Ich kann meinen Blick nicht von ihm abwenden. Nach der holprigen Zeit, die hinter uns liegt, bin ich mir der Tiefe und Stärke meiner Gefühle für ihn so viel sicherer. Und ich weiß, wie sehr ich auf ihn und seine Liebe, Ehrlichkeit und Loyalität vertrauen kann.

Und trotzdem … plötzlich schnürt sich mein Hals zu.

Ich will nicht, dass er weiterspricht, und ich will nichts lieber als das. Mein Kopf dreht sich.

»Chiara«, sagt er noch einmal und drückt meine Hände, die vielleicht ein bisschen zittern. »Betrachte das alles hier«, er lässt meine linke Hand los und macht eine große Geste, »als ein Geschenk für dich, eine kleine Überraschung.«

»Eine *kleine* Überraschung?« Ich fange an zu kichern, weil ich so unendlich nervös bin. »Gabriel, das ist fantastisch! Ich meine, ihr müsst Stunden um Stunden gearbeitet haben, um das so wunderschön hinzukriegen!«

Gabriel zuckt die Schultern und grinst. »Es war es offensichtlich wert. Allein das Gesicht, das du eben gemacht hast …«

Ich gebe ihm einen kleinen Knuff. »Das habt ihr drei wirklich großartig eingefädelt!«

»Abgesehen davon … es war ziemlich lustig.« Er grinst und rauft sich durch die Haare. Dann hält er inne und räuspert sich.

»Bald sind wir eine Familie, und das bedeutet mir unendlich viel.« Seine Stimme ist mit einem Mal rau. »Ich hoffe, das weißt du.«

Ich nicke und schlucke gegen die Tränen an, die mir unbemerkt in die Augen getreten sind.

»Ich weiß, es war nicht immer leicht in der letzten Zeit, aber ich finde, wir haben das alles gut hingekriegt, gemeinsam. Ich werde alles dafür tun, dass es dir gut geht.« Seine rechte Hand hält immer noch meine fest, aber mit der Linken streicht er mir jetzt über die Wange und wischt eine Träne weg. »Seit ich dir begegnet bin, spüre ich es immer deutlicher. Vielleicht klingt es ein bisschen kitschig, aber du bist die eine. Die Frau, mit der ich zusammen sein will.«

Diese Worte waren alles, was fehlte, um mich vollständig aus der Fassung zu bringen. Dicke warme Tränen tropfen aus meinen Augenwinkeln.

Wir beide wissen, dass dies der Moment wäre … Ich halte die Luft an und schüttle heftig den Kopf.

»Alles gut, alles gut!«, flüstert Gabriel beschwichtigend. Er regt sich nicht, geschweige denn, dass er auf die Knie geht. Plötzlich weine ich auch deswegen. Weil ich diesen kostbaren Moment einfach vermassle.

»Ich habe Angst!«, platzt es aus mir heraus. Was so ziemlich das Unromantischste ist, was man in diesem Moment sagen kann. Aber Gabriel scheint nicht schockiert.

»Hm«, er neigt den Kopf, »und willst du darüber reden?«

»Ja, ich … würde es nicht ertragen, noch einmal so furchtbar enttäuscht zu werden. Wenn ich wieder mein Brautkleid zurückgeben müsste und so … weiter …« Ich gerate ins Stocken.

Dieses kurze Aufblitzen in seinen Augen entgeht mir nicht.

»Mach dich nicht lustig über mich!«, fauche ich ihn an und ziehe meine Hand weg.

»Nein, das würde ich doch niemals tun … Okay. Also. Angenommen.« Er räuspert sich und schweigt, offensichtlich habe ich ihn aus dem Konzept gebracht.

Ich sehe zu ihm auf. Vielleicht hätte ich nicht so barsch sein sollen. »Ich liebe dich übrigens auch. Sehr«, murmle ich und blinzle die Tränen zurück.

Er nickt und bemüht sich sichtlich, nicht zu lächeln. »Also. Angenommen, du würdest dir einfach ein schönes Kleid kaufen, das nicht Tausende kostet. Vielleicht eins aus dem Secondhandladen oder so. Würde das deine Ängste irgendwie verändern?«

Ich starre ihn überrascht an. Das Schlimmste, nein, das *Allerschlimmste* an meiner verpatzten Hochzeit war – gleich nach der Tatsache, so schrecklich an der Nase herumgeführt worden zu sein – die bodenlose Schmach, mein Kleid in diese Edelboutique zurückzubringen. Und dass ich dazu die Hilfe von Lo brauchte. Ich habe mich noch nie in meinem Leben so gedemütigt gefühlt.

»Du brauchst meinetwegen auch überhaupt kein Kleid … also nur theoretisch. Ich liebe dich doch auch in Jeans und Pulli«, fügt Gabriel hinzu.

Ich muss wider Willen lachen. Dann sehe ich zu Boden und suche nach einem Grund für meine Ängste, der nichts mit dem Kleid zu tun hat und all dem Schmerz von damals. Mir fällt allerdings keiner ein. Nicht wirklich. Was damals passiert ist, hat nicht das Geringste mit Gabriel zu tun. Und ich selbst? Ich bin längst eine ganz andere Frau geworden, ich habe mein Leben auf den Kopf gestellt, bin in dieses Tal gekommen und habe gekämpft für meine Sehnsüchte und Träume … und dieser Mann steht an meiner Seite … Ich hebe den Kopf und lächle ihn an.

Er erwidert mein Lächeln und ein Ausdruck der Erleichterung huscht über sein Gesicht.

Ich seufze. »Okay. Ich habe drüber nachgedacht. Eigentlich habe ich überhaupt keine Angst.« Ich lehne mich in ihn hinein und küsse ihn.

»Okay?« Als ich mich wieder gerade hinsetze, sieht er mir so tief in die Augen, dass ich Gänsehaut kriege. Das Kerzenlicht spiegelt sich in seinen schwarzen Pupillen, und seine Brust hebt und senkt sich schnell. Schließlich sagt er leise: »Okay. Du würdest mir erlauben, um deine Hand anzuhalten?«

Ich bringe keinen Ton heraus, aber das ist auch nicht nötig. Wahrscheinlich sagt mein Blick mehr als tausend Worte.

Gabriel drückt meine Hände und lässt sie dann los. Er zieht eine winzige Schachtel aus der Manteltasche, öffnet sie und hält sie mir entgegen. Ich atme tief ein. Das Kerzenlicht verleiht dem goldenen Ring ein verzaubertes Funkeln. Gabriel räuspert sich, dann senkt er sein Knie und nimmt meine Hand.

Seine Stimme ist voller Wärme, als er mir schließlich die Frage stellt, die zu hören ich in diesem Moment so sehr herbeisehne, dass es fast wehtut.

»Chiara, willst du meine Frau werden?«

»Ja!«, flüstere ich. »Ja!« Dieser Moment ist so groß, viel zu groß, um schon wieder zu weinen. Ich umschlinge seinen Nacken, lege meine Stirn an seine, und dann küsse ich ihn.

In den folgenden Minuten – oder sind es Stunden? – scheint die Zeit stillzustehen. Wir sind an einem magischen Ort, nur wir beide. Wir kuscheln und reden, und dann trinken wir den heißen Tee aus der Thermoskanne. Natürlich will ich jedes Detail hören, wie Dave, Gabriel und Tayler das Iglu gebaut haben, über mehrere Tage hinweg, immer ein Stück. Wie Dave den Ranger, der für diesen Teil des National Forest zuständig ist, dazu überredet hat, ein Auge zuzudrücken. Offenes Feuer im Wald ist natürlich vollkommen gegen die Regeln. Weshalb wir die Teelichter und Laternen und auch die restliche Iglueinrichtung in Gabriels Auto verstauen, bevor wir uns schließlich auf den Weg nach Hause machen. Unsere Reifen mahlen sich knirschend in den tiefen Schnee, als wir in Schrittgeschwindigkeit durch den dunklen Wald fahren. Ich habe meinen Kopf an seine Brust gelegt und drehe den Ring an meinem Finger. Gabriel starrt konzentriert auf die Lichtkegel unserer Scheinwerfer im Schnee, und ich male mir Charlottes Reaktion aus, wenn ich ihr erzähle, wie unfassbar romantisch Gabriels Antrag war. Und wie sehr sich unsere Familien freuen werden. Und Bonnie … sie wird bestimmt finden, dass alles genau so passiert ist, wie es sollte. Schließlich haben wir es aus dem Wald geschafft und fahren auf die Talstraße. Über uns sind die Sterne herausgekommen und funkeln hell, und ein paar letzte Schneeflocken fallen leise auf uns herab. Vor dem Sternenlicht heben sich die dunklen Berggipfel ab wie freundliche Giganten, die über das Cold Creek Valley und ihre Bewohner wachen.

Mindestens zwei davon sind in diesem Moment unendlich glücklich.

IM JUNI

GABRIEL

Die Tür der Bäckerei steht offen. Ich bleibe einen Moment auf der Schwelle stehen und bin überrascht, wer alles gekommen ist, um Chiara zu helfen. Nicht nur Dave und Charlotte sind da, sondern auch – immerhin – Evan, außerdem Mary, Manuel und … Sarah, was ebenfalls bemerkenswert ist. Chiara hat keine Zeit verloren. Erst letzte Woche hat sie den Übergabevertrag mit Liam unterzeichnet, und schon krempelt sie die Bäckerei um. Die Verwandlung des Raums ist erstaunlich. Eine neue Tapete in Weiß-Blau lässt den Raum frischer wirken, und sie haben die hässlichen Gipskartonplatten abgenommen, mit denen die Balken bisher verkleidet waren. Sarah und Manuel sind gerade dabei, das frisch abgeschliffene Holz mit einem Öl einzulassen, dessen Orangenduft den Raum erfüllt.

Mein Blick fällt auf Chiara. Sie trägt eines meiner blauen Arbeitshemden und befindet sich in diesem Moment exakt dort, wo ich sie lieber nicht sehen würde – auf einer kleinen Leiter. Ihr runder Bauch hält sie nicht davon ab, mit kräftigen Hammerschlägen einen Nagel in die Wand zu treiben. Jetzt hat sie mich erspäht, und für eine Millisekunde kann ich so etwas wie Schuldbewusstsein aus ihrer Miene lesen. Dann winkt sie mir lächelnd zu und steigt demonstrativ vorsichtig von den wenigen Stufen hinab.

»Endlich!« Sie kommt mir mit eiligen Schritten entgegen, legt den Hammer beiseite und schlingt ihre Arme um mich.

»Hey … du bist schwanger, schon vergessen?«, murmle ich.

»Nein, nicht vergessen. Ich wollte nur schon ein bisschen Deko aufhängen. Einen Korb mit Stoffblumen, weißt du?« Ihre wilden Locken hat sie zu dieser lustigen Ananasfrisur zusammengebunden, und die Haare kitzeln an meinem Kinn, als sie ihr Gesicht hebt und mich mit ihren dunklen Augen ansieht. Sie ist unfassbar schön.

»Hm.«

»Ich fühle mich fit und …« Sie stoppt mitten im Satz und küsst mich.

»Habt ihr kein Zuhause?«, fragt Evan im Vorbeigehen, aber ich bin nicht sicher, ob ich es witzig finde. Dass er nicht fluchend das Handtuch geschmissen hat, als Liam und Chiara ihm gemeinsam eröffneten, wie es mit der Bäckerei weitergehen würde, betrachte ich immer noch als ein Wunder. Aber scheinbar haben Chiara und er sich in den letzten Monaten aneinander gewöhnt.

»Giovanni braucht mich!«, sagt Chiara entschuldigend und sieht zu ihrem Bruder, der in diesem Moment die zweite Tortenschachtel durch den Raum schleppt. »Du kannst dich freuen!«, fügt sie lachend hinzu, als sie meinen hungrigen Blick bemerkt. Dann heftet sie sich an Giovannis Fersen.

Ich gehe zu Manuel hinüber. »Wo kann ich anpacken?«

Manuel deutet auf zwei riesige Kartons in der Ecke. »Kannst du die Stühle montieren? Sie sind aus Italien gekommen … aber natürlich in Einzelteilen!«

»Okay. Finde ich ja wirklich großartig, dass ihr zu zweit gekommen seid!«

»Ich glaube, sie arbeitet immer noch ihr schlechtes Gewissen ab.« Manuel wiegt lächelnd den Kopf und wirft einen schnellen Blick auf Sarah, die jetzt angefangen hat, den als Kaffeetafel umfunktionierten Tapeziertisch zu decken. Seit ich vor kurzem an die Rosemond-Klinik gewechselt bin, hat sich meine Vermutung bestätigt, dass Manuel schwer aus der Ruhe zu bringen ist. Das macht mich äußerst zuversichtlich für die Beziehung zwischen Sarah und ihm. Und Sarah hat sich ebenfalls entspannt, seit Chiara nicht einfach nur meine Freundin aus Deutschland ist, sondern meine Frau.

Zwei Monate nach meinem Antrag haben wir in einer kleinen Zeremonie geheiratet. Nur meine Familie war anwesend. Die große Hochzeit feiern wir im nächsten Jahr, und dann wird auch Chiaras Familie kommen.

Kurz darauf sitzen wir schon um den großen Tapeziertisch herum. »Verflucht gutes Zeug«, sagt Dave neben mir, als er sich das zweite Stück von Giovannis Cassata-Torte nimmt. »Giovanni, ich bin froh, dass Chiara dich eingestellt hat!«

Giovanni grinst gutmütig. Es war die naheliegendste Lösung überhaupt, und er scheint glücklich darüber zu sein, dass er eins von seinen beiden Hobbys so richtig ausleben darf.

Dave wendet sich mir zu und gibt mir einen kleinen Rippenstoß. »Läuft doch alles!«

Ich nicke und erwidere sein Grinsen. Wirklich verrückt, dass ich fast auf ihn losgegangen wäre! Und genauso verrückt, dass Jenny und er am Ende doch wieder ein Paar geworden sind. Ein Umstand, der im Cold Creek Valley sehr begrüßt wird, wie ich unter anderem von Gran erfahren habe. Von unserer guten Gran, die so tut, als wäre nichts, sich aber zweimal die Woche von Terry abholen lässt, um ins Kino oder Essen zu gehen …

»Ich bin gespannt, was Liam sagt, wenn er mal wieder hier vorbeikommt!«, sagt Evan kauend. »Ich schätze, er schluckt ein bisschen bei dem kleinen Krimskrams überall.«

»Kein Krimskrams. Das ist Deko!«, ruft Charlotte. »Und wir haben jedes einzelne Teil wichtigen Repräsentanten des Cold Creek Valley vorgelegt. Damit niemand in die Flucht getrieben wird von zu viel Neuem und Ungewohntem!«

Chiara seufzt lächelnd. »Wir machen Fortschritte, das Tal und ich. Inzwischen runzelt niemand mehr die Stirn, wenn ich ein bisschen experimentiere.«

Alle lachen.

Wir sitzen noch lange zusammen. Die Stimmung ist ausgelassen, und immer wieder muss ich zu Chiara hinübersehen, die mir gegenübersitzt und meinen Blick strahlend erwidert.

Gerade als draußen die Dunkelheit einsetzt, springt Charlotte plötzlich auf. »Mist, wir haben vergessen, das Schild aufzuhängen!«

»Ich mache das!«, entscheidet Giovanni. »Aber ihr müsst alle mitkommen und mich anfeuern.«

Und genau so machen wir das dann auch. Chiara drängt sich an meine Schulter und ich lege zärtlich den Arm um sie. »Ich bin müde«, murmelt sie, und ich antworte: »Kein Wunder.« Die nächste Zeit wird eine Herausforderung. Aber wir werden das schaffen. Und jetzt ist keine Zeit für Grübeleien. Das Schild ist aufgehängt, und wir brechen in Jubel und Klatschen aus. *Bakery & Pasticceria Chiara Di Pasqua* steht in hellblauen geschwungenen Buchstaben über der Tür.

EPILOG

GABRIEL

Dr. Anthony an die Rezeption!

Ich stöhne leise auf, weil ich mir vorkomme wie der Typ aus *Und täglich grüßt das Murmeltier*. Ich habe sogar den Ort gewechselt und höre immer noch Tag für Tag dieselbe Stimme.

So witzig.

Ich hätte nichts dagegen gehabt, April als Kollegin zu verlieren. Aber sie hat, dummer Zufall, gleichzeitig mit mir zur Rosemond-Klinik gewechselt.

Und in diesem besonderen Augenblick bin ich nicht Dr. Anthony im Dienst, sondern ein werdender Vater, der vielleicht gerade die Geburt seines ersten Kindes verpasst.

Ich schliddere förmlich über den Marmorboden an der Rezeption vorbei, und April kapiert ausnahmsweise mal etwas. »Kleiner Tipp! Der Aufzug ist kaputt. Husch, husch!«

Ihr amüsiertes Kichern hallt mir hinterher, als ich die Treppe hinaufhetze, immer drei Stufen auf einmal nehmend.

Dad und ich waren draußen in den Weinbergen gewesen, als der Sturm aufzog. Wir wollten noch mal die dicken Strohmatten prüfen, die wir als Kälteschutz um die Reben herum ausgelegt hatten. Es war offensichtlich, dass diese dunklen Wolken den ersten Schnee bringen würden, ungewöhnlich früh in diesem Jahr. Immerhin haben wir erst September.

Als Chiara mich anrief, war sie schon auf dem Weg, mit

Mom am Steuer und Gran auf dem Rücksitz. Die Wehen waren so stark, dass sie Schluckauf hatte.

»Komm schnell!«, japste sie.

Ich bin die knappe Meile vom Weinberg nach Three Oaks zurückgerannt, und jetzt bin ich noch vor dem Sturm in der Klinik angekommen. Ein wahres Glück. Vor der Tür des Kreißsaals ist niemand. Ich halte kurz inne, klopfe an und trete ein. Es sind so viele Personen im Raum, dass mir im ersten Moment schwindelig wird: zwei Krankenschwestern, die Geburtsärztin, Gran und Mom an Chiaras Seite. In diesem Moment wendet Chiara den Kopf in meine Richtung und ein erleichtertes Lächeln huscht über ihr schweißüberströmtes Gesicht.

»Na endlich!«, keucht sie.

»Gut, wir lassen euch mal allein …«, sagt Mom, streicht Chiara noch einmal ermutigend über den Arm und verlässt gemeinsam mit Gran den Raum.

Dann geht alles ganz schnell, und wenige Minuten später kommt unsere Tochter zur Welt. Sie schreit nicht, sie brüllt: kraftvoll und entschlossen, bis sie Chiara in die Arme gelegt wird.

Chiara schluchzt und lacht gleichzeitig, und ich … *well.* Ich werde dieses Gefühl bestimmt auch niemals vergessen.

»Willkommen, Neve«, sagt Chiara und sieht lächelnd auf unsere Tochter hinab. *Neve*, das heißt auf Italienisch *Schnee*, und als wir den Namen auswählten, hätten wir nicht vermutet, wie gut er passen würde. Der erste Schnee ist da. Draußen vor dem Fenster wirbeln Millionen filigraner Flocken vom Himmel, von denen keine einzige der anderen gleicht.